OÙ LA LUNE PERD LA TÊTE

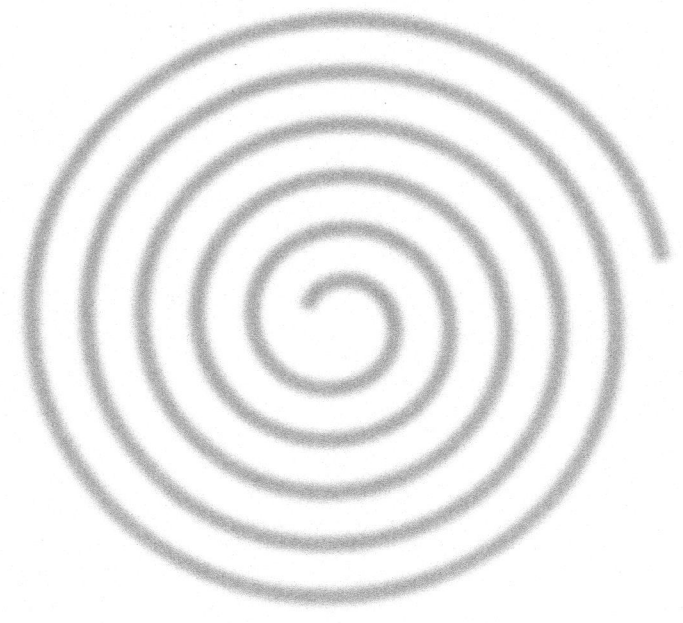

Jocelyne BACQUET

OÙ LA LUNE PERD LA TÊTE

Le Code de la propriété intellectuelle n'autorisant, aux termes de l'article L. 122-5, 2° et 3° a, d'une part, que les « copies ou reproductions strictement réservées à l'usage privé du copiste et non destinées à une utilisation collective » et, d'autre part, que les analyses et les courtes citations dans un but d'exemple et d'illustration, « toute représentation ou reproduction intégrale ou partielle faite sans le consentement de l'auteur ou de ses ayants droit ou ayants cause est illicite » (art. L. 122-4).
Cette représentation ou reproduction, par quelque procédé que ce soit, constituerait donc une contrefaçon, sanctionnée par les articles L. 335-2 et suivants du Code de la propriété intellectuelle.

Remerciements

À mes enfants, à ma famille, à mes amis, pour m'avoir portée par leur affection et leur attention.

À Nicolas, de la part de la nana la plus chanceuse du monde.

À ma correctrice, pour l'excellent travail qu'elle a su faire, et pour ses remarques toujours judicieuses.

À Hervé, pour avoir ouvert la vanne de mes flots d'écriture. Dans chacun des mots que je dépose sur le papier, tu es présent.

Amour (*n. m.*) : sentiment d'affection qui pousse à rechercher une proximité physique, spirituelle ou même imaginaire avec l'objet de cet amour, et à adopter un comportement particulier.

PREMIÈRE PARTIE

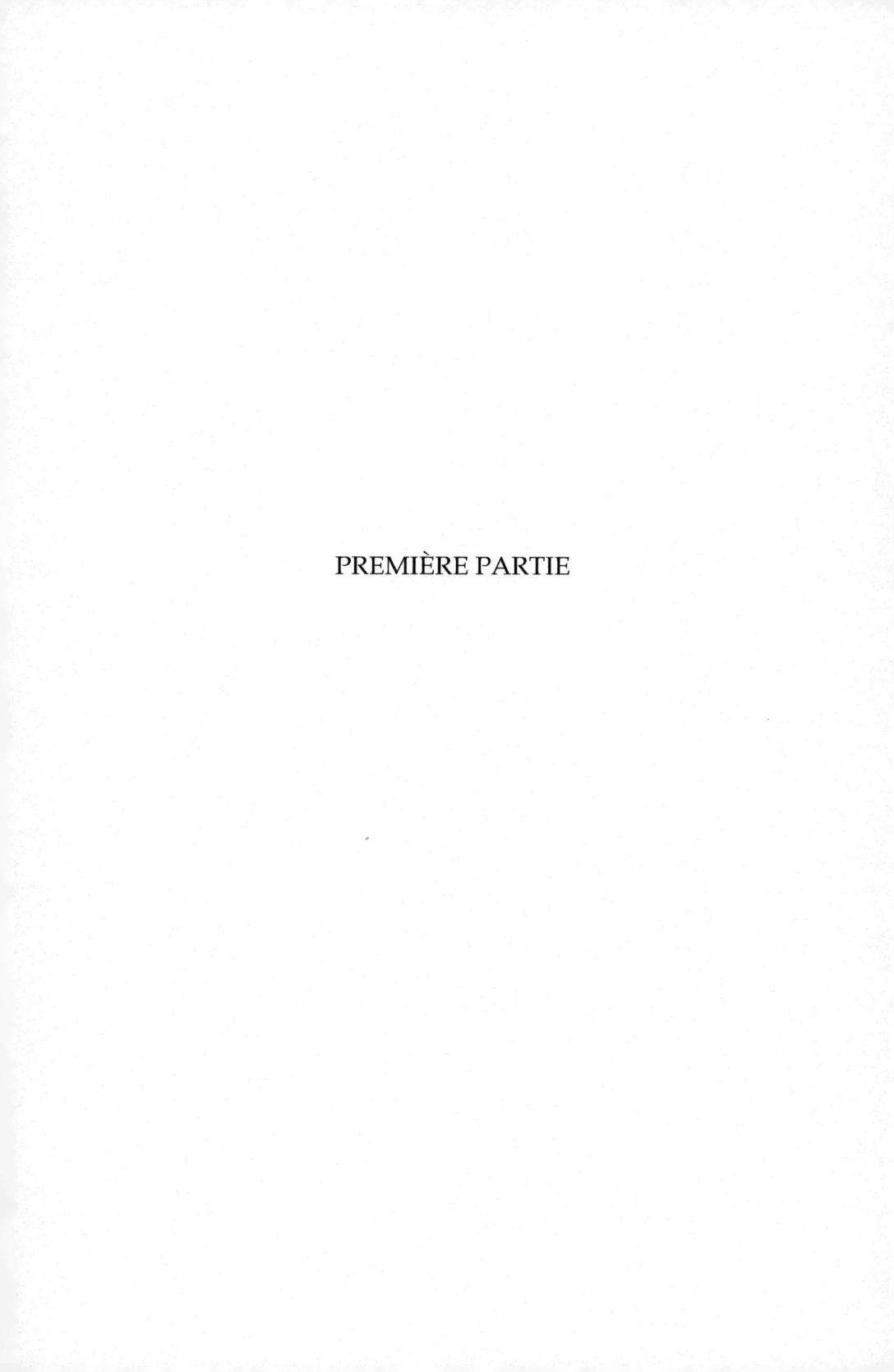

Elle l'avait déjà entendu marmonner sous la douche, mais à chaque fois, le bruit intense de l'eau l'avait empêchée de comprendre ses paroles. Pourtant, elle sentait là-dedans quelque chose d'étrange, qui ne lui plaisait pas. Il flottait dans ces litanies une forme de menace. La situation était désagréable. Plus que cela, réellement stressante, déclenchant dans son ventre une crainte insistante, qui revêtait au fil des minutes la forme d'une peur de plus en plus prenante. Lui, récitant à n'en plus finir son mantra incompréhensible, et elle, de l'autre côté de la porte, tâchant de déchiffrer les syllabes. Mais ce soir-là, il déroulait son monologue d'une voix plus affirmée, et peut-être aussi que l'eau coulait avec moins de force. Toujours est-il qu'elle, de l'autre côté de la porte, a pu commencer à percevoir des syllabes, à reconnaître des mots, à comprendre des phrases.

— Pardonnez-moi, Seigneur, de ce que je m'apprête à faire. Je vais avoir avec cette femme des relations charnelles. Je vous demande de m'accorder votre pardon pour cet acte. Je vais m'accoupler, encore une fois, avec cette femme impure. Pardon, pardon, pardon…

Et il reprenait au début, sans cesse. La même litanie, répétée encore et encore. Jusqu'à la fin de sa douche. Qui durait, elle aussi, encore et encore.

Elle a toujours su qu'il était habité d'une certaine forme de ferveur mystique, mais n'en avait découvert l'intensité que peu à peu, à travers de nombreuses situations, grâce au temps qui passait et l'amenait lui, à se laisser aller, la sentant à l'écoute. Il s'abandonnait de plus en plus souvent à des discours extrêmes, que l'on aurait pu parfois qualifier de fanatiques.

Depuis quelque temps, elle était mal à l'aise face à ses propos, ses façons de prendre position sur les actes des autres, ses emportements colériques lorsqu'il parlait de comportements qu'il jugeait inacceptables. Il se montrait de plus en plus virulent et intransigeant face aux attitudes et actes de ses collègues, de ses voisins, ou simplement de passants croisés dans la rue ou au volant de leur voiture. Tout était devenu source de jugement et de critiques. Et toujours au nom de Dieu, et uniquement en son nom.

Il avait tellement changé. Sa tolérance, son non-jugement, sa compréhension de l'autre, son apparente empathie, tout cela avait disparu comme neige au soleil. Là où sa foi l'amenait à faire preuve de compréhension et de patience, il était aujourd'hui dans le jugement permanent, toujours dans le négatif. À croire qu'il était le seul à savoir quels étaient les comportements de bon aloi et ceux qui ne l'étaient pas. Son vocabulaire était alors violent, parfois ordurier. L'homme croyant et conciliant des débuts avait disparu. Elle ne le reconnaissait plus.

En plus de cela, depuis peu, il était nerveux, souvent impatient, ne souriait plus, semblait anormalement préoccupé, soucieux, sur le qui-vive, aux abois. Totalement indisponible et la plupart du temps inaccessible.

Étrange. Tout cela était étrange.

Et puis, il y avait eu cette conversation téléphonique, un samedi après-midi où elle était partie marcher en forêt, et où lui avait voulu rester seul, chez lui.

Elle l'avait appelé, juste pour parler un peu. Ils discutaient sur un sujet on ne peut plus banal, mais elle l'avait vite senti agacé, impatient, comme s'il était pressé d'écourter la conversation, comme s'il était appelé par autre chose. Et tout à coup, elle avait entendu au bout du fil un énorme cri, un hurlement de bête qui lui avait vrillé le tympan. Et la communication avait été coupée net. Interdite, elle n'avait pas osé le rappeler. Que devait-elle penser ?

C'était lui qui avait téléphoné de nouveau, quelques minutes plus tard. Il avait une voix étonnamment douce et attentive, bien plus qu'à l'ordinaire, et cela l'avait mise mal à l'aise, sans qu'elle sache pourquoi, mais de façon immédiate et péremptoire. C'était évident, il y avait lieu de se méfier de cette voix exagérément doucereuse. Alors elle lui avait évoqué ce hurlement terrible, qu'il disait ne pas avoir entendu. *Nous avons juste été coupés.* Mais elle était sûre que ce hurlement venait de lui. Elle le savait. Au plus profond de sa chair, elle le savait.

Et deux semaines plus tard, cela s'était reproduit. C'était au cours du week-end dernier.

Et aujourd'hui, ce soir, elle l'entendait s'adresser au

Seigneur, pour lui demander pardon de ses relations sexuelles avec elle. Et cette façon de formuler les choses, *m'accoupler avec cette femme impure…*

Elle avait peur, de plus en plus intimement peur, il ne fallait pas le nier. Elle sentit un frisson courir le long de son échine, une façon très animale de percevoir le danger qu'elle ne pouvait rejeter. Notre vieux cerveau animal, le cerveau limbique, si oublié, tellement nié dans notre mode de vie actuel, pouvait parfois reprendre ses droits, comme c'était le cas à ce moment-là, et nous contraindre à l'écouter. Il la mettait en garde, avec obstination.

Le danger était là, tout proche.

Que dois-je faire ?

Elle décida finalement de lui parler, dès qu'il sortirait de la salle de bain. Elle avait préparé le repas pendant sa douche, dressé le couvert, et n'avait plus qu'à attendre son arrivée pour entamer la discussion.

L'eau s'était tue, il n'allait pas tarder à venir la retrouver.

Elle but un deuxième verre de vin.

Me donner un peu de courage.

Assise devant la table, sur le balcon, elle l'attendait.

Il sentit immédiatement qu'elle n'était pas comme d'habitude, et fut aussitôt sur la défensive.

— Il y a un problème ? Tu veux peut-être que je reparte ?

Ah ! Voilà qui confirme ce que je pensais. Il n'est pas du tout celui qu'il a bien voulu me montrer durant les premiers mois de notre histoire.

— J'aimerais juste qu'on parle.

— Et de quoi ?

Toujours à la limite de l'agressivité. Il se contenait, c'était certain. Mais qu'allait-il se passer si les digues explosaient ? Car c'était évident, il se contenait avec peine.

— Quand tu étais sous la douche, j'ai entendu tes paroles, et...

— Tu m'espionnes ? C'est ça ?

— Mais pas du tout, enfin ! J'ai juste entendu que tu parlais. Comme les autres fois, d'ailleurs. Mais là, tu parlais plus fort, j'ai pu comprendre tes paroles. Tu étais énervé, c'est ça ? Énervé contre moi ?

Et c'est là que les digues partirent en éclats. Il se mit à hurler. Hurler à s'en exploser les cordes vocales. Sa voix allait se cogner contre les murs, chaque mot était un projectile qu'il lui jetait au visage. Toujours la même phrase, sans cesse. Toujours en hurlant.

— JE NE SUIS PLUS AMOUREUX, JE NE SUIS PLUS AMOUREUX...

Il hurlait et sanglotait en même temps, à s'en étouffer. Tout son corps tremblait, il faisait de grands gestes, prenait sa tête entre ses mains. Et hurlait, hurlait, hurlait...

Mais surtout, surtout, ce qui l'effraya, elle, c'était ses yeux... Des yeux exorbités, gorgés de sang, tendus vers elle, accusateurs, MAIS TU NE COMPRENDS DONC RIEN ? Des yeux fous, absolument fous. Il était là, face à elle, la bave aux lèvres, et hurlait, hurlait, hurlait.

C'était sûr, il allait la frapper ! Elle était pétrifiée de peur, et commençait à réfléchir à une façon d'atteindre la porte de l'appartement sans qu'il comprenne son désir de fuir, d'aller demander de l'aide au voisinage.

Comment lui échapper ?

Et puis tout à coup, il s'effondra sur le canapé, se mit à pleurer, pleurer, pleurer. Pleurer comme un tout petit enfant de trois ou quatre ans. Un chérubin inconsolable, en train de se noyer dans un trop-plein de tristesse. Il était parcouru de vagues qui le secouaient. Qui se firent heureusement peu à peu moins fortes, moins intenses, pour finir par s'arrêter complètement. Il resta un long moment immobile et silencieux, et ce n'est qu'alors qu'elle osa poser sa main sur ses cheveux, du plus légèrement qu'elle put.

Ce contact fut le déclic qui le fit se redresser, la regardant droit dans les yeux.

Son regard n'était plus injecté de sang, ses yeux étaient redevenus limpides. Ils étaient maintenant immensément ouverts, comme illuminés de l'intérieur. Son large sourire, son regard, ses pommettes, tout respirait la joie. Plus que cela. Il semblait vivre au plus profond de lui une sorte de révélation, qui le mettait dans un état de légèreté indéfinissable.

Revirement éclair, explicable par rien de précis, en tout cas pour elle. Il était *a priori* calmé et même serein. Pour autant, elle n'était pas rassurée. Loin de là.

Car enfin, qui était donc cet homme qui avait partagé avec elle durant presque une année, tant de moments de sa vie, de son intimité de femme et de mère ?

Et puis, le voilà qui arbora un immense sourire. Un sourire condescendant. Celui d'un être supérieur, souriant à un autre être, sous-évolué celui-là, méritant malgré tout qu'on lui accorde un minimum d'attention. Kaa soufflant à Mowgli son hypnotique « Aie confiance » qui laisse craindre le pire.

Il lui avait pris le visage dans ses mains, et balayait ses traits de son regard. De tellement près ! Comme s'il découvrait à l'instant tous les détails de ses traits. Et il continuait à sourire, sans un mot. Puis il se mit à répéter, tel un nouveau mantra : « Mon amie, mon amie, ahhh, mon amie, ma grande, ma très grande amie, mon amie, mon amie… »

Elle se sentait emportée à son corps défendant dans un jeu dont on ne lui avait pas donné les règles. C'était tout simplement terrifiant.

Il lâcha alors la première vraie phrase de la longue révélation qui allait suivre :

— Nos chemins vont devoir se séparer.

Comment ça, *vont devoir* ?

— Tu es en train de m'annoncer que tu vas me quitter, c'est ça ?

— Mais non, pas du tout. Je n'ai pas l'intention de te quitter. Je m'entends tellement bien avec toi. Et puis, je n'ai jamais eu un ou une amie avec qui je sois autant en connivence. Je n'ai pas envie de te perdre.

— Alors, c'est quoi ces chemins qui doivent se séparer ?

Il ne répondait pas, semblait chercher ses mots, faire le tri entre ce qu'il voulait dire et voulait garder pour lui.

Elle fit preuve de patience et de diplomatie, gardant à l'esprit que tout cela était bien peu rassurant. Ils naviguèrent ainsi d'une fausse explication à une autre, chacune avancée par lui et calmement réfutée par elle. Il fallut une bonne heure et demie pour qu'il finisse enfin, sans doute calmé, intérieurement calmé, par laisser sortir ce qu'il avait à lui dire.

Sa deuxième vraie phrase mit bien du temps à sortir, car il ne savait comment la formuler. Tout en cherchant ses mots, il recommença à détailler son visage, puis lui lança le plus naturellement du monde :

— Et si, pendant un an, tu avais eu une relation amoureuse avec un saint ?

Comment réagit-on à une telle façon de prendre congé ? Car, à n'en pas douter, et malgré ses dires, il était bel et bien en train de parler de rupture.

Elle tenta une petite pointe d'humour.

— Écoute, je ne veux pas te décevoir. Tu as beaucoup de qualités, c'est certain, mais quand même, de là à te dire un saint…

— Non, mais sans blague. Et si en moi il y avait un saint ?

— Mais enfin, nous avons eu des relations charnelles ! Un saint n'aurait pas pu permettre ça, non ?

— Et pourquoi ? La plupart des saints ont eu une vie affective et très concrète, avant de devenir des Saints.

— Oui, après tout, c'est vrai. C'est comme pour les prêtres, pourquoi n'auraient-ils pas droit à une vie affective ?

— Ah non, ne me parle pas des prêtres !

Là, il avait franchement haussé le ton, et ses yeux étaient redevenus ceux d'une sorte de démon. Puis il reprit :

— Ces gens-là sont tous des pédophiles, bons qu'à violer les enfants !

Bien, se dit-elle, *lâchons au plus vite ce sujet. J'ai mis là les pieds sur un terrain dangereux. Que s'est-il donc passé dans ton enfance ? Pourquoi ton père a-t-il envoyé paître ce curé qui vous faisait le catéchisme, à tes frères et toi ?*

— Quand même, tu n'exagères pas un peu ? Il y en a quelques-uns de bien parmi eux, non ?

— Oui, tu as sans doute raison, dit-il en faisant manifestement un gros effort pour se calmer. Mais ce n'est pas le sujet. Si je te dis qu'en moi il y a un saint, tu vas me prendre pour un fou ?

— Non, cent fois non. Pour le moment, je ne sais pas quoi penser de ce que tu me dis, mais tu sais que je suis ouverte à tout, même à l'improbable.

Lui se remit à chercher ses mots, ne sachant comment exprimer la suite. C'était un peu long. Elle ne disait rien, lui laissant le temps de mettre en forme ce qu'il avait à dire.

— Eh bien, voilà. Ça va te paraître impossible à croire, mais je sais qu'en moi j'abrite un Saint. Un des apôtres s'est réincarné dans mon corps.

— Et… lequel ?

— Devine, dit-il en la regardant avec un air mi-complice mi-touché par la grâce.

De nouveau, cet immense sourire, celui d'un être illuminé.

Sur son visage à elle se dessina une autre forme de sourire, celui de la compréhension. Beaucoup de choses lui revinrent en mémoire, et en particulier sa passion pour l'un des apôtres. Celui dont il lui parlait tout le temps, avec une vénération sans bornes. Celui qui avait eu une fin tellement hors du commun. Il lui en parlait comme de l'apôtre avec un grand A, celui sur lequel, à l'entendre, reposerait tout l'édifice de la religion chrétienne…

— Saint Pierre, c'est ça ?

— Ouiiiiii, hurla-t-il comme un enseignant satisfait de la bonne réponse de son élève.

— Et… comment tu sais ça ?

— C'est ma tante, en Guadeloupe, qui m'a révélé tout cela il y a plusieurs années. Elle m'a d'abord dit que j'hébergeais un Saint en moi, parce que je suis un élu. Mais que ce Saint était dans le corps de deux personnes, moi et un autre homme.

— Et pour quelle raison cela ne t'a pas été révélé directement à toi, sans passer par ta tante ? Elle héberge un Saint, elle aussi ?

— Je ne peux pas communiquer directement avec ceux de là-haut (là-dessus, il pointa le plafond du menton, avec un air complice) parce que mon niveau de spiritualité n'est pas assez élevé pour ça. Ma tante a un niveau plus élevé, alors elle peut.

— C'est quoi ces niveaux ?

— Eh bien, elle, a un niveau 15, et moi seulement 9 (*ah oui, c'est évident, comment n'y ai-je pas pensé plus tôt ?*) Donc, quand j'ai une question à poser, je lui téléphone, elle pose la question pour moi, et puis elle me donne la réponse. Mais des fois je n'ai pas de réponse, parce qu'on me fait dire que ce n'est pas encore le moment pour ça.

— Et toi, pourquoi tu n'es qu'à ce niveau ?

— C'est normal, je suis plus jeune. On progresse petit à petit. On ne peut pas tout nous révéler d'un seul coup. Aucune personne ne tiendrait mentalement le coup, si elle devait savoir tout ça d'un coup, comme ça. Et encore, moi je suis à ce niveau parce que j'ai sauvé des gens.

— Ah bon ? (*le voilà, l'être parfait, supérieur aux autres, qui se révélait parfois à moi, et que je ne comprenais pas*). Et c'était quand ?

— Des femmes qui ont croisé ma vie. À trois reprises. Elles étaient vraiment très mal, sans aucun projet d'avenir, dépressives, etc. Même deux qui étaient au bord du suicide. J'ai fait faire des cérémonies de lumières pour elles, c'est ma tante qui s'en occupe, là-bas. Ça m'a coûté pas mal d'argent (*eh bien voilà, Tantine ramasse des sous pour sauver les âmes en perdition*). Mais ça a marché, aujourd'hui tout va bien dans leur vie.

— Ton entourage familial est au courant de ton statut ? Ta mère ?

— Non, personne. Ma mère, elle, n'a pas un niveau spirituel suffisant. Mes frères non plus. D'ailleurs, mes deux frères abritent tous les deux le même saint, Joseph. Mon neveu abrite saint Michel. Mon cousin, saint Luc. Ma cousine, je ne sais pas encore. Ma filleule, la fille de ma cousine, abrite un chérubin fille. Un autre chérubin, garçon celui-là, est dans le corps d'un petit garçon au Kurdistan. Et ma tante héberge Jeanne d'Arc.

C'était hallucinant, elle en avait le tournis ! Toute cette ribambelle d'êtres supérieurs, énumérés comme ça, aussi simplement que s'il donnait la liste des courses. Elle reprit quand même pied et poursuivit :

— Mais alors, c'est quoi le but de tout ça ?

— Le monde est de plus en plus entre les mains du Malin. Tu t'en rends compte, n'est-ce pas ? Eh bien, nous les élus, nous allons bientôt être appelés à nous retrouver tous ensemble, pour faire changer tout ça. Au plus tard, en janvier ou février 2015, dans quelques semaines, je vais devoir partir, sans doute pour aller en Guadeloupe. Et alors, je deviendrai vraiment saint Pierre.

— C'est-à-dire ?

— Eh bien, saint Pierre, vois-tu, c'est un petit blond. Alors, le grand métis que je suis va disparaître. Celui que tu vois n'existera plus. Je vais devenir un petit blond.

— ?

— Je vais me transformer physiquement. Ne me demande pas comment. Je ne le sais pas encore moi-même. On me le dira plus tard. Tu sais, ils ne me disent pas tout tout de suite. Et puis, parfois, ils font des farces, ils sont marrants, ils me font rire.

Et le voilà qui se mit à rire, en toute connivence, d'un rire aussi léger qu'était devenu son état d'esprit, depuis qu'il avait commencé sa confession. *Flippant ! Vraiment flippant...*, se dit-elle.

— Et tes frères, ils vont aussi se transformer, si je comprends bien ? Mais, vu qu'ils hébergent le même personnage, ça va se passer comment pour eux, au moment de la transformation ?

— Je ne sais pas. Mais ils sont très forts, là-haut. On peut leur faire confiance. Ils ont aussi leurs scientifiques, leurs médecins, leurs chirurgiens... J'en saurai un peu plus avant de partir. Mais ça ne va pas tarder, parce qu'en ce moment les choses se précipitent. Je vais bientôt devoir m'en aller. Donc, de toute façon, nos chemins vont se séparer très bientôt.

— Tu sais, je peux t'emmener jusqu'à ton avion, si tu ne trouves personne.

— Ce ne sera peut-être pas nécessaire. Pour aller jusque là-bas, je ne vais peut-être pas utiliser un moyen de transport classique. Je t'ai dit, ils sont très forts, et imprévisibles. Je vais même certainement partir d'une tout autre façon (*et si on te dit de te jeter du haut de la tour Eiffel, pour partir ? Tu le feras, bien sûr*).

— Et comment savez-vous que les choses vont changer très bientôt ? Il y a des signes ?

— Oh oui, c'est simple ! Ma tante souffre de douleurs dans les jambes. Ça, c'est une attaque du Malin. C'est long à faire disparaître, mais ça progresse bien. Et là, c'est presque fini. Elle va vraiment mieux. Et dès que ce sera terminé, qu'elle sera complètement lavée de ces attaques, ça sera le signe que tout peut commencer.

— Et toi, les attaques, tu en reçois ?

— Depuis quelque temps, j'en reçois de plus en plus souvent. Mais c'est normal, le Malin sent qu'on progresse et qu'on va bientôt passer à l'attaque. Et il sait qu'il va perdre, cette fois-ci. Comme je suis un Élu, forcément, il m'attaque plus que n'importe qui d'autre.

— Et tu t'en sors comment ?

— Grâce aux cérémonies de lumières. J'envoie de l'argent là-bas, pour acheter des milliers de bougies. Ils font une cérémonie. Et ça brûle les attaques (*et ça brûle tes économies en même temps, voilà pourquoi tu es toujours à sec, malgré ton salaire confortable*). Mais comme je reçois beaucoup d'attaques très fortes, ça me revient cher. En ce moment, je dépense beaucoup, mais je n'ai pas le choix. Je suis un Élu, c'est comme ça.

— Il t'attaque comment ?

— De plein de façons. Il est malin, c'est pour ça qu'on

l'appelle comme ça, d'ailleurs. Par exemple là, il a fait chuter mon magnésium. Mais je m'en suis rendu compte, heureusement ! J'ai acheté du magnésium en pharmacie, et c'est bon, tout va bien (*eh oui, aucun rapport avec des raisons purement biologiques*). Et puis, il m'a envoyé de plus en plus souvent ses légionnaires (*alors là, c'est sacrément bien organisé, les bagarres divines ! je n'en reviens pas*).

— Et ça se matérialise comment ? Parce que moi, j'ai pas vu de légionnaires romains se baladant dans les couloirs, ces derniers temps.

— T'es marrante, toi. J'aime bien ton humour. Et je crois qu'eux, là-haut, ils l'apprécient aussi d'ailleurs. Tu sais, j'ai demandé pour toi, si je pouvais continuer à te voir. Ils m'ont dit que tu étais empreinte d'une grande spiritualité et que tu pouvais comprendre tout ça. Et aussi, que toi tu es sûre d'aller au Royaume, de même que tes enfants. J'en suis vraiment content pour toi.

— Super ! Et les légionnaires ?

— Oui, tu as raison, pose-moi des questions. Continue. C'est comme ça que tu pourras comprendre. Alors, les légionnaires. Eh bien, voilà. Dieu, lui, a des anges qui l'aident, en venant sur Terre pour faire du bien aux hommes. Le Malin, lui, il a ce qu'on appelle des *bêtes*. Quand l'une de ces bêtes m'attaque, elle s'accroche sur mon dos, juste là, entre les deux omoplates, et elle suce toute mon énergie, pour me tuer (*là, je commence à paniquer pour de bon, l'image se dessine dans ma tête d'une sorte de mi-alien mi-gargouille, scotchée comme une sangsue géante, à la base de sa boîte crânienne, c'est vraiment vraiment flippant*).

— C'est pour ça que certaines semaines tu es odieux, et que

tu refuses tout contact ?

— Oui. Le temps que la cérémonie fasse effet, en brûlant la bête. Et qu'ensuite je récupère suffisamment d'énergie vitale pour pouvoir de nouveau vivre normalement.

— Ben oui, y a pas de miracles !

— Ah oui ! Que je t'explique. Les miracles, tu vas comprendre, c'est très simple (*mes tentatives d'humour passent totalement inaperçues, pour le coup*). En fait, là-haut, ils ont des chirurgiens. Et aussi des sortes de scanners, mais beaucoup plus performants que les nôtres. De temps en temps, d'ailleurs, ils laissent les hommes faire de nouvelles découvertes technologiques, mais ce sont eux qui leur soufflent, pendant leur sommeil. Comme pour les scanners. Eh bien, pour les miracles, les guérisons inexpliquées, c'est simple. Leurs chirurgiens opèrent et puis ils referment de façon invisible. C'est normal, ce sont des chirurgiens de Dieu. Alors, comme aucune cicatrice n'est visible et que la personne est guérie, on crie au miracle. Voilà. (*Mais enfin, comment n'avons pas pensé à cela plus tôt !*)

— Et d'autres appareils ont été soufflés aux hommes ?

— Oui, tous ! Léonard de Vinci, c'était qui à ton avis ? Juste un type très intelligent, comme ça, par hasard ? Faut pas rêver... (*bon sang, mais c'est bien sûr !*). Mais, le scanner, par exemple, ça leur sert aussi à autre chose. À eux, là-haut, mais pas aux hommes, ils n'en feraient pas bon usage. Là-haut, ça leur permet de repérer qui a du mauvais en lui, qui fait partie de l'armée du Malin. Ils ont repéré par exemple des personnes qui avaient été placées sur ma route pour me nuire. Ces personnes-là, ils se chargent de les shooter. Avec des sortes de laser très efficaces. Ça ne les tue pas forcément, mais ça les anéantit (*ça y est, Startrek et Luke Skywalker réunis !*).

À ce moment-là, elle ressentit le besoin de faire un petit break, elle n'en pouvait plus. Tout cela était tellement surréaliste. La préparation d'une boisson chaude lui permit de se concentrer sur autre chose, se laver l'esprit de toutes ces histoires. Lui aussi se sentait fatigué. D'ordinaire, il se couchait toujours tôt, et dormait beaucoup, surtout ces derniers temps. En rapport avec la précipitation des événements dont il venait de parler ?

L'explication ne viendra que plus tard : il se doit de dormir beaucoup, car c'est pendant son sommeil qu'*ils* le préparent à son nouvel état. Ce changement radical, irréversible, incontournable et nécessaire, ne peut se faire que progressivement et en dehors du champ de la conscience. Donc, quand il dort. *Ils* ne vont tout de même pas le mettre en coma provoqué pour œuvrer tout à loisir. Ça se remarquerait, c'est le moins que l'on puisse dire !

Autre raison : cette transformation peut être douloureuse, car son corps se transforme, le grand métis devant se muer en petit blond. D'ailleurs, fera-t-il remarquer, certains matins il se réveille avec des douleurs dans la nuque ou le dos... (*mais, non, ce n'est pas dû à une mauvaise position pendant le sommeil ; et aucun rapport non plus avec le fait qu'il se soit endormi tout tordu dans son canapé*).

Donc, pendant le sommeil, et uniquement pendant le sommeil. Car, dernière raison : en état de conscience, ces douleurs et ces changements en rendraient fou plus d'un. Le mental ne résisterait pas. *Ils* le protègent donc, le préservent. Trop précieux, le garçon.

Elle se dit tout à coup que ces histoires d'une personne captée ou capturée pendant son sommeil, maintenue en état d'inconscience, plus ou moins opérée par des *ils* venus de là-haut, ça lui rappelle quelque chose. Encore un qui aurait pu crier à l'enlèvement par des extra-terrestres ! *Scully et Mulder, à l'aide, venez à ma rescousse !*

Tout ceci s'accorde très bien avec ce sentiment qu'elle a de naviguer en pleine science-fiction. La pause se termine bien vite, car lui, il a très envie de poursuivre son récit, de partager avec elle toutes ses révélations.

— Je dois te dire maintenant, ajouta-t-il, en état de surexcitation, comment les choses vont changer. Dans quelques semaines, il va se produire des tas de phénomènes partout dans le monde.

— Des phénomènes météo ?

— Oui, entre autres. Car vois-tu, il faut bien balayer tout ce qui ne va pas. Détruire les lieux où il se passe de mauvaises choses. Et des gens vont mourir, bien sûr. Les mauvais iront au Purgatoire. Et pour les bonnes âmes qui seront mortes malencontreusement à cette occasion, aucune crainte à avoir pour elles, elles seront sauvées (*super, les morts innocents iront direct au Paradis, ils vont être contents de savoir ça*). On ne fait pas d'omelette sans casser des œufs, alors quand il s'agit de refaire le monde, tu penses…

— Et ces lieux, tu les connais ?

— Pas tous, mais il suffit d'observer le monde, ceci dit. Tu sais, autant certains lieux sont de façon évidente habités d'une belle force spirituelle, autant d'autres sont de façon tout aussi évidente des repaires du Malin. Regarde ce qui se passe en Haïti. Il ne leur arrive que des catastrophes, là-bas, aussi bien avec la météo que politiquement et socialement. Ce n'est pas par hasard. Cette île sera définitivement rayée de la carte. Pas le choix.

— Toujours les fameux œufs de l'omelette divine. Et à part les phénomènes météo ? Tu m'as dit *entre autres*.

— Pour les autres catastrophes dites naturelles, je ne sais pas. On verra.

— Parce qu'il y aura autre chose que les catastrophes naturelles ?

— Il y aura des miracles, qui vont démarrer en Guadeloupe. Vraiment beaucoup de choses. Surtout des apparitions, mais qui seront visibles par tout le monde. Qui pourront même être filmées. Tu verras, ça va être fabuleux, vraiment magnifique. Ça va attirer énormément de pèlerins, qui viendront du monde entier. Tu te rends compte, la Guadeloupe, ma terre natale, va devenir le lieu de pèlerinage le plus fréquenté au monde ! C'est extraordinaire, non ? J'attends ça avec l'impatience que tu imagines.

— Eh bien ! La logistique, ça va pas être simple. Des millions de pèlerins en partance vers une petite île. Leur transport, leur hébergement, etc. Ils vont venir à la nage, ou quoi ?

— Justement, si notre famille est tellement concernée, ce n'est pas par hasard. Nos études respectives, nous ne les avons pas vraiment décidées. Nous avons été choisis, et nos chemins de vie ont été choisis pour nous. Regarde : ma tante tient plusieurs hôtels, elle s'occupera d'organiser l'hébergement ; moi, je suis dans la construction de bâtiments, parce qu'il faudra construire de nouveaux lieux de vie ; mes deux frères sont dans la restauration, parce qu'il faudra bien nourrir tout ce petit monde. C'est formidable, non ?

— Et tes frères vont être prévenus quand de tout ça ? Parce que, pour le moment, ils ne savent rien, c'est bien ça ? Si leur transformation a commencé, et que cette *fin d'un monde* est imminente, il va falloir leur dire très vite. Tu m'as dit que les révélations et la transformation s'étaient faites pour toi sur plusieurs années, parce qu'une trop grande soudaineté pourrait être fatale à la personne concernée. Et l'enveloppe corporelle, tous saints qu'ils soient, les Apôtres en ont besoin, non ?

— C'est ça qui est formidable ! Pour mes frères et cousins-cousines, leur information a déjà commencé. Et ils ne font preuve d'aucun étonnement. Là-haut, tu sais, ils ont amélioré leurs techniques au fil du temps. À l'époque où ils ont commencé le travail sur moi, ils balbutiaient. Aujourd'hui, l'avancée technologique est fantastique. Mes frères et mon cousin ont déjà fait des rêves, c'est ma tante qui me l'a raconté (*géniale, la tante qui sert d'unique intermédiaire, comme ça, rien n'est vérifiable en direct*). Mes frères ont vu notre père dans leurs rêves. Il leur parlait et leur expliquait que bientôt ils allaient abandonner leur vie actuelle, pour aller vers une autre vie, la vraie. Celle à laquelle ils sont promis depuis leur conception.

— Ils ont rêvé de votre père ? Mais en quoi c'est tellement excitant et de bon augure ? Tu m'as toujours dit qu'il battait ta mère, et vous avec, par la même occasion.

— Mais non, dit-il avec une condescendance bienveillante. Je parlais de mon père là-haut. Moi, je suis Saint Pierre, mes frères sont Saint Joseph, mon cousin Saint Paul. Et nous sommes nous trois, plus une sœur que je ne connais pas encore, sur Terre elle s'appelle Émilie, donc nous quatre (*enfin, quatre saints, mais cinq humains, pas simple !*), les quatre enfants de Saint Benoît. Donc, ils ont vu Saint Benoît en rêve. Et ils ont tous décrit exactement le même personnage. C'est une preuve que le jour du départ approche. Je suis tellement excité quand j'y pense !

— Eh ben, pas simple tout ça. Quand tu parleras de père ou de frère, précise-moi si c'est sur Terre ou au Ciel, pour que je puisse suivre.

— Ah oui, au fait, l'autre personne qui hébergeait Saint Pierre en même temps que moi, mais qui est morte depuis, tu sais qui c'était ? Non, bien sûr ! Et bien, c'était l'Abbé Pierre. Incroyable, non ?

— Et, il était au courant ?

— Non, ils ne lui ont pas dit. Son niveau de spiritualité n'était pas suffisant (*comme quoi, les apparences sont trompeuses, mais comme on dit, l'habit ne faisant pas le moine, tout est possible*).

— Ah oui ! J'allais oublier ! Incroyable que je n'y pense que maintenant ! Il faut que je te parle de Barack Obama (*pardon ? Il vient faire quoi, là-dedans ? Tu ne vas pas m'annoncer que c'est ton cousin là-haut, quand même ?*) Eh bien, lui, tu sais qui il abrite ?

Et là, il a les yeux qui lui sortent des orbites de surexcitation, un sourire qui va d'une oreille à l'autre. Il s'est penché vers elle, lui prenant les deux bras dans ses deux mains, du plus

pur style *je dois t'annoncer LA bonne nouvelle.*
— Eh bien, non, j'avoue, je ne vois pas.

La pauvre, elle ne parvient plus tout à fait à suivre. La fatigue est là, bien réelle, décuplée par la discussion en elle-même. Que va-t-elle faire de tout ce qu'il est en train de lui raconter ?

— Eh bien, dit-il avec une voix de conspirateur, il abrite en lui le Très Haut, notre Père à tous ! (*L'avènement de la négritude, il fallait s'y attendre !*) Mais il n'est pas au courant pour le moment, son niveau de spiritualité n'est pas suffisant.

— Mais, dis donc, quand il va se transformer, il sera comment ? Parce que pour les Apôtres, Jésus, Jeanne d'Arc… on a des représentations, des gravures, qui permettent de savoir plus ou moins à quoi ils ressemblaient. Mais Dieu, que je sache, à ce jour nul n'a pu exhiber son portrait. Non ?

— Ça, je ne sais pas encore. Mais, rassure-toi, on va le savoir dans très peu de temps. Et puis, c'est vrai, tu as raison, je n'y avais pas pensé ! On va enfin savoir à quoi IL ressemble. Je suis encore plus pressé, du coup !

Silence. De lassitude pour l'une, de réflexion pour l'autre.

Finalement, c'est elle qui poursuit, désireuse de parvenir au bout de cette conversation, pour enfin enfin, aller se coucher.

— Mais alors, dis-moi, qu'est-ce que je suis venue faire dans ta vie pendant un an, moi ? Je n'ai pas ma place là-dedans, aucune femme n'y a sa place, d'ailleurs.

— Il n'y a pas de hasard. J'ai demandé, mais je n'ai pas eu de réponse, car ce n'est pas encore le moment. Moi, je pense que tu n'es pas directement impliquée. Je suis presque sûr que tes enfants vont avoir un rôle à jouer dans ce Nouveau Monde.

Pour devenir sans doute chirurgien, ou autre chose. En tout cas, je pense sincèrement que c'est ce qu'on va me dire un jour ou l'autre. Tu sais, les enfants sont importants dans tout ça (*peut-être, mais à partir d'aujourd'hui, tu ne t'approches plus des miens*).

— Mais alors, pour ton neveu ? Et ta nièce ?

— Mon neveu, son père va bientôt le récupérer auprès de lui, et la mère (*comme on dirait* la *femelle… ce n'est pas sa mère, aucun lien entre eux, juste une génitrice, une matrice, rien de plus qu'un emballage qu'on peut jeter après usage*), elle, elle va mourir au cours d'une tempête (*et hop ! Allons-y franchement*). Pour ma nièce, mon frère va quitter la métropole avec elle, et *la* mère (*un emballage de plus, même pas bon pour le recyclage*) va être shootée.

— Shootée ? C'est quoi, ça ?

— Soit elle va mourir, soit elle va disjoncter, en voyant mon frère se transformer. Elle est tellement scientifique que son esprit raisonneur ne pourra pas résister à un truc pareil.

— Et, *ils* ont pensé au fait que ta nièce peut disjoncter aussi, en ne reconnaissant plus son père ?

— Pas de souci, tout est superbement bien préparé. Tu n'imagines pas à quel point (*ce qui est certain, c'est que je n'aurais jamais imaginé un truc pareil*). En fait, depuis toujours, ma nièce voit son père tel qu'il sera après sa transformation. Génial, non ? Et puis, tu as remarqué le prénom de la petite ?

— Oui, j'y pense depuis tout à l'heure. Angel, c'est ça ?

— Oui, ce n'est pas par hasard. Ils ont réussi à imposer ça à *la* mère, quand il a fallu choisir un prénom. Une victoire sur le Malin. Parce que, bien sûr, cette femme appartient au Malin, elle a été placée sur la route de mon frère pour lui nuire. Pour le moment, elle y parvient, elle passe son temps à le traiter de haut, méchamment. Mais la fin de son ascendant est venue. Tout comme la mère de mon neveu a été placée pour les mêmes raisons sur le chemin de mon autre frère. Son fils s'appelle Miguel : Michel, en fait, c'est Saint Michel terrassant le dragon. Il va avoir un rôle énorme à jouer, énorme. Le dragon, le feu, le Malin. Tu comprends ? (*oh oui, avec les quelques neurones qui ont résisté aux flashes divins, je crois que je comprends, je comprends même très bien*)

— Je pense avoir compris à peu près tout ce que tu m'as expliqué, en effet. Mais là, je suis épuisée, malgré tout. Si on dormait un peu ?

— Tu as raison. Mince, il est déjà deux heures du matin ! En tout cas, rassure-toi, quand tout va commencer, tu sauras. Première chose, souviens-toi : les apparitions en Guadeloupe. Toi, tu es au courant, tu ne seras pas étonnée. Tu pourras expliquer à tes enfants qu'il ne faut surtout pas avoir peur.

Et c'est sur ces sages paroles qu'elle put enfin se coucher et profiter d'un sommeil réparateur. Malgré sa fatigue, elle ne parvint pourtant pas à trouver le sommeil tout de suite. Tout cela tournait dans sa tête. Elle n'avait que faire des révélations de celui qui était en train de quitter sa vie. Elle n'éprouvait d'ailleurs aucune douleur due à sa perte. Simplement, elle aussi avait eu une révélation : cet homme était un schizophrène. Et il dormait à ses côtés pour cette dernière nuit.

Quelles sont donc les probabilités pour qu'un schizophrène devienne un psychopathe, un vrai, un bien dangereux, un qui tue sans prévenir, guidé par une impulsion ? Quelles sont pour elle les probabilités de sortir vivante de cette nuit ? Cet homme n'allait-il pas regretter ses confidences ? N'allait-il pas être contacté au cœur de ses songes par un quelconque ange vengeur, qui lui soufflera sur les plis de l'oreiller qu'il doit effacer toute trace de ce qu'il lui avait confié ? Verrait-elle le soleil se lever dans quelques heures ?

Et puis, la fatigue étant la plus forte, elle avait fini par sombrer et s'endormir profondément...

DEUXIÈME PARTIE

Dimanche 31 mai 2015

Jacinthe était contente, elle venait d'apprendre que sa grande copine avait fini par accepter de faire prendre un nouveau virage à sa vie. Et un sacré virage !

Martine, ma chère Martine, tu viens enfin de m'annoncer qu'un homme tout aussi charmant que nécessaire a élu nouvellement domicile dans ton cœur, et ce de ton plein gré. Et pourquoi cela me rend-il aussi joyeuse ? Pourquoi y vois-je un signe de bon augure pour ton équilibre ? Eh bien tout d'abord, parce que récemment tu tenais des discours si négatifs sur les relations homme-femme et concluais si souvent tes paroles par un « je vais finir ma vie sans homme, ce sera bien mieux comme ça » ou autre « ras le bol de ces mecs, de quoi entrer dans les ordres ou virer de bord ». Ce que je trouvais fort dommage, même si je n'ai rien contre les célibataires endurcis, ou les nonnes, ou même les homosexuelles. C'est juste que je t'ai toujours sentie faite pour vivre une histoire avec un homme, une histoire qui soit belle, longue, nourrissante et lumineuse. Lumineuse à en éclabousser ton entourage de pépites d'étoiles filantes.

En fait, voyez-vous, Martine, ma Martine chérie est un sophisme. Je ne comprends d'ailleurs pas que sa mère, si clairvoyante en général, ne l'ait pas prénommée Sophie. Mais cela est un autre sujet. La définition du sophisme pourrait aisément être trouvée grâce à un petit passage, soit par Wikipédia, soit par le Larousse qui trône sur votre étagère, tout dépendra de votre âge. Ou de votre mode de vie. Ce qui est bien souvent lié, je vous l'accorde. Je fais ici référence à la glorieuse époque où l'on se plongeait dans une encyclopédie ou un dictionnaire, seules sources de savoir, pour y trouver les informations qui nous manquaient. On naviguait alors entre les pages d'un livre aussi lourd qu'épais, là où d'autres surfent aujourd'hui sur une toile aussi virtuelle que gluante. Mais dans un cas comme dans l'autre, ces pérégrinations au pays du savoir voient plus d'une âme s'y perdre et ne jamais trouver la sortie. Qui pourrait comprendre aujourd'hui que l'on passait auparavant le même nombre d'heures à divaguer d'une page à une autre, que de nos jours en allant d'un lien web à un autre ? L'aventure commençait à l'ouverture de la première page, celle qui était visée, comme sur Internet, pour se finir deux heures plus tard, sur un tout autre sujet, en d'autres lieux et à une autre époque. Rien n'a changé (enfin, je crois), si ce n'est le support.

Martine est donc un sophisme. Pourquoi ? Eh bien, parce qu'à elle seule, elle défie toutes les lois de la logique, vous faisant croire à un raisonnement qui tient la route, alors qu'il n'en est rien. À propos des hommes, cela va de soi, uniquement à propos des hommes. Pour le reste, elle raisonne tout à fait normalement.

Le sophisme est une sorte de syllogisme vicié. Et Martine a longtemps été volontairement partisane de raisonnements viciés au sujet des hommes. Peut-être pour se prouver à elle-même qu'il était justifié de s'en tenir éloignée. Ou pour expliquer à ses proches qu'elle n'était pas faite pour vivre quelque chose de beau et d'honnête avec un homme. Alors, il était si simple pour elle de faire justement usage d'un syllogisme en vous jetant comme ça, entre la poire et le fromage, que « tous les menteurs disent un jour la vérité et tous les hommes

disent un jour la vérité, donc tous les hommes sont des menteurs. »
Et en conclusion : que faire d'un menteur ? Si ce n'est le tenir le plus éloigné possible de soi.

Mais aujourd'hui, Martine a jeté tous ses sophismes à la corbeille, les a compactés en sautant dessus à pieds joints et les a oubliés, comme il se doit. Car aujourd'hui, Martine se contente d'être amoureuse, faisant fi du fait que celui dont elle est amoureuse est un homme. Un de ces hommes dont elle pensait il y a seulement quelques jours que ce sont les êtres les plus malfaisants de la création. Tous. Absolument tous. Et voilà ! Tout est balayé ! Simplement… car… Martine… est amoureuse !

C'est à n'y rien comprendre. Et pourtant, c'est doux et délicieux à entendre. Pour moi, en tout cas. Et maintenant, je n'attends plus qu'une chose, qu'elle me parle de lui, car il doit être sacrément improbable, ce balayeur de sophismes !

Martine vient donc d'annoncer à Jacinthe qu'après plusieurs années de quelque chose qui ressemblait à s'y méprendre à un non-mariage, avec un homme qui n'en finit pas de sortir de sa vie à pas de loup (pas pressé, le garçon) malgré une séparation de fait depuis plusieurs années, elle s'est autorisée à tomber amoureuse.

« Tomber amoureuse »… Fracture temporelle qui vous fait passer en un dixième de seconde de la situation du « je n'ai personne dans ma vie » à celle d'un amour omniprésent, inscrit en chaque chose du quotidien, s'exprimant de façon plurielle et impérieuse.

Il y avait quelques mois, elle avait bien eu une étrange histoire avec un homme tout aussi étrange, tout comme Jacinthe d'ailleurs, jumelles à ce moment-là dans leurs vies affectives, mais elle s'était terminée en queue de poisson, brusquement, et avait laissé Martine dans une sorte de crainte envers les hommes en général. Elle s'était alors précipitée chez Jacinthe pour lui annoncer son désir d'envoyer tous les hommes de la création en expédition à l'autre bout de la galaxie, ce à quoi son amie lui avait répondu qu'elle était prête à l'aider à affréter le vaisseau spatial qui se chargerait de cet aller simple. Elles avaient un peu pleuré chacune sur l'épaule de l'autre et sur leur propension à ne faire que de mauvaises pioches depuis plusieurs années. Et puis, elles étaient bien vite passées à autre chose.

Et là, tout à coup, Martine est amoureuse ! *Yesssss !*
Jacinthe a cette impression duveteuse et pétillante de partager le nouvel état d'âme de son amie. Elle qui vit en célibataire depuis douze années maintenant, mis à part ces quelques mois d'idylle avec un homme au mental si bancal, et deux ou trois « passades », elle ressent le besoin de partager la nouvelle situation de son amie.

Et là, tout de suite, Martine se raconte...
Elle participa il y a peu à un stage de formation-remise à niveau (*quel terme affreusement affreux !*) dans le milieu professionnel. Le thème du séminaire importe peu. Ce qu'il faut retenir, c'est que l'ultime soirée se déroula sous le format « un dernier verre dans un bar select ». L'heure était aux confidences...

Les uns étaient silencieux, les autres outrancièrement loquaces, certains observaient, écoutaient, d'autres se livraient entièrement (besoin d'absolution ?) au plus offrant ou *a minima* au plus écoutant. Tout cela sans réelle pudeur. À quoi bon ? Tous ces gens-là, on ne les reverrait jamais.

Et voilà qu'un homme d'un âge incertain (la nuit, tous les chats sont gris, voire poivre et sel) s'approcha de Martine et entama la conversation. Elle avait à peine remarqué que le monsieur en question avait participé aux mêmes journées qu'elle, pourtant la conversation dura un bon moment. Au cours de celle-ci, Martine fut fort surprise de constater que son interlocuteur lui livrait des confidences qu'elle se serait crue bien incapable de recevoir et accueillir pour ce qu'elles étaient, c'est-à-dire des petits joyaux d'intimité à la valeur inestimable.

Elle raconta à Jacinthe les détails de cette drôle de soirée, encore tout étonnée de ce qu'elle avait alors vécu. Pourquoi cet homme-là était-il venu se livrer à elle et à personne d'autre, de ces confidences-là, dans ce lieu-là, à ce moment-là ? Qu'avait-elle fait pour attirer-mériter ces aveux-confidences ? Rien, sans doute. Simplement, c'était elle et c'était lui, et rien d'autre. Il s'était risqué à donner, elle s'était risquée à recevoir.

**

Martine était assise dans ce bar, à côté de cet homme, tous deux faisant face au barman, plus qu'ils ne se faisaient face eux-mêmes. Tout juste tournaient-ils la tête l'un vers l'autre pour lui adresser une question, une réponse, une approbation...

C'était beaucoup plus facile de se confier ainsi, plus facile que les yeux dans les yeux.

Il lui parlait, il déballait tout, se mettait à nu, se rendait vulnérable. Lui disait que tout au long de ces cinq jours, il avait failli tant de fois venir se raconter à elle. Il avait failli, juste failli. Il n'avait pas osé. Mais ce soir…

Ce soir-là, il faisait sombre. La pénombre était comme un voile, comme la grille du confessionnal, elle permettait tout, effaçait les défauts, lissait les choses, rendait courageux.

Ce soir-là, ils n'étaient pas face à face.

Ce soir-là, il n'y avait pas de témoins autour d'eux. Si ses propos étaient mal perçus, il pourrait toujours s'en excuser, tirer sa révérence et disparaître dans la nuit. Il n'aurait pas à soutenir toutes ces autres paires d'yeux.

Et puis, ce soir-là, il y avait urgence, car dans quelques heures, tous allaient reprendre le chemin de leurs vies respectives, et s'il n'avait pas parlé, il serait trop tard.

Martine l'observait, à la dérobée, lorsqu'il cherchait ses mots, courait après le fil de ses pensées, tout en détaillant les mouvements du barman ou l'étiquette de l'une des bouteilles qui étaient exhibées là, en attente d'être choisies.

Elle ne pouvait attraper que son profil. Plutôt beau gosse.

Elle l'écoutait beaucoup, répondait peu, juste quelques mots, attendait la suite, l'écoutait vraiment, s'oubliait, se laissait porter par le flot de ses paroles. Elle se sentait bien, elle était importante pour quelqu'un, importante pour un homme. Même si ce n'était que pour une soirée, elle se sentait importante. Elle le remercia en silence. Merci, bel inconnu. Bel inconnu qui parle aux bouteilles de whisky et de digestifs. Aux bouteilles qui ont la tête en bas.

Se confiait-il ou se délestait-il ? Partage ou passage de relais ? Il faudrait une suite pour avoir la réponse. D'autres épisodes.

Ce soir-là, ils s'étaient dit au revoir en échangeant leurs numéros de téléphone, comme deux gamins à la fin d'un séjour en colo. Puis il avait disparu, comme ça, happé par la pénombre du bar.

Après cela, Martine avait pris congé des autres, sans beaucoup de chaleur. Toute son attention, toute sa présence pour vivre l'instant était partie avec lui. Elle était épuisée, vidée par cet échange qui s'était déroulé sous la présidence de bouteilles équilibristes.

**

Et voilà le résultat : Martine est amoureuse. Inconditionnellement amoureuse. Tout en n'ayant aucun souvenir des jours qui ont précédé la soirée dans ce bar. Elle ne se rappelle plus à quels moments elle a côtoyé cet homme durant la semaine de stage. Et d'ailleurs, elle ne se rappelle pas non plus avoir partagé avec d'autres des échanges, de quelque teneur que ce soit. Tout cela aurait-il été effacé par sa conversation du dernier soir ? Elle a en mémoire l'indifférence des autres personnes envers cet homme ce soir-là, qui ne l'écoutaient et ne le regardaient seulement pas. Certaines personnes sont comme ça, nul ne prête attention à elles. Martine garde en elle le souvenir de sa *transparence*, lorsqu'il demandait un autre verre au barman, demande que Martine devait reformuler pour lui. Elle n'a en mémoire de cette soirée-là que deux choses : l'intensité de leurs échanges et son inconsistance à lui face aux autres, qui n'avaient sans doute trouvé en cet homme aucun intérêt. Pourquoi ? Elle avait alors ressenti, né de cette opposition, un besoin impérieux et irrépressible de protéger cet homme, contre vents et marées.

Le protéger de l'indifférence des autres, lui donner toute la consistance qu'il était possible en l'écoutant se raconter, lui apporter toute l'épaisseur qu'elle pouvait, en comprenant ses sentiments avant même qu'il les exprime.

Elle était tombée amoureuse de cet homme alors même qu'il ne jouait pas encore le jeu de la séduction. *A priori…*

Et Jacinthe, en écoutant Martine, ressentait l'impression d'être amoureuse par procuration. En bref, tous les bons côtés de l'état amoureux, mais sans les inconvénients.

« État amoureux », c'est quoi encore cette expression à la noix ? Vivre une situation amoureuse, c'est tout sauf un *état*. Explication : l'*état* est une chose statique, sans évolution, sans vie, sans mouvement. Alors que la situation amoureuse est une sorte de sable mouvant en perpétuelle transmutation, aux règles changeantes et totalement aléatoires. Et pourtant, petit tour sur Internet, et hop ! Définition Larousse, LA définition par excellence, il faut l'admettre. Eh bien, ô déception ! Larousse ne parle que de l'état avec un grand É, c'est-à-dire la nation avec un grand N. Bien. Ne désespérons pas, et allons voir ailleurs. Ah ! Voilà qui est mieux. État : manière d'être, stable ou sujette à des variations. *Ça, c'est parfait, ça me plaît bien, puisque ça va dans le sens de ce que je pense.* Surtout le « sujette à des variations ». L'état amoureux est donc sujet à des variations ? Cela va de soi. On passe si facilement d'un amour absolu à une haine dévastatrice. En ayant ou non parcouru toutes les étapes qui séparent ces deux extrêmes.

Martine porte donc dans son cœur un homme dont Jacinthe ne connaît pas le prénom, et que son amie ne lui a même pas décrit.

Et pour on ne sait quelle raison, malgré le plaisir qu'elle éprouve à voir les yeux de Martine pétiller ainsi, Jacinthe ressent un besoin impérieux de suivre cela de près. Non pas qu'elle veuille lui spolier ses doux moments. Certainement pas. Mais, allez savoir pourquoi, elle ressent en elle l'absolue nécessité de s'intéresser à cette histoire qui n'est pas la sienne, la suivre de plus près que ne le voudraient la bienséance et le respect de l'intimité d'autrui. Car il y a là quelque chose qui l'appelle et l'intrigue, un je ne sais quoi d'étrange, d'inexpliqué, d'inexplicable, d'impalpable. Une senteur d'illogisme qu'elle ne parvient pas à ignorer. Comme une prémonition...

Samedi 6 juin 2015

Attablées dans un restaurant où l'on peut s'isoler et s'offrir ainsi une atmosphère intimiste.

Il faut au moins cela pour que Martine soit encline à livrer à Jacinthe quelques informations supplémentaires. La salle est grande, mais sur le pourtour est accrochée toute une guirlande de petits boxes, pour deux ou quatre personnes. Voire trois. Là, elles sont deux. Et Jacinthe espère bien que lui, le chéri de Martine, va bien vite venir s'installer entre elles deux. Pas sur la table, ce qui ferait désordre. Mais s'inviter de façon abstraite, par les mots que Martine emploiera pour parler d'elle, de lui, d'eux.

L'air de rien, c'est Jacinthe qui commence les hostilités. Elle lui parle d'elle, de ses filles, du travail sur son nouveau livre, de ses récentes découvertes (expos, films, livres, etc.) puis, enfin, de son Sahara amoureux. Ça, c'est histoire de lui passer le relais… Judicieux, non ? Pas tant que ça, dites-vous ? Bon, c'est vrai, pas tant que ça. Cela dit, toutes les filles (oui, même d'âge plus ou moins mûr, les femmes sont toujours des filles, c'est comme ça) étant dans l'âme, dans leur construction intrinsèque, des Scarlett O'Hara en puissance, de quoi parlent-elles ? Allez, allez ! De quoi parlent-elles ? D'amour bien sûr, enfin non, plutôt d'Amour. De celui qu'elles ont eu, de celui qu'elles espèrent, de celui qu'elles n'ont plus, de celui qu'elles ont, de celui qu'elles imaginent… de celui des autres, s'il le faut ! Mais, d'A-mouuuuuuur. Voilà.

Même s'il faut pour cela déguiser la conversation en autre chose, du type philosophie sur la condition humaine, ou sur l'avenir du monde, ou même sur la prouesse de tel acteur ou actrice dans je ne sais quel film ou pièce de théâtre. Mais en fait, *que nenni*, nous en venons toutes, à un moment ou à un autre, à ça : amour homme-femme. Même si ça n'occupe qu'une infime partie de la discussion, il aura fallu en passer par-là. Obligé. Or donc, Jacinthe dirige la conversation vers sa vie amoureuse, se disant qu'ainsi Martine ne se méfiera pas le moins du monde. Parce que c'est nor-maaaal. Et même si on met les pieds dans le plat, ce qui n'est pas recommandé, même dans le plus minable des restaurants, elle n'y verra que du feu : juste une conversation entre deux femelles, conversation aux ingrédients qui défient le temps et les cultures.

Prenons un exemple. Pas plus tard que la veille, Jacinthe assistait à un concert dans une église. Extraits d'opéras interprétés par une soprano et un baryton aux voix magnifiques. Elle avait envoyé un message à une amie cantatrice pour lui demander si elle connaissait le baryton en question, que Jacinthe trouvait exceptionnel. Et que lui répondit son amie ? En dehors du fait qu'elle ne le connaissait pas. Elle ne lui demanda pas pourquoi Jacinthe lui posait cette question, ou juste à quelle occasion elle avait pu l'entendre. Non, non, non. Rien de professionnel, rien de tout ça. Juste un

« c'est ton nouvel amoureux ? » Avouez que c'est étonnant. Enfin non, c'est simplement féminin. CQFD. Et même si une hirondelle ne fait pas le printemps, eh bien, à l'inverse, une attitude de femelle fait bel et bien le printemps amoureux. Comprenez une femme, et vous les aurez toutes comprises. Mais le vrai problème est : comment faire pour comprendre une femme ? Eh oui, c'est là que le bât blesse. Tout simplement parce que les femmes sont incompréhensibles tout autant qu'imprévisibles. Comme les chats. Vous avez tous vécu cette expérience : un chat est là, sur le trottoir, assis, tranquille, l'air de rien, il ne vous regarde même pas, et vous, vous arrivez avec votre voiture. Situation flippante. Que va-t-il faire ? Traverser sous vos roues (culpabilité, quand tu nous tiens) ? Rester assis comme si vous n'existiez pas (quel abruti, ce chat ! Dire que j'ai eu peur de l'écraser) ? Foncer vers la route, puis faire demi-tour au milieu, au moment où vous pensiez être sûr de l'avoir évité (et là, si on échappe au carambolage, c'est qu'on était tout seul sur la route) ? Ça fout les jetons, non ? Juste un chat au bord de la route… Eh bien les femmes, pareil… Im-pré-vi-si-bles ! Je ne veux pas dire qu'une femme au bord du trottoir risque de passer sous nos roues sans prévenir. D'autant qu'une femme postée sans bouger sur un trottoir, elle serait plutôt prévisible au contraire… Mais bon, c'est un autre sujet.

**

Depuis leur arrivée au restaurant, Martine observe son amie et la laisse mener la conversation. Elle aime beaucoup Jacinthe, elle la sait attentive à ce qui lui arrive. Elle a toujours été présente pour les coups durs, et présente aussi pour partager les bons moments. Et l'inverse a toujours été vrai également.

Martine aime à se remémorer ses échanges avec Jacinthe, en direct ou au téléphone. Et parmi ceux-ci, il y avait eu sa période floridienne, la plus intense et la plus surprenante de toutes. Une sorte de feuilleton ! Martine en avait bu tous les épisodes : le parcours sur son archipel lointain, ses rencontres, Peter, ses flocons océaniques, sa grossesse, et puis le reste, tout le reste… Et en fin de compte, Jacinthe de retour en France, augmentée de ses deux toutes jeunes expansions, ses adorables petites jumelles. Et maintenant, Jacinthe, seule avec ses filles depuis son retour ici.

Et puis, il y avait eu le « après ». L'installation dans sa nouvelle vie, avec toute l'aide qu'avaient pu lui apporter ses amis. Martine, toujours prête à l'aider, faire partie de ceux qui pouvaient gérer les filles de Jacinthe quand celle-ci devait se déplacer sur plusieurs jours. Et puis tout le reste, tout le reste. Les moments d'excitation, les coups de déprime, les phases euphoriques, surtout à propos de ses filles, les grosses larmes aussi, les airs pensifs, les présences, les absences. La vie, quoi… La vie.

Je crois qu'elle est plus particulièrement attentive à mon idylle, elle veut veiller sur moi, s'assurer que je ne vais pas encore aller me fourvoyer dans une histoire à deux sous, qui laisse plus de cicatrices que de rayons de miel.

Je vais tâcher de lui en dire suffisamment pour la rassurer, sans pour autant tout lui lâcher. Après tout, l'amour rend égoïste. Je ne veux pas tout partager. C'est mon histoire. C'est mon amoureux.

Jacinthe vient de griller toutes les cartouches des hors-d'œuvre de leurs échanges, en racontant son elle. Maintenant, la balle est dans le camp de Martine, place au plat de résistance, qu'elle raconte donc son elle à elle.

— Alors, et toi ? Ça se passe bien avec ton chéri ?
— Oui, pas de souci. Tout va bien.
— Raconte-moi, raconte-moi, raconte-moi ! À la suite de votre rencontre, pourquoi y a-t-il eu une suite ?
— Eh bien, cette soirée, à la fin de notre semaine de cours, je l'ai trouvée assez particulière.
— Comment ça ? Rien qui t'a effrayée, quand même ?
— Non, non ! C'est juste que… comment dire, eh bien, après à peine un quart d'heure de discussion, il a commencé à se confier à moi sur des choses très intimes.
— Des trucs sexuels ?
— Mais non, andouille ! Non, des choses importantes pour lui. Il m'a très vite parlé de son désir de faire prendre un virage à sa vie, de changer de cap, du fait qu'il vivait un mariage en fin de vie, et…
— Non ? Il est marié ?
— Oui, oui.
— Et son divorce est en cours ?
— Non, pas du tout.
— Martine ! Un homme marié ! Tu sais que c'est pas bon, ça ?
— Oui, je sais bien. Moi aussi, une copine qui me parlerait de ça, je lui dirais aussitôt de prendre le large. Mais là, c'est pas pareil.

— Ben oui, c'est pas pareil parce que c'est toi. Mais tu sais bien que c'est toujours pas pareil. Et au bout du compte, c'est toujours pareil.

— Peut-être. Je ne sais pas. Mais surtout, j'ai décidé de prendre ce que je pouvais prendre, sans attendre plus que la promesse du prochain rendez-vous. Après tout, c'est un homme, et tous les hommes fonctionnent pareil, non ? Nous, on construit un avenir dans notre tête, et eux ils ne voient pas plus loin que le bout de leur nez.

— Ou le plonger de notre décolleté, ajouta Jacinthe

— C'est pas faux. Mais il y a peut-être autre chose, non ?

— Moui...

— Enfin bref, au cours de cette soirée, il était touchant. Je ne sais toujours pas pourquoi il s'est confié de tout cela à moi et à personne d'autre. Parce que depuis, j'ai appris à le connaître un peu plus et il est tout sauf extraverti. Il ne se confie absolument pas, surtout pas à quelqu'un qu'il ne connaît pas.

— Il avait une bonne raison.

— ?

— Ben oui, c'était sa façon de te séduire. Je parie qu'il t'a demandé ton avis sur ces fameuses décisions à prendre pour négocier son virage de vie.

— C'est vrai.

— Ben voilà. Il a su te montrer que tu étais en quelque sorte nécessaire à sa survie et dépositaire d'une partie de son existence. Une toute petite partie, mais quand même. Pour nous autres, les femmes, ces toutes petites parties qui sont vraiment importantes. Nous les voyons de la taille d'une planète, alors que c'est juste un gravier de rien du tout.

— Il m'a manipulée, tu crois ?
— Tout le monde manipule tout le monde.
— Peut-être... Ce soir-là, je ne lui ai pas posé de questions. Il n'a pas beaucoup arrêté de parler. Nous étions tranquilles, personne ne prêtait attention à nous.
— Et personne n'est venu vous rejoindre ? Histoire de trinquer avec vous ?
— Non, du tout. Notre aparté ne devait pas encourager les gens à s'immiscer. Une ou deux personnes m'ont saluée d'un petit signe de la main, mais sans plus.
— Et lui personne ne l'a salué ou n'est venu lui dire au revoir ?
— Non, je ne crois pas. Je ne sais plus trop. Mais il ne me semble pas. Toujours cette impression de flou artistique autour de notre rencontre. Il m'a dit qu'il n'était pas très liant en général, plutôt ours mal léché qui reste dans son coin. Il n'a pas dû nouer beaucoup de liens avec les autres au cours de notre stage, du coup, personne ne devait ressentir le besoin d'échanger avec lui. C'est comme ça chez certains, ils ne savent pas se montrer encourageants pour qu'on vienne vers eux.
— Pourtant, vous avez dû faire des sortes d'ateliers de travail, en petits groupes, non ?
— Oui, oui, bien sûr. On a même fait que ça, quasiment. Des mises en situation, des trucs dans ce genre-là.
— Et lui, il était avec qui, dans ces ateliers ?
— Eh bien justement, j'y ai repensé et je ne parviens absolument pas à me rappeler l'avoir vu travailler avec d'autres ou l'avoir vu présenter le résultat d'un travail. En

même temps, nous n'avons pas tous fait une présentation devant les autres. Seulement ceux qui le voulaient. Et puis à chaque fois, j'étais super concentrée sur ce que je faisais. Alors, ce qui se passait autour…

— Vous deviez tourner. Pas toujours les mêmes personnes ensemble.

— Tout à fait. Mais je n'ai jamais partagé d'atelier avec lui, pas plus qu'avec certains autres. Le soir, au bar, j'ai eu l'impression qu'il arrivait de nulle part, spécialement pour venir discuter avec moi.

— Eh bien, lui, il avait dû te repérer !

— Il faut croire.

— Et après ?

— Truc classique. On a échangé nos numéros de téléphone et chacun est rentré chez soi. Je l'ai laissé me rappeler. Ce qu'il a fait deux jours plus tard.

— Et alors, il fait quoi dans la vie ?

— En fait, il est au chômage depuis deux ans. Un licenciement à cinquante ans, et depuis, le grand vide.

— Donc il dépend entièrement de sa femme pour vivre ?

— Ben oui. Surtout que la maison lui appartient à elle. Et en plus, elle gagne plutôt bien sa vie, si on peut dire. C'est une riche héritière qui vit sur ce que lui rapportent ses avoirs.

— Ils ont des enfants ?

— Non. Elle n'a jamais voulu mettre leur couple entre parenthèses pour en avoir.

— C'est déjà ça !

— Qu'est-ce que tu veux dire ?

— Marié, au chômage, dépendant de sa femme pour le toit

et le reste. Ça fait déjà un sacré bagage ! S'il devait y avoir des enfants dans l'histoire, ça commencerait à faire beaucoup. Et il partage encore des choses avec elle ?

— Au lit, tu veux dire ?

— Entre autres (entre autres, tu parles ! C'était bien sûr à ça que pensait Jacinthe, et rien d'autre).

— Ils ne partent plus en vacances ensemble et les week-ends, c'est chacun à sa guise. Pour le reste, je ne sais pas.

— Et en fait, tu n'as pas envie de savoir.

— Oui. En gros, c'est ça.

— Et comme il n'a pas de travail, il ne peut pas partir pour vivre seul.

— C'est à peu près ça.

— Et ses recherches de travail, ça donne quoi ?

— Je ne saurais pas dire. Je ne le trouve pas très virulent dans sa prospection. Il a bien eu quelques entretiens, mais il n'a même pas été convoqué pour un deuxième rendez-vous.

— Il a un CV intéressant ?

— Je ne sais pas. Je ne l'ai pas lu, son CV. Je ne voulais pas passer pour une fouineuse ou une sale inquisitrice.

— Et tu sais ce qu'il a eu comme postes avant ?

— Pas précisément. Il se montre discret, là-dessus. Et je n'insiste pas. D'une part, je crois qu'il veut s'occuper tout seul de sa recherche d'emploi, et d'autre part, il me dit que ce souci-là ne doit pas être notre principal sujet de discussion. Il préfère tenir notre couple loin de ça.

— En même temps, son indépendance dépend de ça. Et qui dit indépendance dit projets possibles pour vous deux.

— C'est vrai. Mais bon, pour le moment, je n'insiste pas.

Ce soir-là, Jacinthe apprit que Martine et lui ne se voyaient que chez elle ou au-dehors, pour des balades. En ajoutant des expositions, des séances de cinéma, des sorties resto.

— Tu comprends, on ne peut pas se voir chez lui. Il aurait le sentiment de trahir sa femme. Et ça, il n'y tient pas.

Pourquoi pas ? C'est une façon de voir les choses. Du coup, Martine ne connaissait même pas l'adresse exacte du monsieur. Ce qui lui convenait, finalement.

— Ça m'évitera d'être tentée d'aller faire un tour par-là. C'est mieux comme ça.

Si tu le dis, Martine, pourquoi pas.

— Et avec sa femme, ça marche comment ? Ils ont fait comme tous ces couples qui décident que chacun vit ce qu'il veut de son côté tout en continuant à cohabiter ?

— Oh non, pas du tout ! En fait, sa femme ne semble pas être du tout dans l'idée d'un couple en fin de vie. Alors, un divorce tu penses bien, pour elle, c'est à des années-lumière. Il ne l'a même jamais évoqué. D'après lui, s'il ose en parler, elle le fiche à la porte immédiatement. Et sans ressources…

— Donc il vit une histoire avec toi, tout en ayant peur d'être découvert.

— Il m'a même dit qu'elle pourrait sans doute devenir violente.

— Envers qui ? Elle-même ?

— Non, non. Envers lui !

— Eh ben ! Avoue que c'est quand même pas simple, ton histoire.

— Pas si compliqué que ça, tu sais.

— C'est sûr, assez simple finalement. Et même on ne peut plus classique. Un bon vaudeville : un homme, sa maîtresse et une femme trompée. Rien de nouveau !

— Eh ! Te moque pas, s'il te plaît. C'est un garçon très bien qui vit des moments pas faciles, mais qui est très honnête. Et puis tu sais, je suis bien consciente que c'est juste un homme, avec tous les défauts des hommes. Entre autres, cette difficulté à faire en sorte que les choses bougent. L'art de faire du sur-place, tout en donnant l'illusion du mouvement.

— Ah, tu me rassures. Donc un vrai homme, quoi !

— Rigole ! Oui, un vrai homme. Et grâce à lui, je me suis réconciliée avec bien des facettes de moi-même.

— Bon ben ça, c'est plutôt positif, dis-moi.

— Je veux, oui !

Bien bien, se dit Jacinthe. *Ma Martine semble heureuse de son histoire. Et ça, c'est que du bon. Elle en avait bien besoin. Mais quand même, un homme marié…*

Les deux amies se quittèrent au bout de trois heures passées à bavasser. Jacinthe fit les comptes : elle n'avait recueilli que bien peu d'informations sur le chéri de son amie, autant dire aucune.

— Et surtout, dit Martine en embrassant son amie, tu feras de gros bisous à tes filles. Tu n'oublies pas, hein ?

— Ne t'inquiète pas, j'y penserai. Bonne nuit, ma belle !

— Bonne nuit à toi et à bientôt.

En tout cas, j'ai bien l'intention de poursuivre ma petite enquête, se promit Jacinthe. *Je ne sais même pas quel est le prénom de son chéri !*

Lundi 8 juin 2015

L'été est de retour. Il a même quelques jours d'avance, il fait drôlement chaud. Les beaux jours, ça donne envie de barbequer, faire des bouquets de fleurs des champs, boire un p'tit verre de rosé, s'allonger dans l'herbe même pas humide pour regarder les trucs cachés dans les nuages, écouter les orchestres d'insectes et aussi la chaleur qui fait craquer les herbes sèches, sentir sa peau qui se dessèche sous les rayons du soleil, faire des bisous à tout le monde, être heureux et le dire… Les beaux jours revenus font naître en nous de bien jolies choses.

Et Jacinthe ? Jacinthe et son plan pour en savoir plus sur l'histoire de Martine. Où en sont-ils ?
Jacinthe a cogité. Longuement et assidûment cogité. Elle sent son amie embarquée sur un drôle de navire, et elle redoute les effets dévastateurs que pourrait avoir sur elle une nouvelle déception sentimentale.

Ce… Monsieur « je ne sais pas qui », je ne le sens pas du tout. Non pas que je le pense mal intentionné, ou pire, pas intentionné du tout. Simplement, je renifle un truc qui cloche.
Il va falloir que je suive Martine comme son ombre, si je veux tirer

les choses au clair. Pas au clerc, ce qui serait fort mal élevé. Cela dit, comme Martine n'est pas notaire, aucune raison d'y penser, ne serait-ce qu'une seule seconde.

Jacinthe trouve son plan extraordinairement simple. Il tient en trois mots : emménager chez Martine.

Comment m'y prendre ? Je vais devoir créer de toutes pièces une situation d'urgence. Une urgence devant laquelle Martine ne pourra que me proposer de m'héberger. Voyons… Mettre le feu à la maison ? Un peu trop radical. Et puis, les assureurs sont des petits futés, un incendie volontaire serait vite identifié.

Jacinthe s'est fixé des étapes qu'elle voit à peu près ainsi : 1) prétexter une furieuse envie de rangement dans sa maison, plus précisément dans son sous-sol, et suggimposer à Martine de lui donner un coup de main, ce qui leur donnera l'occasion de papoter. Le papotage est toujours un excellent moyen pour extorquer des informations, surtout quand on s'active. Dans le feu de l'action, l'autre nous voit moins venir. Mais c'est aussi l'occasion de se griller en voulant aller trop loin. Donc, prudence ; 2) pendant qu'elles déménageront son sous-sol, Jacinthe proposera à Martine qu'elles passent une petite semaine ensemble cet été, sans aucun chéri à l'horizon (pour Martine, car pour Jacinthe, de fait, ce sera *sans*) ni l'ombre d'un mouflet. Une semaine qu'elle mettra à profit pour décider comment mener son enquête ; 3) Jacinthe s'arrangera pour sinistrer sa maison, pendant les susdites vacances, et ce pour au moins deux ou trois mois, autant prévoir large ; 4) elle emménagera chez Martine avec ses deux filles, moyennant un loyer, ça va de soi. Et voilà !

Pour des beaux jours, ça va être des *beaux* jours ! Pour l'heure, il ne reste plus qu'à profiter de ces premières journées de chaleur.

Samedi 13 juin 2015

Demain, les filles de Jacinthe auront douze ans et elles adorent fêter leur anniversaire avec plein de monde. De préférence un astucieux mélange bien dosé d'adultes et d'enfants.

Jacinthe a donc décidé d'organiser une *garden-party* : barbecue, petit rosé, nuages en forme de trucs, insectes musiciens… et tout le reste. Aussi bien pour fêter l'anniversaire de ses filles que pour souhaiter la bienvenue au soleil et l'encourager ainsi à s'installer.

Histoire de noyer le poisson (ce qui est tout de même un sacré tour de force, surtout sous cette chaleur estivale où le manque d'eau est omniprésent), Jacinthe invite Martine parmi d'autres : deux amies communes, toutes deux sans douces moitiés ; un couple d'amis gays (clairement version *moi Jane, toi Jane* plus que *moi Tarzan, toi Tarzan*) ; plus deux couples tout ce qu'il y a de plus hétéros (du vrai *moi Tarzan, toi Jane*). Donc, en comptant les enfants (avez-vous remarqué qu'on dit toujours ça, « en comptant les enfants »… et pourquoi on ne compterait pas les enfants ?) cela fait seize personnes (les mêmes que précédemment se demanderont sans doute si les enfants sont vraiment des personnes). Y aura-t-il assez de nuages en forme de trucs pour tout le monde ? Sinon, pas grave, on fera avec. Avec quoi ? Ben, avec ce qui manque, bien sûr ! Tiens, c'est marrant ça, faire *avec* quelque chose qu'on n'a pas, faut l'faire ! Ben oui, justement, on l'fait, et même on l'fait AVEC. Effectivement, vu comme ça...

En tout cas, pour le barbecue, ça ira tout à fait, Jacinthe a prévu large. D'autant que les enfants passent moins de temps à manger qu'à jouer avec les chats et à courir après les poules. Et au vu du regard effaré des poules, il va sans doute falloir se passer d'œufs pour quelques jours...

De fait, les enfants n'avalent pas grand-chose. Voilà sans doute pourquoi on ne les compte jamais tout à fait. Ils ne font que passer. Peut-être ont-ils le sentiment de ne pas être réellement invités ? D'ailleurs, on ne leur a mis qu'une chaise pour deux...

Jacinthe observe tout ce petit monde et se souvient d'une autre *garden-party,* sans le *garden* cette fois-là. C'était il y a bien longtemps, dans une autre vie, pourrait-on dire. Elle vivait alors en plein cœur de Paris et avait invité ses amis pour un cocktail d'au revoir, juste avant son départ vers sa boule à neige floridienne[1]. Depuis, de nouveaux amis sont apparus, d'autres ont disparu de son paysage, d'autres encore, des Parisiens purs et durs ne peuvent se résoudre à quitter la capitale plus de quelques heures, ce qui les a irrémédiablement exclus de sa vie, maintenant qu'elle vit « à la campagne » (Paris + vingt kilomètres ou plus = campagne). Et puis, il y a Geneviève. Geneviève, qui lui manque. Geneviève et sa toile cirée d'un autre monde. Geneviève et son

---

[1] Dans *Huit jours après la pleine lune.*

téléphone au mur[2].

Il lui avait fallu assister à ses obsèques à peine deux années après son retour, et elle avait alors dû faire tant d'efforts pour se convaincre que Geneviève avait vraiment existé et pour garder gravé en elle tout ce qu'elle lui avait apporté.

**

Pour aujourd'hui, en tout cas, Jacinthe avait précisé à Martine qu'elle pouvait aisément venir accompagnée de son chéri. Mais non, avait-elle répondu, tout d'abord parce que ses enfants ne sont pas encore au courant de l'existence du monsieur, et ensuite parce que le monsieur en question préfère ne pas se faire connaître pour le moment. En bref, il se cache. Elle avait même demandé que Jacinthe ne parle pas de son histoire en présence de leurs amis, car, disait-elle, « je n'ai mis personne d'autre au courant que toi… si ce n'est mon frère. »

Ah ah ! Voilà qui est intéressant, se dit Jacinthe. *Son frère est au courant. Il va falloir que je tente de me rapprocher de lui, sous un quelconque prétexte fallacieux, histoire d'échanger nos informations respectives. Quoique non, réflexion faite, pas échanger, je vais juste lui extirper ses infos à lui, sans lui donner les miennes en contrepartie. Je sais, ce n'est pas joli joli… Mais c'est ainsi, je n'ai pas la curiosité partageuse. Enfin, nous verrons bien…*

Autour des adultes, les filles de Jacinthe courent, le fils de ses amis court, les trois filles de Martine courent, les chats courent, et les poules, n'en parlons pas. Tout cela donne à Jacinthe un avant-goût de ce que sera sa vie chez Martine

---

[2] Également dans *Huit jours après la pleine lune*.

lorsqu'elle aura élu domicile chez elle. Martine ne le sait pas encore, mais dans moins de deux mois, Jacinthe emménagera chez elle.

Et voilà qu'un des couples présents annonce tout de go, entre la côtelette et la salade de pâtes (pourquoi fait-on toujours des salades de pâtes pour les barbecues ?) qu'ils ont quelque chose à arroser. Ça sent le mariage à plein nez ! Jacinthe adore voir les autres se marier !

Eh bien non, déception, pas de mariage pour cette fois. Ce sont ses deux amis homosexuels qui leur annoncent avec dans la voix le vibrato qui convient :

— Ça y est, nous sommes enceintes !

Tout le monde les regarde, chacun dessinant bien vite un gigantesquissime sourire sur ses lèvres, histoire de masquer l'incongruité de cette joviale déclaration. Misère ! Ils viennent de faire un flop !

Heureusement, Catherine sauve la mise en lâchant un « Ohhhh ! Mais ça ne se voit pas du tout, vous avez une de ces lignes, toutes les deux ! »

Tous en profitent, heureux parturients inclus, pour éclat-exploser d'un rire fracassant. Reste plus qu'à balayer les morceaux sous le tapis ni vu ni connu, et la discussion peut se poursuivre. Ouf ! Ils l'ont échappé belle... Il faudra penser à remercier Catherine chaleureusement.

— En fait, nous attendons un heureux événement qui pour l'heure se développe dans le ventre d'une jeune femme de notre connaissance. La dernière échographie nous a révélé que ce sera une petite fille. Nous sommes ravis !

Tout le monde y va de ses compliments, félicitations... Et Baptiste reprend aussitôt :

— Je sais que vous vous posez tous la même question, alors voilà, c'est moi.

— ?

— Oui. C'est moi le géniteur. C'est moi qui ai donné mon sperme. Nous avons décidé ça ensemble. Et... la réponse à l'autre question est non.

— ?

— Non, je n'ai pas donné ma semence en direct live. Il s'agissait d'une insémination tout ce qu'il y a de plus médicalisée.

Et alors que chacun essaie de trouver quelle autre question il pourrait bien poser sans se montrer maladroit, voilà la fille aînée de Martine qui passe devant toute l'assemblée avec un coussin sous le tee-shirt, une main dans le creux des reins terriblement cambrés, et sa plus jeune sœur qui la soutient et lui apporte une chaise... Les sales gosses ! Ils s'étaient tous arrêtés de courir pour écouter les échanges des adultes qui ne s'étaient rendu compte de rien.

Tiens ! Ce nuage qui passe n'aurait-il pas comme une vague forme de hochet ?

Avec tout cela, tout le monde a oublié les saucisses sur le feu, et maintenant elles sont fossilisées. Ce qui permet aux hommes de lâcher quelques blagues grivoises que les enfants essaient sans succès de comprendre.

Quelques brochettes dégoulinantes de marinade (miam !) sont aussitôt déposées sur la grille du barbecue. L'odeur est salivatoire !

De son côté, Jacinthe essaie pour la deuxième ou troisième fois de prendre Martine en aparté pour une chronique du cœur, mais elle est une fois de plus interrompue dans son élan, cette fois-ci par un cri strident qui arrive du fond du jardin. Martine a reconnu la voix de l'une de ses filles et elle se précipite.

Le chien du voisin a réussi à se faufiler sous le grillage mitoyen (depuis le temps qu'il s'y emploie !) et il a égorgé une des poules. La pauvre n'a plus qu'un seul œil, et encore, il baigne dans son sang, répandu sur les petits cailloux blancs, cailloux de pierre tombale. Et le chien continue à s'acharner sur la dépouille du gallinacé qu'il vient d'occire. La fille de Martine hurle à n'en plus finir, une autre est tétanisée, et celles de Jacinthe se sont enfermées dans le poulailler avec les survivantes, pour les protéger du meurtrier. Elles leur mettent les mains devant les yeux (les chanceuses, elles en ont encore deux chacune, et à leur place) afin qu'elles ne voient pas leur congénère éviscérée.

Martine attrape ses enfants et tâche de les consoler dans le giron maternel, Jacinthe ordonne à ses filles de rester où elles sont (on viendra récupérer les œufs plus tard). Entre-temps, le voisin s'est invité, ou plutôt imposé dans le jardin et essaie de calmer son chien pour le ramener chez lui. Devant son manque d'obéissance, il lui donne des coups de bâton sur le dos et hurle pour qu'il lâche ce qu'il reste de la poule.

Devant cela, les filles de Jacinthe s'époumonent en criant que c'est monstrueux de taper son chien comme ça. En réaction, les poules affolées par leurs cris se mettent à courir partout dans le poulailler, parviennent à ouvrir la porte et se sauvent dans le jardin en se faisant exploser les cordes vocales. Le chien démarre au quart de tour, hystérique, ne rêvant que de continuer le gallinocide. Son maître le poursuit et le frappe à tour de bras. Les filles poursuivent le maître pour lui arracher son bâton en lui hurlant que c'est de sa faute si son chien est devenu fou d'agressivité, parce qu'il ne le promène jamais et ne s'occupe pas de lui et que c'est lui qu'on devrait frapper et enfermer.

Ce n'est qu'au prix d'un effort de la part de tous que l'on put faire déguerpir le chien suivi de son maître et remettre les poules dans le poulailler. Ce soir, double ration de graines, et plein de paille toute neuve, toute fraîche. Pas sûr qu'elles recommencent à pondre un jour…
Leur copine est prestement enterrée au fond du jardin, juste à côté des défuntes relations de bon voisinage avec le maître du chien. Paix à leur âme…

De leur côté, les brochettes ont suivi l'exemple des saucisses et se sont transformées en charbon de bois. Finalement, la salade de pâtes, c'était pas une si mauvaise idée. Tous se demandent s'ils doivent mettre une autre viande à cuire, toute tentative semblant immédiatement entraîner une nouvelle catastrophe. D'autant plus que la pièce de viande suivante est une super côte de bœuf, absolument énorme. Si la catastrophe engendrée est en rapport avec son volume, alors le pire est à craindre !

Ils craquent finalement devant l'affriolant minois de la susdite côte et la déposent sur le gril, avec moult précautions. Mais cette fois-ci : or-ga-ni-sa-tion ! Deux personnes sont attachées à la surveillance du gril, et quoiqu'il arrive, elles ont l'interdiction absolue de quitter leur affectation. Tout manquement serait vu comme de la haute trahison, cour martiale à la clé. Elles ne doivent pas bouger de là, même si on les en supplie. À la limite, une invasion extra-terrestre pourrait être une excuse valable, et encore…

Bon. Les enfants se sont remis à courir. Ça, c'est bon signe. Les poules ne bougent plus du coin où elles se sont entassées. Ça, c'est pas bon signe. Les convives papotent et jacassent. Un vrai poulailler. La côte de bœuf fait tout son possible pour séduire l'assistance. Et puis, s'ils viennent à manquer de charbon de bois, il y a toujours les brochettes de tout à l'heure.

Tout semble être tranquille et sous contrôle. Jacinthe se rapproche de Martine. Enfin !

Et là, paf ! Ses filles lui sautent dessus : elles ont faim ! Mais, précisent-elles, pas de salade de pâtes (on ne peut pas leur donner tort). Martine essaie de leur refiler une saucisse fossile, mais elles lorgnent la côte de bœuf. Pas fous, ces gamins. Pourtant, ils vont devoir attendre un peu. Du coup, tous repartent en courant.

Tiens ! Un nuage qui passe, en forme d'œuf.

Finalement, la côte de bœuf arrive à bon port et les filles de Martine repartent avec des assiettes bien remplies et exemptes de salade de pâtes. Celles de Jacinthe sont occupées à préparer la revanche du chien contre son maître, avec l'aide d'une petite voisine elle-même dotée d'un sens aigu de la justice.

Jacinthe peut enfin papoter avec Martine, non pas de cœur, mais de logistique. En effet, l'heure n'est plus à la pêche aux infos, mais à la mise en place des fondations de ses quatre étapes. Pas de temps à perdre !

— Ça y est, c'est décidé, je vais enfin faire du vide dans mon sous-sol.

— Eh bien, depuis que tu en parles !

— Ouais. Et va y'avoir un sacré boulot. Tri monumental + manutention. J'aimerais bien être copine avec Shivah.

— Tu commences quand ? (Ça y est, elle mord à l'hameçon.)

— Le week-end prochain, je pense. Mais quand le plus gros sera fait, je pourrai continuer par petits bouts.

— Si tu veux, samedi prochain, je suis libre. Les filles ne seront pas là et je n'ai rien de prévu (yessssss !) Tu veux qu'on fasse le plus gros à ce moment-là ?

— Super ! C'est vraiment gentil ! (En plus, c'est vrai, elle va rendre à Jacinthe un fier service)

— Par contre, dimanche, pas possible. Je passe la journée avec mon chéri et je récupère les enfants à dix-neuf heures chez leurs copines.

— C'est déjà énorme. Vraiment, un grand merci à l'avance, parce que je te préviens, ça va tenir des fouilles archéologiques. Je t'appelle cette semaine et on organise ça. OK ?

— Pas de souci.

Ouf ! Ça y est, le rendez-vous est posé.

Mince, Jacinthe ne sait toujours pas comment s'appelle Machin.

La *garden-party* se poursuit, nettement plus calme que voilà une petite heure. Cela dit comment cela aurait-il pu être pire ?

Jacinthe discute avec les uns et les autres, jouant à la perfection son rôle d'hôtesse, contente de voir que ceux qui ne se connaissaient pas il y a quelques heures ont des échanges fournis qui dégoulinent de rires et de tapes dans le dos. Elle adore se sentir fédératrice !

Mais voilà que tous les gamins arrivent avec des airs de conspirateurs. Ses deux filles, celles de Martine, le fils d'un des deux couples et la petite voisine.

— Maman (ça, c'est l'une des filles de Jacinthe qui vient, de ce ton péremptoire, de la convoquer) ! On sait ce qu'on va faire pour ce pauvre chien.

— C'est-à-dire ?

— Ben, le chien de cet… (censuré) de voisin.

— Parle moins fort, il pourrait t'entendre !

— J'ESPÈRE BIEN QU'IL M'ENTEND ! (les majuscules c'est pour traduire les décibels, en gros le Concorde au décollage)

— …

— Donc voilà (là, Martine rapplique, ayant bien compris que ses filles font pour l'occasion corps avec les autres) : on va kidnapper le chien.

— Euh… là, je suis pas foncièrement d'accord. D'abord, c'est du vol. Ensuite si c'est pour l'avoir chez nous, je te rappelle : 1) qu'il a égorgé une poule avec une satisfaction tout aussi évidente que psychopathe, ce qui me laisse dubitative quant au caractère de cet animal, et que 2) nous avons chez nous trois poules, et non plus quatre, mais aussi trois chats et deux lapins.

— Bon, on savait que tu répondrais ça. Alors, voilà notre plan B : on alerte la SPA, parce que ce monsieur maltraite son chien. Comme ça, le chien lui sera retiré et il ira dans une famille gentille. Faudra préciser « sans poules » quand même, je crois.

— Ben oui, mais le problème c'est que son maître ne le maltraite pas vraiment. Ce chien mange à sa faim, et manifestement il n'est pas roué de coups. Il est juste un peu laissé dans son coin.

— Bon, cette réponse-là aussi, on l'avait prévue. Alors voilà, on a un plan C. Mais après, je te préviens, on est à court de lettres. Alors si ça va pas, on revient au plan A, et s'il le faut, on le fera sans votre accord, peut-être même de nuit avec des cagoules et des lampes frontales pour voir clair.

— Bien. Et quel est ce plan C ?

— Ben… c'est que vous, les adultes, vous trouviez une solution.

— Non, mais, et puis quoi encore ?

— Ben oui, c'est vrai, quoi ! Quand on propose un truc, le reste du temps, vous trouvez toujours une autre idée pour le remplacer. Alors là, on s'est dit que vous pourriez faire pareil. Surtout que c'est pour la bonne cause ! Pauv' chien !

— Non, mais ça va pas du tout, ça. Et si on ne trouve pas de solution, j'imagine que nous devrons nous sentir coupables jusqu'à la fin de nos jours, c'est ça ?

— Ben oui, pourquoi ?

— Je vous signale quand même que ce chien a égorgé MA

poule !

— Euh non... en fait, c'était la mienne (ça, c'est la voix de la deuxième fille de Jacinthe).

— Peut-être, mais c'est moi qui les ai payées, les poules.

— Ohhhh ! L'argument à deux balles ! T'as pas honte ?

Bon là, la pauvre Jacinthe a un coup de mou tout à coup.

— Mais qui m'a mis des mômes pareils ?

— Euh... j'te signale que c'est toi qui nous as faites comme ça. Alors maintenant, faut assumer. Bon alors, cette idée C ?

— On a un délai ?

Les monstres se concertent du regard.

— Deux semaines, ça vous va ?

— Trois ?

— OK. Tope là.

Et tout le monde tope. Jacinthe remarque au passage que les autres adultes l'ont bien laissée tomber. Elle a dû négocier toute seule et ne s'en est pas très bien sortie. Elle se tourne donc vers les autres :

— Bon ben, vu que j'ai dû faire face seule à cette meute de Gremlins et qu'aucun de vous n'est venu me soutenir, maintenant, c'est à vous de jouer. Vous avez 21 jours top chrono pour proposer une solution à nos monstres. Faute de quoi, ils vont se retrouver au commissariat pour avoir pénétré illégalement en pleine nuit dans un jardin et y avoir kidnappé un chien psychopathe. Moi, je me dégage de toute responsabilité dans cette histoire.

Puis elle se tourne vers son petit couple d'hommes :

— Vous êtes toujours aussi sûrs de vouloir avoir un enfant ?

Un nuage passe, en forme de sablier. 21 jours, pas plus. Elle sait où sont ses filles : dans leur chambre. Avec leurs complices. Et vous savez ce qu'elles font ? Un calendrier en papier qu'elles vont accrocher au mur, sur le palier qui mène à leurs chambres. Un calendrier avec 21 cases, pas une de moins pas une de plus, qui seront biffées rageusement l'une après l'autre, le soir, en allant se coucher. Tic-tac, tic-tac, tic-tac…

Ce qui plaît bien à Jacinthe dans tout ça, c'est une évidence qui lui a sauté aux yeux : ses filles et celles de Martine font une belle association de malfaiteurs. Et ça, ça joue plutôt en sa faveur…

Samedi 20 juin 2015

La voiture de Jacinthe n'est pas invitée dans son garage sous-terrestre à défaut d'être souterrain, parce que les souterrains c'est réservé, en tout cas dans sa vision des choses, aux châteaux, forts ou pas.
Le fait que son véhicule ait élu domicile bien malgré lui dans la rue laisse donc un sacré volume disponible dans le garage sous la maison. En revanche, pour ce qui est de savoir si c'est parce que la voiture dort dehors que Jacinthe a rempli le garage comme un œuf, ou si c'est parce qu'il est saturé que la voiture doit affronter les intempéries, nul ne saurait le dire. Jacinthe elle-même ne s'en souvient absolument pas. Lequel était là le premier, de la poule ou de l'œuf ? Décidément, bien des choses tournent autour des gallinacés, en ce moment. La triste fin de la poule a dû quelque peu traumatiser Jacinthe, et elle pense poule un peu plus souvent que chez la moyenne des gens. En tout cas, en ce qui concerne la voiture et le garage, ils se partagent en parts égales la cause et la conséquence. Jacinthe avait sans doute compris dès son emménagement que ce garage était prédestiné à toute autre chose qu'abriter un véhicule.

**

Martine arrive samedi matin vers 10 h, comme prévu. Jacinthe a préparé un bon café et a mis de la musique dans le sous-sol, histoire de travailler dans une atmosphère agréable.

Des monceaux de cartons prêts à l'emploi sont posés bien sagement. Y'a plus qu'à. Jacinthe et Martine commencent à faire le va-et-vient entre remplissage de cartons et garnissage de sacs poubelle, elles vont pouvoir se donner à fond dans le jeu du « poubelle ou trésor ». Le monticule poubelle prend de l'avance dès le début. Les trésors ne sont plus ce qu'ils étaient.

— C'est sympa d'avoir mis de la musique.

— Ben oui, ça donne le rythme, tu trouves pas ?

— Je sais pas, mais c'est plus agréable. J'ai jamais rangé un sous-sol en musique, mais j'ai déjà rangé bon nombre de sous-sols sans musique, et je dois avouer que comme ça, c'est franchement mieux.

Jacinthe a repéré une araignée sur sa toile qui se balance hardiment. Elle imprime à la toile des mouvements d'une belle amplitude. Veut-elle impressionner l'ennemi ou s'est-elle mise à danser ? Jacinthe préfère se dire qu'elle danse. Le swing de l'arachnidée !

— Si t'es OK, ce midi on fait sandwiches, et ce soir je t'invite au resto.

— Pour les sandwiches, ça me va. On pourra se mettre sur la pelouse. Par contre, pour ce soir, c'est pas possible. Je mange avec mon chéri.

Info importante. Jacinthe enregistre. Jacinthe enregistre tout ce qui peut l'aider dans son enquête.

— Tu pars à quelle heure ?

— Vers 18 h. Je dois repasser à la maison pour me rendre

présentable. On a rendez-vous à 20 h.
— Restaurant chic et confidentiel ?
— Pas vraiment chic, mais plutôt tranquille. Au bord de l'eau.
— C'est romantique.
— Peut-être. Mais c'est pas ça qu'on recherche. On veut surtout être tranquilles avec aucune connaissance aux alentours.
— C'est pas simple, les histoires avec les hommes mariés.
— « Les », je sais pas. Mais avec lui, c'est pas si compliqué que ça.
— Tu ne te sens pas frustrée, parfois ?
— De quoi ?
— Je ne sais pas. De ne pas pouvoir choisir les temps partagés, par exemple. Après tout, c'est toujours en fonction de ce qui est possible pour lui, non ?
— C'est vrai, oui. Mais en même temps, j'ai des journées très remplies. Et je me dis que je ne saurais pas trop où le « caser » si je devais partager mon quotidien avec lui.
— Le fameux quotidien ? Si tristement célèbre.
— Eh oui, le fameux quotidien.

Nouvelle plongée dans les cartons. Apnée du déménagement.
Diiiiiiinnnng dooooooonnng ! Qui vient les enquiquiner un samedi matin ? Les témoins de Jéovah, à coup sûr ! Jacinthe s'agace déjà. *Suis prête à les réduire en esclavage pour faire des allers-retours à la déchetterie.* Furax, elle arrive au portillon, prête à mordre. Mince ! C'est le voisin, l'homme au chien

psychopathe ! Il porte fièrement un carton dans les mains. Euh… ben en fait, des cartons, elle en a déjà. Plein.

— Je suis vraiment confus pour l'autre jour.

— ?

— Eh bien, pour mon chien. Il a littéralement déchiqueté votre poule. C'était assez horrible.

— Ooooh ! Ne vous inquiétez pas. C'est déjà oublié (oh, la vilaine menteuse !)

— Pour me faire pardonner, si c'est possible, je vous ai racheté une poule, qui est *a priori* en tous points semblable à l'autre. Alors, voilà, elle est dans le carton.

— Ooooh ! Mais c'est vraiment gentil. Il ne fallait pas !

Et Jacinthe ne bouge pas d'un pouce.

— C'était le minimum. Mais… peut-être… enfin… si on pouvait…

— Oh, mon Dieu, oui, excusez-moi ! Je suis désolée ! Entrez, entrez, bien sûr.

Là-dessus, Martine arrive, intriguée par l'absence de Jacinthe et par les bribes de conversation qu'elle a pu attraper au vol. Le monsieur dépose le carton dans l'herbe et en extirpe la poule. Qui ne ressemble pas du tout à la défunte. Elle est aussi noire que l'autre était blanche. Mais bon, vu l'état du cadavre, c'était difficile d'identifier la couleur des plumes. Et puis avec tout le remue-ménage du moment, la mémoire a pu tout mélanger, poules vivantes et mortes.

— Elle était bien noire, la vôtre ? Avec des reflets roux ?

— Euuuuhhh… Oui, oui, tout à fait !

Martine, postée derrière le monsieur, fait des accents circonflexes avec ses sourcils et secoue la tête de droite et de gauche tout en levant les mains au ciel. *Tu joues à quoi* ?

— Formidable ! J'ai eu peur de m'être trompé. Dans le feu de l'action, j'ai craint de ne pas avoir vu bien clair. Je la mets dans le poulailler ?

— Oh oui ! Tout à fait. Les trois autres vont un peu la chahuter au début, mais après, ça ira.

— J'ai pris une poule pondeuse. C'est bien ça ?

— Oui ! Absolument.

— Bon… eh bien, je vais vous laisser. Je vois que vous avez du monde, je ne veux pas vous déranger. Alors, bon week-end à vous !

— À vous aussi. Vraiment, merci beaucoup ! C'est très gentil de votre part. Mes filles vont apprécier votre geste.

— Si ça peut redorer mon image à leurs yeux…

— Je ne sais pas trop. On verra. Vous savez, les enfants de cet âge-là sont assez intransigeants et avec des idées bien arrêtées.

— En tout cas, vous les remercierez pour moi.

— ?

— Elles m'ont amené à réfléchir. Je n'ai pas été sourd à leurs remarques, c'est tout ce que je peux vous dire.

Et le voilà parti. Et en plus, il ne se retourne pas ! Les hommes qui ne se retournent pas pour voir l'effet qu'ils ont produit, c'est hyper rare ! Wouahhhh ! Un extra-terrestre. En d'autres temps et d'autres lieux, une amie chère lui avait fait remarquer cela : un homme qui ne se retourne pas pour voir l'effet produit sur les femelles que nous sommes, c'est carrément rarissime, pour ne pas dire inexistant.

— T'as un ticket.

— Quoi ?

— T'as un ticket ! Ce mec est amoureux. A-mou-reux. Toi comprendre moi ?

— Martine ! Arrête de te moquer. Il a juste voulu restaurer nos relations de bon voisinage.

— Vous aviez des relations de bon voisinage avant ?

— Ben... non. Pourquoi ?

— Voilà ! C'est bien ce que je dis. Il t'a vraiment vue pour la première fois quand son chien a trucidé ta poule. Et depuis, il bénit son chien. Grâce à lui, il a pu t'approcher. Du coup, il est prêt à tout pour te plaire. À mon avis, tu tiens là un moyen de te délester de la promesse faite aux enfants de trouver une solution pour le chien. Tu devrais en parler avec lui.

— Mais, enfin, non ! Cent fois non ! Ce type s'est montré bien élevé et...

— Beeeen voyons. Bien élevé et pis quoi, encore ?

— Martine, tu m'agaces !

— Écoute. Comme toutes les femmes, je sais reconnaître le regard de hareng frit du mâle amoureux. Amoureux d'une autre, bien sûr. Et là, je peux te dire un truc, ce type est tombé raide dingue de toi.

— Non, mais ça va pas. On n'a pas échangé dix syllabes depuis que j'ai emménagé il y a deux ans. D'ailleurs, je le soupçonne d'être gay. Il reçoit souvent des petits jeunes chez lui.

— Ah ah ! Tu l'espionnes ?

— Mais non ! Simplement, il discute à tue-tête avec les fenêtres grandes ouvertes. Et ce sont toujours des jeunots qui se baladent le torse nu.

— Donc, torse nu = gay. C'est ça ? Genre Village People, quoi ? Bonjour les clichés !

— Mouais. T'as raison, c'est idiot.

— Et si ces jeunes étaient tout simplement des copains de son fils ?

— Effectivement.

— Bon, on se remet aux cartons ? propose Martine. Avec tout ça, il est déjà midi.

— Sandwiches ?

— Vers treize heures, ça ira, non ?

Retour dans le sous-sol. La musique s'est arrêtée. L'araignée ne se balance plus. Y a-t-il un lien de cause à effet ? Mystère...

— Aaaaahhhh !

Jacinthe vient de pousser un hurlement en découvrant un faciès scotché-collé à l'une des fenêtres du sous-sol, visage plat et blafard habité de deux yeux immenses protégés de verres de lunettes cul-de-bouteille qui leur donnent une taille absolument démesurée. La petite voisine ! Qui agresse aussitôt Jacinthe d'un sourire orthodontique à en dérégler un détecteur de métaux. Jacinthe parvient à lire sur ses lèvres un « les filles sont là ? » auquel elle répond par un « non, elles reviennent demain soir », appuyé de gestes plus évocateurs que les mots, que la petite voisine n'a sans doute pas pu déchiffrer. Et la petite repart en courant-sautillant vers son propre jardin.

Cette gamine surgit toujours au moment où l'on s'y attend le moins et surtout où l'on a bien peu envie de la voir. La première fois qu'elle était apparue ainsi chez Jacinthe sans prévenir, pile sur le pas de la porte de cuisine, profitant du fait que personne ne ferme les portes à clé chez elle, c'était Jacinthe qui en avait fait les frais ou plutôt leur repas du soir. Son COUCOU, ÇA VA ? fusa du fin fond d'une autre galaxie avait projeté au sol le hachis parmentier que Jacinthe venait de sortir du four dans son plat en faïence. Heureusement, elle avait abandonné l'idée de le préparer dans le joli plat qui lui venait de sa grand-mère. Car là, la gamine aurait pu finir au fond du jardin, non loin de la future sépulture de la poule. Le plus terrible en dehors des brûlures dont les avant-bras de Jacinthe eurent toutes les peines du monde à se débarrasser, ce fut de devoir faire le deuil de ce que ses filles appellent *le hachis parmentier de la mort qui tue*, ainsi surnommé du fait de ses valeurs gustatives à leurs yeux tout à fait inestimables. Ce jour-là, ayant senti les effluves du fameux hachis, l'idée de devoir faire abstinence avait fait descendre leur estime pour la copine d'à côté jusqu'à des profondeurs archéologiques assez proches du Crétacé, pour le moins.

— C'était qui ça ?

— La petite voisine. Elle était passée le jour de la tuerie. Tu ne te souviens pas ?

— Ah bon ! Pas remarquée. Pourtant, elle ne laisse pas indifférent.

— Ça, c'est le moins qu'on puisse dire. Elle, je ne vais pas la regretter.

— ? (flûte, Jacinthe vient de lâcher exactement ce qu'il ne fallait pas dire). Tu as l'intention de déménager ?

— Non, non ! Mais apparemment, ce sont eux qui

déménagent. Enfin, c'est elle qui l'a dit aux filles. Alors forcément, ça a la valeur que peuvent avoir ses propos. Donc, rien de moins sûr… (ouf ! c'était moins une !)

Tiens, l'araignée a repris son arachnoïd-rock ! En fait, elle devait juste dormir.

La fin de matinée se déroule bien. Plus aucune interruption. Les cartons se remplissent et s'entassent au rythme de la danse de l'araignée.
13 h. Pause déjeuner. La lumière du jour, ça fait du bien, après trois heures de travaux forcés au fond des mines. Les minois de Martine et Jacinthe sont couverts d'un film de poussière qui en dit long. Il ne leur manque plus que les toiles d'araignées aux oreilles. Mais non, elles ont laissé la vie sauve à leur copine et à son soyeux trampoline.
Au soleil, au milieu de la pelouse, sandwich dans une main, petit verre de rosé dans l'autre (ce qui restait de la salade de pâtes est allé finir sa vie dans le compost, mais ce qui restait du cubi de rosé est le bienvenu), les deux amies sont affalées dans leurs chaises longues et parlent bien peu.
Le chien du voisin, lui, frétille de la queue en reluquant les sandwiches. Beurk ! Il bave sur les fraisiers.
Les 45 minutes syndicales de repos, sans compter le café, se transforment en une bonne heure. Eh oui, il faut laisser au café le temps de se faire, de refroidir un peu parce que trop chaud, puis de se réchauffer au micro-ondes parce que trop froid, puis… qu'il se laisse boire. Enfin. C'est une manie chez Jacinthe, laisser le café refroidir, pour ensuite le réchauffer

chaud-brûlant au micro-ondes.

Au moment de repartir vers leur stakhanoviste tâche, le voisin les interpelle, et la bouche tout sourire leur tend un bol de fraises.

— Je viens de les ramasser dans mon jardin, ça vous tente ?
(Oups !)
— Oh ! C'est gentil. Mais non, merci, je suis allergique. Gardez-les donc pour vous !
— Et votre amie ? Elle n'est pas allergique, au moins ?
Martine est la bonté même :
— Je vais les prendre pour mes enfants, ils seront ravis. Merci beaucoup !

Et voilà Martine qui attrape le bol de fraises tout en remerciant chaleureusement le voisin.

— Tu as vu que le chien bavait dessus tout à l'heure ?
— Ben oui, pourquoi ? C'est pas pire que les traces de limaces. Et puis, on les lave avant de les manger. Les fraises, pas les limaces. Et en plus, les enfants n'ont rien vu, eux…

Tiens, finalement Martine n'est pas une sainte ou quelque chose d'approchant, comme j'avais cru, elle est juste un vrai être humain. J'aime autant.

Bon. Retour à la cave. Il ne s'agit pas de se faire plaisir, juste un boulot à finir. Et Jacinthe, elle, a un objectif. Un objectif sérieux auquel il va falloir se tenir. Ne pas oublier que l'énigme à résoudre est de la veine d'un bon Rouletabille.

Entre deux passes de rock de l'araignée, Jacinthe se lance pour faire sa proposition à Martine.

— Dis donc, cet été, ça te dirait qu'on passe une petite

semaine ensemble ? Des vacances tranquilles, juste entre nanas.

— Oh oui, pourquoi pas ? Tu as une idée de l'endroit où on pourrait aller ?

— Je n'y ai pas vraiment réfléchi (c'est pas beau de mentir !), mais la montagne, ça serait pas mal, non ? Histoire de marcher et de se refaire une petite santé.

— Sympa ! Et tu verrais quoi comme montagne ?

— Je ne sais pas. Pas trop haut. Juste ce qu'il faut pour se régénérer les neurones et se multiplier les globules rouges. Tu dirais quoi des Vosges ?

— Super ! Tu sais que j'y ai vécu ?

— Ah oui, c'est vrai ! J'avais oublié (ben voyons !) Et moi j'y ai des souvenirs formidables de mes vacances d'enfance.

— Alors ça semble tout indiqué. Moi, ça me plaît bien.

— Je regarde pour organiser ça ?

— Si tu veux, oui. Et tu me dis ?

— Ben oui. Un petit chalet au milieu des arbres…

— Ce serait chouette en effet. Je te laisse faire, alors ?

— Pas de souci. Tu me diras tes dates.

— Je t'envoie ça par mail.

Ouf ! Ça, c'est fait. Enfin, *a priori* ça va se faire. Jacinthe n'est pas peu fière de son stratagème. *Mais, se dit-elle, c'est aussi pour le bien de ma Martine. Je la sens embarquée dans une partie de dés truqués et cela me fait peur pour elle.*

Nouvelle plongée en eaux troubles, vers les monceaux de trucs et de machins hétéroclites accumulés dans le garage.

Comment réussir à classer tout ce fatras par catégories ? Il faut bien qu'elle écrive quelque chose sur les cartons. Pour s'y retrouver.

Je ne vais tout de même pas, se dit-elle, *écrire « trucs et machins de la cave » – carton 1 –, puis « trucs et machins de la cave » – carton 2 –... ou alors, je pourrais faire des photos du contenu de chaque carton. Ça, ce serait top !*

Mais non, c'est trop tard, elles ont déjà emballé une bonne quinzaine de cartons. Pas possible de dire à Martine qu'il faut tous les rouvrir, parce que Jacinthe vient d'avoir une idée génialissime pour identifier leurs contenus. Bon, d'accord, C'EST une idée génialissime, mais quand même. La pauvre Martine risquerait de ficher le camp *illico* non sans avoir oublié d'écraser les fraises baveuses sur l'un des cartons. Pas question de mettre son plan en péril, juste pour quelques cartons.

Et là, tout à coup, il est déjà 16 h !
— Tu veux faire une petite pause-café ?
— Thé, plutôt. Si tu as.
— Oui oui, pas de souci. Petit thé.
Et les voilà parties dans la cuisine. Diiiing doooong.
Le voisin ou la voisine ?
Ou peut-être le chien qui vient se réfugier ici. Il a dû sentir l'odeur des fraises.
Rien de tout ça. C'est le petit monsieur âgé de la rue d'à côté.
— C'est Papi Boulon ! Il avait promis de venir s'occuper de mes rosiers, et là, je crois que c'est l'heure.
La preuve, il a son sécateur à la main. Jacinthe lui avait dit

qu'elle avait tout ce qu'il fallait pour ça, mais elle avait bien vu qu'il avait regardé le sécateur de Jacinthe avec une sorte de pitié condescendante.

— J'ai apporté mon matériel. Vous savez, quand on a l'habitude de ses outils…

— Mais vous faites comme vous voulez. Vous êtes déjà bien gentil de me rendre ce service.

— Oh la ! Pour moi, c'est du plaisir. Vous verrez après, vos rosiers vont retrouver une deuxième jeunesse.

— Super ! Je vous laisse travailler, alors ? Et je retourne ranger mon garage.

— Allez allez ! Ne vous occupez pas de moi.

**

— Dis donc, il est bien gentil ce monsieur.

— Oh oui, et pas banal, en plus. Tu verras, tout à l'heure, je lui demanderai de te raconter son arrivée dans le quartier. C'est croquignolesque !

— Tu l'as appelé comment, tout à l'heure ?

— Papi Boulon. D'ailleurs, je ne connais même pas son nom.

— Et pourquoi ce surnom-là ?

— Ça, tu comprendras tout à l'heure.

Allez, zou ! Suite du boulot. Le temps passe, accompagné de deux ou trois anges, quelques nuages (qu'elles ne voient pas, car faut-il le rappeler, elles sont dans la cave, donc en forme de quoi les nuages, mystère, et si ça se trouve, juste en forme de nuage, ce qui serait le comble du nuage), tout ça sur le rythme endiablé de la salsa de l'araignée. Donc du coup, ça passe encore plus vite.

Et là : déjà 17 h 30 !

— Martine, il faut que je t'emmène papoter avec mon coupeur de rosiers. Tu verras, ça vaut le détour.

Et hop ! En avant. Les voilà qui remontent la file des rosiers, qui ont tous subi une coupe franche, pour aller jusqu'à la source de ce travail. Dégagés sur les côtés, éclaircis au centre, ratiboisés sur le dessus et rasés du menton jusqu'à la base du cou. L'aurait pas fait un séjour dans l'armée, le p'tit papi ?

Bon, c'est pas tout ça, où est passé le coiffeur ? Son sécateur est là, posé sur le muret, juste devant le dernier rosier de la file, la gueule grande ouverte, prêt à mordre pour poursuivre son ouvrage. Posé comme ça, dans cette position négligée, ça sent l'urgence à plein nez. Pourvu que Papi Boulon n'ait pas fait un malaise. Où est-il passé ?

— DITES DONC...

Jacinthe et Martine sursautent en chœur.

—... c'est bien normal de trouver des poissons rouges dans votre allée ?

— Pardon ?

— Eh bien oui, je viens de le remarquer. Juste là, en plein milieu du passage. Il a pas l'œil bien frais ! Même sans autopsie, je crois pouvoir dire qu'il est mort depuis plusieurs heures.

— Ça, c'est un coup des chats.

— Ben oui, c'est sûr. Et en plus, ils l'ont même pas mangé, les cochons !

— La petite voisine a un bassin dans son jardin. Et sa mère est très fière de ses poissons rouges.

— Bon alors, on va le planquer en vitesse. Vous avez un composteur ?

— Oui, là-bas au fond du jardin.

Et voilà le tondeur d'églantiers qui file vers le fond du jardin, tenant par la queue le poisson du bout des doigts. Et hop ! Dans le compost.

— Dites-moi, vous êtes arrivé quand exactement dans le quartier ?
— Oh la la ! Ça remonte, ma p'tite dame ! C'était à la fin des années cinquante. Vous étiez pas née, j'parie ?
— Tout juste ! Ça a dû changer, depuis ?
— Oh ça oui ! Surtout pour les habitants, parce que les maisons, elles, elles sont toujours là.
— Comme la vôtre.
— Oooooh ! La nôtre, c'est une autre histoire !

Jacinthe fait un clin d'œil à Martine, du genre *écoute bien, c'est pas banal*.

— Toutes les maisons que vous voyez là, de l'autre côté de la rue, elles sont nées en même temps. Des sortes de jumelles, comme vos filles. On travaillait tous à la SNCF. Soit dit en passant, c'était une autre époque. Aujourd'hui, ils pensent qu'à leur paie et à leur retraite le plus tôt possible, et rien d'autre. Enfin bon, c'est pas le sujet. Nos maisons, là, du bas de la rue jusqu'aux immeubles là-bas... Ceux-là, ils sont arrivés après, bien après. Et ça nous a pas apporté que du bon, pour le voisinage. Au début, ça allait, mais après, passé la première génération... Enfin bon, j'suis pas là pour juger. Je disais quoi, déjà ?
— Vous nous parliez de la naissance des maisons.
— Ah oui, c'est ça. Dites donc, vous trouvez pas qu'il fait

soif ?

— Oh bien sûr ! Je suis désolée. Venez vous asseoir sur la terrasse. Vous voulez quoi ? Jus de fruits ? Café ? Bière bien fraîche ?

— Je dirais pas non pour une petite bière. Sans faux-col !

Tout le monde s'installe. Jacinthe apporte la bière glacée du monsieur et de l'eau fraîche pour Martine et elle.

— Je suis tout seul à boire une bière ? Avec cette chaleur, j'adore ça. Et là, elle est parfaite. Ma femme me la sert toujours avec au moins cinq centimètres de mousse. Si c'est pas malheureux, après soixante ans de mariage.

Martine mime les aiguilles qui tournent sur sa montre.

— Alors, dites-nous, pour vos maisons…

— Eh bien, elles nous ont toutes été livrées en même temps. En pièces détachées. Nous, on a creusé les fondations et on a assemblé les parties. On s'est tous aidés les uns les autres. Un coup, on était sur les fondations de l'un, un coup sur les murs de l'autre. En ce temps-là, on connaissait le sens des mots solidarité et entraide ! Eh bien, vous savez quoi ? Tous les morceaux de la maison ont été assemblés par 890 boulons de 12, tous serrés à la main ! Et elles sont toujours debout !

Un nuage passe, en forme d'écrou…

Et voilà, ce petit monsieur avait été heureux de pouvoir leur raconter sa maison, ses boulons, son voisinage… Et elles avaient été heureuses de l'écouter. C'est ça, le partage, une petite bière avec ou sans mousse selon les humeurs, une histoire anodine à raconter. Le tout saupoudré de quelques rayons de soleil, c'est encore mieux. Et rien de plus.

Jacinthe s'excuse auprès de son voisin pour raccompagner Martine jusqu'à sa voiture.

— Alors, tu l'as eue ton explication, finalement.

— Eh oui. Papi Boulon. Incroyable ! T'en as d'autres comme ça ?

— Oui, plein ! Comme Mamie Pneus, entre autres.

— Me dis pas qu'elle va nous raconter la construction de son faux puits avec des pneus, voire des faux pneus ?

— Non ! Bien sûr que non. C'est beaucoup plus original que ça. Mais ce sera pour une autre fois parce que là, tu vas être en retard si ça continue.

— Mince ! 18 h 15 ! Je file !

— Allez. Bisous, bisous. Et à bientôt.

Martine est partie en vitesse, de cette urgence si particulière, spécifique aux rendez-vous amoureux. Toutes les urgences n'ont pas la même teneur, alors forcément, elles ne s'expriment pas toutes de la même façon.

L'urgence amoureuse est habillée de gestes qui glissent et qui s'enchaînent avec une dextérité toute féline, dans le silence, presque en apnée, le sourire aux lèvres, les yeux qui pétillent, comme une ivresse aussi passagère qu'intense. Une urgence que l'on danse, dans un susurrement de frottement d'étoffes.

L'urgence médicale, à la suite d'un accident est faite de gestes que l'on commence et que l'on ne finit pas, additionnée d'onomatopées et de phrases qui, elles aussi, n'ont qu'un début et pas de fin. Une urgence essoufflée, les cheveux dans la figure, les yeux emplis d'inquiétude.

L'urgence du retardataire est brouillonne, elle part dans un sens puis dans un autre, comme un oiseau affolé pris au piège et qui cherche la sortie. Une urgence qui court après le temps et qui cherche une bonne excuse.

L'urgence du travail non fait est épuisante, se digère tant bien que mal plus qu'elle se gère. Baignée de regrets, aucune pensée ne pouvant être menée à son terme. Une urgence coupable, tout en panique.

L'urgence de l'accouchement qui arrive, quant à elle, est la pire de toutes, car elle combine toutes les autres.

**

Martine est au volant et se dépêche. Ce soir, pour une fois, elle va pouvoir passer la nuit avec son chéri. Dîner au bord de l'eau, puis nuit d'amour.

Quel doux plaisir que celui de se réveiller avant l'être aimé, le regarder dormir, le suivre dans son réveil ! Les paupières qui s'agitent, les yeux qu'on devine derrière ces deux volets, qui bougent de droite et de gauche. Des soupirs. Une respiration qui prend un autre rythme. Un corps qui se tourne et se retourne. Un souffle qui redevient plus lent, plus profond. Un retour au calme, comme si l'âme prenait son élan avant de faire surface. Et puis tout à coup, les deux yeux qui s'ouvrent et découvrent l'autre, aux aguets. Un sourire qui apparaît, un sourire qui lui répond. Quel beau lever de soleil que ce sourire-là !

Martine attend ce moment-là et s'en délecte à l'avance. Elle se souvient de sa première nuit avec lui et se la repasse si souvent sur l'écran de sa mémoire, dans les moments où elle est en manque de cet homme-là.

Une première nuit qu'elle avait dû attendre, attendre,

attendre. Si le mérite se mesure au temps d'attente, alors elle méritait la plus brillante des médailles !

Il faut tout de même que je fasse attention. La dernière fois que j'ai rêvassé béatement comme ça au volant, ça m'a valu un accrochage avec un bus !

Cet homme-là est d'une douceur infinie. Ses caresses sont si légères qu'on pourrait croire à un songe. Elles ont le don de l'embraser par leur présence diaphane. Juste des effleurements, affreusement électriques.

Il a ouvert chez moi des vannes que je croyais taries. Dans ses bras, je découvre l'amour. Je me réconcilie à chaque fois un peu plus avec mon corps. J'accepte de reconnaître mon aptitude au plaisir.

Ce soir, nous allons dîner les yeux dans les yeux, plus silencieux que loquaces. Nous allons nous dévorer du regard, chacun d'un côté de la table. Nous allons faire l'amour avec nos yeux qui se pénètrent, avec nos doigts qui s'effleurent, avec nos bouches qui s'aguichent, avec nos mots qui se chevauchent, avec nos sourires qui se font la cour. Nous allons faire l'amour dans ce restaurant, sagement assis sur nos chaises que nous allons enflammer. Nous allons faire l'amour à nos fourchettes, chacun goûtant les mets de l'autre.

Chaque instant, chaque seconde est un cadeau de la vie, qu'ils occupent à deux, intensément présents. Déguster chacune de ces gouttes de nectar en ne se concentrant que sur elle, sans se laisser distraire. Toucher le bonheur du bout des doigts.

Ce soir, nous allons faire l'amour de tant de façons…

Ce soir-là, au restaurant, le serveur ne quittera pas Martine des yeux.

Un admirateur ?

Où la lune perd la tête

Vendredi 26 juin 2015

Mis à part le rendez-vous pris pour les vacances d'été, Jacinthe n'a pas obtenu grand-chose de Martine au cours de leur journée en sous-sol.
Flûte, je n'ai même pas le prénom de son chéri !
Il faut dire qu'elles ont été sacrément dérangées. Par des voisins, uniquement par des voisins. Combien de fois ne s'est-elle pas fait la remarque qu'il serait tellement plus agréable de vivre au milieu de nulle part, en pleine campagne. Pas de voisins, pas d'entraves dans l'élan que l'on a pris. Voilà qui serait parfait. Mais aussi beaucoup moins de rencontres et de surprises, de ces petits impromptus du quotidien qui donnent un tout autre rythme au déroulé de la vie de tous les jours. Rien n'est parfait.

Ce tête-à-tête en sous-sol, c'était il y a une semaine. Aujourd'hui, c'est vendredi, et Jacinthe passe le week-end à faire des tas de choses avec ses filles. Donc, pas de prospection possible du côté de Martine. Et puis tenter de la revoir là, maintenant, serait fort maladroit, trop tôt, trop empressé. Martine ne doit pas se poser trop de questions.

Ah ! Quand on pense au loup... Martine, tout excitée, lui annonce par SMS qu'elle va passer quelques jours avec son chéri en plein cœur d'un havre de paix ? Propice aux élans amoureux. Conclusion, elle sera totalement injoignable.

**

Certains week-ends, Charlotte et Julie, les filles de Jacinthe, sont absentes. Elles passent alors ces deux jours pas si loin d'elle, juste à une centaine de kilomètres. Jacinthe vit dans la banlieue nord de Paris, et elle dépose parfois ses filles dès le vendredi soir aux bons soins de leur grand-mère qui les emmène chez elle, à la campagne. Les deux complices adorent ces week-ends-là, entourées de chiens et d'autres animaux, tous des maltraités de la vie que la grand-mère des filles a recueillis pour leur offrir une retraite tranquille. Et puis là-bas, avec Margaret, elles pratiquent l'anglais, leur langue paternelle. Jacinthe n'avait pu se résoudre à parler en anglais à ses filles. Elle avait préféré en rester à sa langue maternelle à elle et accorder ainsi à Margaret une part non négligeable de la transmission dont tout un chacun se nourrit dans son enfance pour se construire. Et puis, en dehors de la langue, Margaret savait leur transmettre bien autre chose. Elle leur racontait des anecdotes sur l'enfance de leur père, sur la vie là-bas. Elle leur expliquait et leur faisait vivre les traditions de leur terre natale, ponctuant chaque période de l'année par les particularités de sa culture. Tout cela, ainsi délégué à Margaret était autant de poids en moins pour Jacinthe. Ses filles recevaient ainsi cette part d'héritage culturel qui leur revenait de plein droit, sans que Jacinthe ait à y prendre part. Sauf peut-être parfois pour un Thanksgiving ou une Halloween très américains...

Pour l'heure, Jacinthe est au téléphone, et ses filles lui font de grands signes qu'elle a bien du mal à interpréter. Essayez donc de résoudre un rébus sémaphorique tout en maintenant une conversation téléphonique où répondre par oui ou par non ne suffit pas ! Qu'est-ce qu'elles racontent ? L'aînée vient de se mettre à quatre pattes et fait des ruades. *Mince, j'ai oublié qu'elles avaient un truc au centre équestre ? A priori* non. Voilà qu'elle gratte le sol avec ses deux mains. Euh... Elles veulent avoir un autre lapin ? Non. Manger du lapin ? Non, elles refusent d'en avaler la moindre bouchée par respect pour leurs deux rongeurs de compagnie, Pan-Pan et Bambi. Ah ! Elle change de stratégie après avoir levé les yeux au ciel. *Ben non, je comprends pas, ça, c'est sûr !* Là, elle tire la langue et lève la patte arrière devant le buffet. Ah ! Ça y est ! Elle mime un chien. Sa sœur tire Jacinthe par la main vers la fenêtre, et lui désigne la maison du voisin tout en dessinant en l'air un gros point d'interrogation. Le chien du voisin ! Les sales gosses ont bien l'intention de ne pas lui faire grâce ne serait-ce que de quelques jours de rab. L'ultimatum expire dans une semaine...

Ça y est, elle a perdu le fil de la conversation, et vient de répondre à son amie qui lui parle de l'agonie de sa belle-mère, dont la fin ne saurait tarder : « un peu de patience, on ne peut pas avoir tout, tout de suite ». Et flûte ! Elle pensait au chien, et voilà que son amie s'offusque.

— Je ne pensais pas que tu pouvais avoir un humour aussi lamentable ! Ma belle-mère est une femme que j'ai toujours beaucoup appréciée !

— Excuse-moi, mes filles me parlaient en même temps et

c'est à elles que je répondais, tout en te parlant à toi. Je suis vraiment désolée !

— Mouais. Admettons.

Ça y est, elle ne la croit qu'à moitié. Et encore... *Eh bien, j'ai pas fini d'en entendre parler !*

Coup de fil terminé, les filles l'attirent dans leur espace de vie. Elles se sont aménagé une sorte de caverne dans le placard de la chambre d'amis. Les murs sont décorés à la façon des Néandertal, enfin apparemment, et le sol est jonché de poufs improvisés. Jacinthe soupçonne qu'elle pourrait sans doute trouver là tout un tas d'objets qui ont étrangement disparu de différentes pièces de la maison et constituent des trucs pour s'asseoir ou pour bricoler tout à fait acceptables. Pourtant, elle fait semblant de croire que ce sont les lutins de la maison qui les ont pris, et les filles, elles, font semblant de la croire. La porte de leur grotte est ornée d'une affiche éloquente et menaçante : *entrée interdite, surtout aux adultes*. L'aînée, Julie, y pénètre et en ressort avec le calendrier qui se charge du compte à rebours. Mais elle a aussi un épais dossier.

— On a tout préparé pour le sauvetage du chien.

— Vous allez creuser un tunnel ?

— Comment t'as deviné ? Tu es venue dans notre cagibi secret !

— Mais non ! Simplement, je me suis dit qu'à votre âge, c'est la première idée que j'aurais eue. Et je vous le dis tout de suite, ça ne marchera pas. Essayez seulement de commencer à creuser et vous verrez. Im-po-ssi-ble ! Conclusion : trouvez une autre idée.

— Oh ! Mais on en a plein d'autres, t'en fais pas.
— Je ne m'en fais pas. Pas du tout. Vous m'expliquerez plus tard.

Et Jacinthe les laisse là.

Les filles savent qu'elles peuvent faire confiance à leur mère. Si elle peut trouver le moyen de les aider pour le chien, elle le fera. Elles ont bien vu comment elle le regarde. Leur mère est avant tout une maman, et de ce fait, elle se sent l'âme protectrice, tout le temps, pour tout et pour tout le monde. Y compris pour les chiens. Même pour ceux qui bavent et qui trucident les poules.

Un jour, elles avaient eu une discussion avec Jacinthe au sujet de la différence entre mère et maman. Et après cela, elles avaient compris que cette femme serait toujours pour elles une maman. Elle n'était une mère que du point de vue de l'état civil, ou de la génétique, ou encore aux yeux des adultes qui avaient oublié qu'ils avaient été des enfants. Ou de ceux qui voulaient prendre des précautions : demander à un enfant de plus de dix ans « où est ta maman ? », ça ne va pas du tout. Aux yeux de tous, c'est bêtifiant, infantilisant, niveau Bécassine c'est ma cousine ou Winnie et ses amis. Mais elles, elles étaient bien contentes d'avoir une maman pour toujours. Même si avec leurs copines, elles parlaient de leur mère, comme tout le monde. Faut bien s'adapter ! Ce serait trop long d'expliquer aux autres, à tous les autres. Et en plus, dans le lot, sûr de sûr qu'un bon nombre ne comprendraient pas ce que ça peut avoir de super génial d'avoir une maman plutôt qu'une mère. Mouais…

Pour le chien, cela dit, elles avaient des craintes. Les adultes sont parfois tellement incapables de trouver des solutions aux vrais problèmes.

— Il lui reste une semaine. Tu crois qu'elle a trouvé une idée et qu'elle nous a rien dit ?

— Je sais pas. En tout cas, faut espérer. Si on kidnappe le chien, on va le cacher où ?

— Ouais… Ben moi, j'ai passé tout l'après-midi de mercredi à espionner le voisin avec les jumelles.

— Moi, l'espionnage, je trouve ça trop chelou. Pas toi ?

— Bof…

— Il t'a pas repérée au moins ?

— Non, je pense pas. J'ai fait des trous dans les volets.

— T'es malade ! Si Maman voit ça, on va se faire tuer !

— T'inquiète, je gère.

— Et t'as trouvé quelque chose ?

— Je crois oui.

— C'est quoi ?

— J'attends d'être sûre.

— T'es pas sympa ! Dis-moi.

— Non, je te dis. Et fiche-moi la paix. Aujourd'hui, je vais observer toute la matinée. Y'a du monde, chez lui.

— Tu me laisseras regarder ?

— Non !

— Tu veux pas un peu d'aide ? Si t'as une crampe dans le bras, tu seras bien contente que je prenne la relève.

— Oui, mais non.

— Pfff…

Charlotte se poste devant sa fenêtre ouverte, plus ou moins cachée par les rideaux, les jumelles collées sur les yeux. Elle ne perd pas une miette de ce qui se passe dans la maison d'en face. Sa sœur est à côté d'elle et la harcèle de questions auxquelles Charlotte ne répond pas.

Julie, dépitée, quitte la pièce et va chercher de quoi s'occuper. Elle déambule le long du couloir, observe les photos accrochées aux murs, va faire un tour dans la salle de bain. Puis regarde tous les détails cachés dans le gigantesque puzzle qui est pendu au mur du palier. C'est sa grand-mère qui l'a fait. 10 000 pièces ! Respect...

Julie a toujours été une observatrice. Toute petite déjà, elle impressionnait sa mère par sa capacité à rester sans bouger face à un spectacle qui la captivait. Pour n'en perdre aucun détail ou pour l'imprimer en elle ? La première fois – Julie avait à peine trois ans –, elles étaient au bord de l'océan, et elle s'était plantée, debout face à l'immensité de l'eau. Elles étaient seules sur la plage. Pas un bruit autre que celui des vagues et des oiseaux. Debout. Toute droite. Du haut de ses trois courtes années sur cette terre, elle avait gardé son regard tout droit plongé dans le bleu vert de l'horizon. Au bout de plus de vingt minutes ainsi, sa mère s'était approchée d'elle, doucement (ne pas rompre le charme), avec un *c'est beau hein* ? « Hmm hmm », avait répondu Julie, sans se tourner vers sa mère. Encore cinq minutes, en silence, drapée dans une immobilité qui avait impressionné Jacinthe.

Et puis :

— Quand on reste longtemps, longtemps comme ça à regarder, on a l'impression qu'on est dedans, dans l'eau tout là-bas au loin.

— Tu voyages jusqu'à l'horizon ?

— Ben oui. Mais faut regarder longtemps, longtemps, longtemps, tu sais, sinon ça marche pas.

— Eh oui, ces choses-là, ça se mérite.

— Ben oui, on peut pas les acheter chez les marchands au bord de la plage. Et là, tu vois, j'ai arrêté de regarder, eh ben si je regarde maintenant, c'est fini, va falloir tout recommencer.

— Et c'est pas trop grave ?

— Ben non, parce que je sais que je peux recommencer quand je veux.

Julie et l'océan... Cela lui rappelait tous ses moments à elle, Jacinthe, depuis le jour où elle avait été présentée aux vagues de l'océan pour la première fois, du haut de ses quatorze ans. Elle est restée pour toujours totalement subjuguée par l'océan. Elle avait longtemps été persuadée que cet amour immense venait du fait qu'elle avait appris tardivement à connaître les vagues et cette immensité qu'avant tout elle respectait. Elle se disait que si elle l'avait connu plus jeune, beaucoup plus jeune, elle n'aurait pas éprouvé le même attachement. Mais aujourd'hui, grâce à sa fille, elle avait compris que c'était faux. Il est possible de développer très jeune un amour immodéré pour quelque chose, même si l'on a bien peu vécu et que l'on dispose donc de bien peu de points de comparaison. C'est tout simplement une prédisposition, un destin, et il suffit que l'occasion se présente, un jour ou un autre, à trois ans, à quatorze ou à soixante.

Julie, elle, peut passer un temps fou, assise devant ce tableau-puzzle, à observer tous les personnages, tous les objets, toutes les nuances de couleurs. Et à chaque fois, elle découvre un nouveau détail. C'est fascinant ! Il s'agit d'une reproduction d'un tableau de Brueghel, *Jeux d'enfants*. À chaque fois qu'elle doit résoudre un problème de sa petite vie de gamine de douze ans, elle se plante là, et à chaque fois l'un des personnages lui souffle la réponse. Elle n'a jamais dit à personne qu'elle prenait là toutes ses décisions importantes, on aurait pu lui chiper sa fontaine à idées ! Surtout sa sœur. C'est pas simple d'être jumelles, il faut s'affirmer, trouver son identité, avoir au moins un truc à soi qu'on ne partage pas avec l'autre. Alors, ce tableau, c'est son truc à elle. Il est hyper-méga-top important.

C'est comme cette fois où je me demandais comment je pourrais faire pour me réconcilier avec Zoë sans perdre la face, comme disent les adultes. Je me suis mise là, et hop ! Les petites filles, là, en haut à gauche m'ont donné la solution : faire la belle, genre défilé de mode, se rabibocher ni vu ni connu, mine de rien, en montrant sa nouvelle robe, sans être obligée de fournir des explications.

Est-ce que c'est comme ça qu'on finit par accéder au plaisir de l'art ? Parce qu'on trouve des choses dedans qui nous aident ? Parce qu'on envoie dedans un petit bout de soi, de sa vie ? Peut-être bien…

En tout cas, moi j'aime bien Pieter Brueghel.

Mais parfois, le tableau ne lui souffle aucun conseil. Il est comme ça. Pas toujours d'accord pour l'aider. Ça, ça veut dire qu'elle trouvera sa réponse ailleurs. Oui, mais où ? Mais cette fois-ci, pas de souci, la magie a encore opéré. Là, à gauche…

Parfait, se dit Julie, *pour le chien j'ai mon idée, je peux passer à autre chose.* Charlotte, elle, est toujours accrochée à ses jumelles…

Merci le tableau !

Julie marche jusqu'à sa chambre en posant le pied droit sur une latte de parquet, le gauche sur une latte à droite, le droit sur une latte à gauche, et ainsi de suite jusqu'à l'entrée de sa chambre. Là, elle saute à pieds joints par-dessus la barre de seuil, comme pour échapper à on ne sait quel danger.

Elle est maintenant allongée sur son lit, les jambes en l'air. Une chaussette ôtée de l'un des pieds. C'est sans doute là que se trouve l'explication des chaussettes que l'on appelle « orphelines » et qui sortent de chaque tournée de linge de tous les lave-linge du monde.

Julie gigote ses doigts de pied pour faire des ombres chinoises sur le mur. Elle a fermé ses volets et allumé sa lampe de chevet. Les ombres chinoises avec les mains, c'est pas facile, mais avec les pieds, c'est carrément impossible. Mais au moins, ça occupe.

Oh la la ! Il sont bizarres mes doigts de pied, se dit Julie. Et hop ! L'autre chaussette a atterri par terre. *Waouuhh ! J'ai la même chose à l'autre pied. Ça alors, deux doigts de pied collés sur la moitié de la longueur. Genre pieds de canard en moins palmé. C'est fou, ça ! Si ma sœur n'a pas la même bizarrerie, ni ma mère, ni Papa, mais pour lui faudra demander à Maman, ou peut-être même à Mamie Margaret, ça voudra dire que j'ai été adoptée, ou échangée à la maternité, ou… que je viens d'une famille royale et qu'on m'a cachée ici pour que j'échappe à un destin tragique. Et un jour, on viendra me chercher et je monterai sur le trône et... et... et...*

— Charlooooooooootte ! Regarde, regarde, regarde !
— Juliiiiiiiiiiie ! Ça y est, j'ai trouvé !

Charlotte entre à toute allure dans la chambre de sa sœur, alors que celle-ci en sort sur les chapeaux de roues. La collision est fatale et douloureuse ! Les voilà par terre, tout emmêlées, qui se tortillent en se tenant la tête.

Julie en profite pour se jeter sur les chaussettes de sa sœur, qu'elle essaie d'arracher de toutes ses forces.

— Non, mais, ça va pas ! Laisse mes pieds tranquilles ! Mamaaaaan, Julie est devenue folle. Encore plus que d'habitude.

Pugilat, coups de pieds, tirage de cheveux, tentatives de morsures. Un coup de boule et un début de strangulation plus tard, elles reprennent leur souffle, les bras en étoile, face au puzzle détenteur de tant de secrets.

— Fais voir tes doigts de pied, c'est super important.

Charlotte regarde sa sœur. Semble la croire, attrape ses deux chaussettes. Et hop ! Pieds à l'air, qu'elle colle immédiatement sous le nez de Julie.

— Et donc ?
— Génial ! On a la même chose. Regarde là... Tu vois ?
— Tiens ! Oui, je vois, c'est bizarre, ce truc.
— Tu vois. On est bien sœurs.
— Ben oui, on est sœurs. T'étais pas au courant ?
— Oui, mais maintenant on a la preuve.
— Toi, t'es vraiment *strange* comme frangine, quand même. Comme si on avait besoin d'une preuve.

— Faudra vérifier pour Maman. Et demander pour Papa.
— Pourquoi ?
— Des fois qu'on soit pas leurs filles.
— T'as des drôles d'idées, des fois. De toute façon, on peut avoir les pieds comme ça et pas nos parents. Des fois, les adultes disent que ça saute une génération, comme à saute-mouton. Et puis, ça servira à quoi ?
— Je sais pas moi. Un mystère à résoudre.
— Mouais... Et on fait comment ? On saute sur Maman pour lui arracher ses chaussettes ou ses chaussures ?
— Mais non !
— Ah quand même, enfin un peu de bon sens.
— C'est pas ça. C'est pour notre enquête. Elle ne doit se douter de rien. Et puis de toute façon, elle porte jamais de chaussettes. Si elle est dans le coup, ça va tout faire rater. J'ai une idée ! Un massage des pieds ! C'est bien ça, non, un massage des pieds ?
— Admettons. Si t'y tiens...
Silence. Les deux sœurs sont en pleine introspection. Chacune pense de son côté. À la même chose ou pas ? Elles sont allongées, les pieds en l'air, remuant leurs orteils qu'elles regardent d'un air absent.
— Et toi, pourquoi tu courais ?
— Ah oui, au fait ! J'ai résolu l'énigme des torses nus ! Et hop ! Tadaaaaa !
— Euh ! Trop fort ! Tu m'expliques ?
— Mieux, je te montre.
Les voilà debout en un quart de seconde. Julie suit Charlotte dans sa chambre, tout en regardant ses pieds. Sa découverte

la fascine.

Charlotte confie les jumelles à sa sœur.

— Tiens, regarde.

Julie observe pendant quelques instants et semble soudain tout comprendre.

— Alors ça ! J'y aurais jamais pensé. Quand Maman va savoir ça…

— On va attendre pour lui dire, histoire de voir si elle trouve par elle-même. Et toi, tu tiens ta langue ! Je te connais, faut toujours que tu dises tout.

— Et puis, d'en bas, elle peut pas voir, y'a l'arbre juste devant elle.

Charlotte se prépare à quitter sa chambre, mais Julie est vissée devant la fenêtre. Elle fixe la maison du voisin, pensive.

— Tu viens ?

— N'empêche, je crois qu'on avait raison, je suis sûre que c'est des Lucas.

**

Arrivée dans le jardin, Jacinthe pose machinalement les yeux sur la maison du voisin. Les volets sont toujours mi-clos et les fenêtres ouvertes. On peut donc relativement entendre ce qui s'y déroule, mais en ne voyant que des bribes de personnages. De nouveau, une valse de jeunes hommes le torse nu ! Sauf un, toujours le même, qui lui, est en tee-shirt. Et tout ce petit monde se retrouve dans la cuisine à papoter. Éclats de rires et de voix à la clé. Jacinthe essaie d'y voir plus clair, mais elle n'a pas envie de se faire repérer. Elle ne peut voir que la fenêtre de la cuisine, qui a ses vantaux ouverts en grand, mais les volets en partie tirés.

C'est quoi ces chuchotis au-dessus de ma tête ? Sûr que les filles sont à la fenêtre avec leurs jumelles d'explorateur sur le nez, et qu'elles observent la maison du voisin. Qu'est-ce qu'elles préparent, encore ?

Jacinthe va s'occuper des poules et elle en profite pour tâcher d'en entendre un peu plus dans la maison d'à côté. Malheureusement, ils semblent avoir tous changé de pièce. Flûte !

Chez les poules, la petite nouvelle est régulièrement agressée par l'une ou l'autre des trois anciennes, voire par les trois en même temps. Le sol du poulailler est constellé des plumes de la pauvrette. Jacinthe n'avait jamais vu de poule chauve auparavant. C'est assez particulier.

Elle rentre à la maison avec les œufs, et croise ses filles qui prennent des notes dans un calepin, en partant dans le jardin. Elles font maintenant des pas d'arpenteur le long de la clôture de séparation.

Pas si sûr qu'elles ont abandonné le projet tunnel sous la Manche.

Le chien, lui, fait des allers-retours le long du grillage, comme un lion en cage. Pourtant, il a un immense jardin rien que pour lui, où son maître ne va jamais… sauf pour y cueillir des fraises. Les filles parlent au chien, qui semble les écouter avec attention. Il ne les quitte pas des yeux. De son point de vue, Jacinthe trouve qu'il les regarde comme si elles étaient des sucettes géantes : langue pendante et baveuse, surexcité, faisant des va-et-vient sur un petit mètre cinquante, jappements saccadés, coups de patte au grillage.

Quand même, que font donc tous ces jeunes à demi nus chez mon voisin ?

Jacinthe passe la suite de la matinée accrochée à son ordinateur. Elle doit trouver au plus vite un lieu de villégiature pour sa semaine avec Martine. Elle dégotte quelques annonces intéressantes, envoie les liens à son amie, histoire de la mettre dans le bain et de lui demander son avis. Étant cependant fort occupée ce week-end, il ne faut pas compter sur une réponse avant lundi.

Jacinthe en profite aussi pour relever ses mails, espérant trouver des réponses aux sollicitations envoyées aux amis qui étaient présents le jour du meurtre de la poule. Ils sont censés l'aider à trouver une solution pour cette histoire de chien. Aucun d'entre eux n'a répondu, tous des lâches ! Et qu'ils n'aillent pas dire qu'ils n'ont pas encore relevé leurs mails, ce sont tous des fétichistes informatiques !

Tout à coup, je réalise que je ne vous ai pas vraiment présenté Martine ni son cadre de vie. Alors voilà…

Martine, je l'ai connue il y a bien des années, quatorze ou quinze, peut-être plus. Elle m'avait été présentée par une connaissance commune, qui me déclara d'ailleurs par la suite : « Oh ! Tu sais, moi, avec Martine, j'accroche pas plus que ça… » Pas grave. Moi, elle m'a bien plu tout de suite, cette Martine-là. Tout d'abord, elle donne toujours la priorité aux choses importantes, c'est-à-dire les petites choses du quotidien qui font qu'en fin de journée, on se couche en ayant le sentiment que ce fut là une journée plutôt réussie, qui valait la peine d'être vécue. Tous ces détails qui, mis bout à bout, vous rendent heureux d'être propriétaire de cette vie qui est la vôtre. Par exemple essayer d'enrouler autour de son cou une écharpe de brume qui passait par-là, s'asseoir sur une marche du perron et jeter sa baballe au chien, boire une tasse de thé brûlant avec les mains qui l'englobent pour se réchauffer, lire un bon livre en étant allongée dans l'herbe, cligner des yeux à cause du soleil, se réveiller la première et écouter la maison qui dort encore...

Les conversations avec Martine sont une boîte de cachous dont on ne veut pas venir à bout, et puis quand on croit avoir fini, on en trouve toujours un qui était collé au fond et qui se révèle tout à coup, c'est celui-là, le meilleur. Quand je suis au téléphone avec elle, on dit trois ou quatre fois qu'on raccroche, avant de le faire réellement. C'est bien souvent une obligation de l'une ou de l'autre qui coupe court à nos échanges. Nous parlons toujours de choses fondamentales, entendez par-là les fondements de notre vie, toutes ces réflexions et décisions du quotidien sur lesquelles repose chaque minute de nos jours et de nos nuits. Tous ces choix qui émaillent nos vies. La vie n'est qu'une longue suite de choix.

Je dois aussi vous expliquer pourquoi je ne culpabilise pas du tout d'avoir pris la décision d'aller squatter chez Martine. Elle habite une immense propriété, héritée de son premier époux, et s'est trouvée du jour au lendemain à la tête d'une sacrée fortune. Tout cela était arrivé sans prévenir. Un matin, elle s'était réveillée aux côtés d'un mari tout froid et tout raide. Rupture d'anévrisme en plein sommeil. Ça ne pardonne pas. Dans la semaine qui avait suivi les obsèques, le rendez-vous chez le notaire lui avait appris l'étendue de la fortune dont elle héritait, ainsi que l'existence de cette propriété où elle n'avait jamais mis les pieds, et pour cause, puisqu'elle était occupée par la maîtresse du monsieur, et ce depuis plusieurs années.

Martine était tombée amoureuse, non pas de la dame, mais de la demeure, et n'avait pourtant pu se résoudre à y vivre, du fait de son affectation précédente. Elle avait simplement demandé à la dame de *réunir ses affaires pour aller vivre ailleurs.*

Puis, Martine s'était remariée, était partie vivre ailleurs, et après son divorce, venir s'installer là avec ses trois filles, issues de son premier nid, lui avait semblé une évidence. La maison principale était largement assez grande pour abriter tout ce petit monde, et le parc disposait de deux autres habitations, sans doute utilisées il y a fort longtemps pour abriter un gardien ou un métayer. C'était une de ces maisons-là que je visais. Martine avait plusieurs fois évoqué l'idée de les louer. Non pas qu'elle eut besoin de l'argent du loyer, mais c'était surtout pour permettre à ces maisons de continuer à vivre et éviter ainsi qu'elles ne se dégradent.

Voilà. Voilà pourquoi mon idée ne me fait pas honte, loin de là. J'apporterai juste un peu de vie supplémentaire.

**

Pour l'heure, assise devant son écran, tout à poursuivre sa recherche de la location idéale, Jacinthe fait le décompte et constate qu'il leur reste trois semaines avant leur départ pour les Vosges. Donc à peu près quatre avant qu'elle emménage chez Martine. Et si celle-ci refusait sa demande d'hébergement ? Jacinthe préfère ne pas y penser.

Et tout à coup, là, sur son écran… Eh ! Mais voilà un lieu qui est parfait pour leur petite semaine au calme, loin de tout. Absolument parfait.

J'en ferai la surprise à Martine.

Après le repas de midi, Jacinthe se lance dans sa traditionnelle croisade rangement du début d'été. Les beaux jours lui font cet effet-là. Ranger, nettoyer, ou plutôt récurer, changer les meubles de place, évacuer l'inutile par sacs poubelle entiers… Dans ces moments-là, ses filles rasent les murs. Trop peur de finir enfouies au fond d'un sac plastique abandonné dans le petit matin sur le trottoir, aux côtés de la poubelle qui vomit son trop-plein.

Toutes les fenêtres sont ouvertes, l'aspirateur est couché à ses pieds, prêt à obéir à ses ordres, il a un beau sac vide tout neuf (ce qui lui arrive rarement, Jacinthe oublie toujours d'en acheter, du coup, il reste avec le même sac qu'elle vide deux ou trois fois), et même un nouveau filtre. Il frétille d'impatience, enfin c'est une façon de parler, parce qu'en fait il ne bouge pas d'un iota, mais elle, elle sent bien son frétillement intérieur, elle le connaît depuis si longtemps. Les sacs poubelle sont au garde-à-vous, rangés en rang d'oignon, le fil rouge déployé en arabesque. La serpillière est toute pimpante, elle exhibe ses plis comme une belle de la Cour le ferait de son ondoyant taffetas. Les balais, l'un hirsute, l'autre coiffé en brosse, montent la garde devant la poubelle, sans quitter les lingettes des yeux. Ces dernières ont une fâcheuse tendance à se cacher dans les coins dès qu'il s'agit de travailler. Voilà, tout est prêt, l'armée est en marche, rien ne saura lui résister. Et puis... Jacinthe a toujours su parler aux objets. Elle entretient avec eux depuis toujours une relation très particulière. De ces relations qui trouvent leurs origines dans le plaisir d'être seul.

Après deux heures de travail acharné et environ trois cents litres d'objets prêts à partir pour la déchetterie, Jacinthe s'octroie une petite pause-café. En fait, elle se prépare un thé, mais une *pause-thé*, ça coince un peu au niveau de la prononciation, ça accroche, on dirait un truc comme une *poseté*, du coup, on ne comprend rien. Alors, nous dirons qu'elle fait une pause-café, mais qu'au dernier moment, elle opte finalement pour un thé.

Elle déambule donc dans le salon, sa tasse à la main, et admire le travail abattu. Elle adore ça ! S'emplir du plaisir du travail accompli, sans réfléchir à celui qui reste à faire. Debout face à la fenêtre, elle perçoit tout à coup des mouvements dans son champ visuel, juste là en face. Elle lève les yeux, mais aussi la tête, essayez donc de lever uniquement les yeux, vous verrez, c'est très désagréable. Et que voit-elle là-bas, derrière le grillage mitoyen ? Non, ce n'est pas le chien qui fait des signaux désespérés en langage des sourds pour demander aux filles de venir au plus vite le soustraire aux griffes de son tortionnaire, faute de quoi il menace de se pendre au grillage par son collier, à la nuit tombée. Non, non. C'est juste le voisin qui fait de grands signes à Jacinthe, mais pas pour signaler qu'il a l'intention de se pendre au grillage. Heureusement ! Ça ferait jaser… Il lui demande juste d'approcher pour lui parler.

— Bonjour. Je voulais vous proposer de venir dîner chez moi ce soir. Vous êtes libre ?

— C'est à dire que j'ai mes filles avec moi ce week-end.

— Pas de souci. Au contraire.

Flûte ! J'ai dû passer pour une grande nympho qui cherche à se caser. C'est malin !

— C'est très gentil, mais je ne voudrais pas…

— Si je vous le propose, c'est que ça me fait plaisir. Et puis pour vos filles justement, j'ai quelque chose à voir avec elles. Une sorte de proposition.

Eh ! Mon gars, moi, je te connais pas ! Tu t'approches pas de mes filles. *Si tu crois les appâter avec tes fraises baveuses et ton chien idoine, tu te mets le doigt dans l'œil.*

— En tout bien tout honneur, bien sûr. Et avec votre accord et sous votre surveillance.

Il a dû lire dans mes pensées. Une sorte d'intuition féminine, peut-être. En même temps, mes pensées, je crois qu'elles émergeaient suffisamment pour que le premier aveugle venu puisse les lire facilement.

Silence de Jacinthe. Quand elle est perdue dans ses pensées, elle a du mal à retrouver la porte de sortie. De ce long silence, le monsieur pourrait tirer de fausses conclusions, croire à un désintérêt. Mais non, il la relance.

— Alors ?

— Oh oui, bien sûr ! Avec plaisir. Quelle heure vous arrange ?

— Disons 20 h. Je vois que vous êtes en plein rangement de printemps, prenez votre temps.

Il m'espionne ou quoi ?

— Rassurez-vous, je ne vous espionne pas. Mais là, avec vos fenêtres ouvertes et les sacs pleins qui s'entassent sur votre terrasse, on ne peut pas s'y tromper.

— En fait, ce sont des cadavres coupés en morceaux que je dois évacuer au plus vite. Ça commençait à encombrer le sous-sol.

— Seriez-vous une Barbe Bleue au féminin ?

— Oh non ! Pas le temps pour ça.

— Alors me voilà rassuré. À tout à l'heure ?

— Oui, oui, je préviens mes filles.

Jacinthe rentre finir sa poseté et appelle ses deux détectives.
— Tu vas pas nous mettre dans un sac poubelle, quand même ?
— Ben non, il me reste que des sacs de cinquante litres !
— Sympa ! Dis tout de suite qu'on est grosses.
— Vous êtes grosses.
— Merci. Tu nous as appelées pour quoi ?
— Le voisin nous invite à dîner ce soir.
— L'obsédé du vélo ? On n'a rien à lui dire !
— Mais non, andouilles !
— Papi Boulon ? Les histoires de bricolage, c'est pas notre truc.
— Mais enfin, vous le faites exprès ou quoi ?
— C'est pas le roi de la torture canine ? Halte à la vivisection, sus aux monstres. En plus, la SPA veut rien faire pour nous aider !
— Vous les avez appelés ?
— Ben oui, qu'est ce que tu crois ?
— Vous auriez pu m'en parler avant.
— T'aurais dit non.
— Exact.
— Ben voilà.
— Donc oui, nous allons manger chez lui ce soir.
— Allez viens, Julie, on va chercher la mort-aux-rats. On en mettra en douce dans son verre, et hop l'affaire est pliée.
— Non, mais, ça va pas ? C'est vraiment dangereux, ce truc !
— Maman ! Tu nous prends pour qui ?
— Ah, je préfère ça ! J'ai cru que vous vouliez vraiment le faire…

— Ben oui, évidemment. Mais on apportera un sachet de vitamine K, l'antidote, et dès qu'il est prêt à mourir, hop, on lui extorque ce qu'on veut de lui en agitant le contrepoison sous son nez. Il accepte, il est sauvé ! Sinon...

— J'ai mis au monde deux psychopathes ! Ce monsieur m'a dit qu'il voulait vous parler ce soir de quelque chose. Je pense que c'est à propos du chien. Vous vous souvenez qu'il vous avait déjà remerciées de lui avoir ouvert les yeux à propos de ça ?

— Oui, oui, on sait... Il veut nous parler de quoi ?

— Je ne sais pas.

Et les voilà reparties avec des mines de conspiratrices mécontentes. Elles ronchonnent en montant les marches qui mènent à leurs chambres. Jacinthe les entend qui s'affairent aussitôt dans leur salle de jeu/bricolage. Qu'est-ce qu'elles préparent, encore ?

— VOUS FAITES QUOI, LES FILLES ?

— UN TRUC POUR LE CHIEN.

Désolée de vous casser les oreilles, amis lecteurs, mais de l'étage au rez-de-chaussée, on ne s'entend pas vraiment bien, alors forcément, il faut quasiment hurler. Surtout lorsque les filles sont plus ou moins enfermées dans leur caverne.

« Un truc pour le chien »... Jacinthe aurait été étonnée qu'elles fabriquent un « cadeau pour le voisin ». Ou alors, peut-être une tapette à souris déguisée en gant à four, ou des mouchoirs imprégnés de poil à gratter, ou encore un dessous-de-plat en pâte à modeler...

Julie est en pleine réflexion.

Ah la la ! Cette maman ! Toujours prête à accorder à tout le monde le bénéfice du doute. Même au pire des serial killers, elle serait capable d'octroyer une seconde chance.

Bon, d'accord, le voisin n'a *a priori* tué personne. Malgré tout, les filles de Jacinthe ne sont prêtes à lui trouver aucune circonstance atténuante.

Les adultes sont comme ça, ils ne cessent de parler de leur expérience, la jettent à tout-va à la figure de leurs enfants, pour leur montrer qu'eux connaissent le sujet, pour l'avoir vécu, et seront donc d'excellent conseil pour permettre à leurs enfants de prendre les bonnes décisions. Mais pour eux-mêmes, rien du tout ! Disparus leur expérience et leurs grands principes. Ils ne les appliquent jamais à eux-mêmes.

Prenons Maman. Elle, elle sait par expérience que quelqu'un qui commet des choses moches à répétition ne changera jamais. Et elle le dit. Haut et fort. Elle sait qu'elle a raison. Et c'est sans doute vrai : elle a raison. Elle n'a rien inventé, mais elle a raison. Et pourtant, elle finit toujours par accorder une seconde chance au plus odieux des personnages. Elle est comme ça. Une Mère Térésa du quotidien.

Pour le voisin, ce n'est certainement pas un monstre. Il a même l'air d'être plutôt sympa. Mais il y a deux choses sur lesquelles les deux sœurs ne céderont pas du haut de leurs douze ans, engluées dans les hormones de l'adolescence qui commencent à envahir tous leurs vaisseaux sanguins et donnent à leur encéphale une allure et un mode de fonctionnement tout nouveaux. Deux choses. La première : elles tiennent sur le voisin des discours désobligeants, depuis l'attaque du chien fou, et pas question de changer de point de vue. Elles ne vont tout de même pas lui donner l'absolution comme ça, sans qu'il ait fait le moindre effort pour se racheter à leurs yeux ! La seconde : admettre qu'elles peuvent revoir leur position sur ce qu'elles pensent de ce monsieur, sans se battre, ce serait faire preuve de pleutrerie. Pire, ça équivaudrait à dire à leur mère qu'elle a raison. Im-pen-sable !

Alors, elles vont garder le cap jusqu'au bout et ne céderont que face à des arguments qui en valent la peine. Quoi de plus têtu qu'un enfant, si ce n'est deux enfants en totale connivence ?

Maman nous traite tout le temps de sales gosses, nous avons une image de marque à entretenir, et notre dignité doit être préservée...

La fin d'après-midi passe vite et les voilà prêtes pour vingt heures. Les filles ont fait un paquet cadeau pour le chien, et réservent leur mine de bouledogue dépressif au propriétaire de celui-ci. Ça ne va pas être simple de leur faire voir le voisin d'un autre œil. De vraies têtes de mules.

C'est au moment de partir que Jacinthe réalise qu'elle va arriver les mains vides.

— Maman, on s'en fiche, ce type ne mérite pas de cadeau. C'est un naze et un naz... i.

— C'est fini, oui, ces propos qui sont justement carrément fascistes ?

— C'est quoi, fâchiste ? C'est le fait d'être fâché tout le temps ?

— Pas fâchistes, mais fas-cis-tes.

— Et c'est quoi ?

— C'est vous, dans vos pires moments. Des petits despotes répondant aux deux prénoms d'Adolf et Benito. Bref, une idée ?

— Pour ?

— Pour ne pas arriver les mains vides chez notre hôte !

— Euhhh... Le contenu de la litière des chats ?

Ces enfants sont désespérantes. Finalement, Jacinthe va peut-être réfléchir à l'idée de devenir fâchiste.

Heureusement, elle, elle en a une d'idée. Direction la cuisine, et hop ! C'est reparti. Le temps de faire le tour du pâté de maisons, Jacinthe cogite pendant que ses deux dictateurs se font des messes basses. Tiens, dictateur, ça donne quoi au féminin ? Ça donne rien. Ça n'existe pas. Voilà qui est étonnant, il semble pourtant que les femelles hominidés aient une nette aptitude à la dictature, bien plus développée que chez les mâles. Mais... chuuuut ! Ne répétez ça à personne, surtout pas à une suffragette des temps modernes.

Jacinthe cogite donc et se dit que cette invitation est une bien belle aubaine. La voilà avec une occasion inespérée de peut-être éclaircir le mystère des jeunes hommes à demi dénudés qui hantent régulièrement cette maison. Avec un peu de chance, elle devrait arriver à fouiner et enfin comprendre ce que font chez lui tous ces jeunes éphèbes en tenue de demi-Adam, ou plutôt en demie-tenue d'Adam, parce que des demi-Adam, ça ferait un peu *Massacre à la tronçonneuse*. Beurk !

Mince, on mange dans le jardin !

— Bonsoir ! Entrez, entrez. Je nous ai installés dans le jardin. Avec ce temps...

— Bien sûr ! C'est une excellente idée (flûte, ça va être compliqué pour visiter les pièces en douce, Jacinthe va devoir aller faire pipi souvent, à moins de prétexter une cystite, ce qui est moyennement glamour…)

— Et puis les enfants pourront jouer avec le chien…

— C'est sûr.

Là, elle perçoit des frémissements dans son dos et se retourne. Tiens ! Les filles ont le sourire aux lèvres. Étrange…

— Je n'ai pas eu le temps d'aller acheter des fleurs, alors je vous ai apporté des œufs. Les poules ont recommencé à pondre il y a quelques jours. Vous avez la primeur de leur nouvelle vie !

— Ça, c'est vraiment gentil ! Il y en a aussi de la petite nouvelle ?

— Oui ! Elle s'y est mise aussi. Je vous remercie encore.

— Pas de quoi. C'est naturel.

**

La soirée est agréable et tranquille tout autant qu'animée. Discussions à propos de tout et de rien, sans que personne livre son intimité. Les filles courent dans tous les sens avec le chien. Au fait, c'était quoi le cadeau ?

Jacinthe parvient à aller deux fois aux toilettes, mais à chaque fois, son hôte en profite pour l'accompagner jusqu'à la maison et rapporter quelque chose. Impossible de déambuler partout sous un prétexte. En plus, il y a un étage. Comment parvenir à visiter toutes les pièces de la maison ? Quoique…

Jacinthe entame une discussion sur les travaux et aménagements qu'elle a dû faire en achetant son propre *home sweet home*, évoque le quartier où toutes les maisons sont anciennes et nécessitent une remise aux goûts du jour. Fichtre, il ne mord pas à l'hameçon !

Elle insiste, lui montre des photos *avant-après* de plusieurs pièces de son chez elle. Il ne rebondit toujours pas. Coriace, le garçon !

Allez, elle plonge !

— Et vous, vous n'avez pas dû faire trop de transformations ?

— Moi, j'ai pris cette maison comme elle était et je m'en contente. Elle me plaît dans son jus, comme on dit.

Et il veut pas me faire visiter le jus en question, par hasard ?

— Je vous aurais bien fait visiter, mais ce sera pour une autre fois, parce qu'en ce moment, c'est vraiment le bazar chez moi.

Le chien arrive à ce moment-là, langue pendante, tout excité. Les filles ne sont pas loin. Elles aussi, elles ont la langue pendante.

— Votre chien, il court tout le temps ! Et il se fatigue jamais.

— Normal, c'est un chien de chasse, à la base.

— Eh ben nous, on s'assoit !

— Regardez, il va s'allonger à vos pieds et pas tarder à dormir. Attendez un peu… Et voilà ! Il a déjà les yeux fermés. Mais dès que vous ferez un geste pour vous lever, il va se réveiller instantanément et vous suivre d'un bond. Vous voulez boire quelque chose ? Jus de fruit ? Coca ?

— Coca ! Maman elle en achète jamais !

— Alors, va pour le Coca. Bon, moi j'ai quelque chose à voir avec vous. Mais d'abord, je vous laisse boire.

— Oui, on sait. Maman nous a dit.

— Bien. Je vais chercher le dessert.

Charlotte pince ses narines, ferme les yeux, frissonne de partout et finit par éternuer, comme à chaque fois qu'elle boit du soda. Les bulles lui remontent dans le nez, c'est pour elle un label de qualité. Un soda qui a perdu ses bulles, c'est une frustration inacceptable, elle passe alors à côté de ce qu'elle appelle *l'éruption des trous de nez*, depuis que petite, elle a découvert le principe des volcans.

— Alors, les filles, et ce chien ? demande Jacinthe.

— Il est épuisant !

— Eh oui, c'est pas si simple de s'occuper d'un chien à la hauteur de ce qu'il attend.

— Oh la la ! On te voit venir, Maman. C'est pas une raison pour le frapper.

— OK.

Leur hôte arrive avec un plateau chargé d'une pile d'assiettes et d'un saladier. Un sucrier trône au milieu. Jacinthe craint le pire…

— Les filles, vous aimez les fraises ?

— Ouiiiiii !

Mince, comment les détourner des fruits contaminés ?

— Eh bien dites donc, vos fraisiers donnent drôlement bien !

— Ah non, celles-là, je les ai achetées sur le marché. Des gariguettes.

Ouffff !

— Mais vous, vous êtes allergique, c'est ça ?

— Maman, elle peut pas manger des fruits et légumes crus.

— Alors, c'est parfait, j'ai fait une tarte avec les pommes du jardin. Ça vous va ?

Chouette ! Les chiens ne savent pas monter aux arbres.

Jacinthe regarde le chien qui dort. Beurk ! Il bave dans son sommeil. Il doit rêver de fraises…

— Oui, oui, c'est tout ce que j'aime.

Après avoir fait le service, leur hôte se tourne vers Julie et Charlotte.

— Alors, les filles, j'ai quelque chose à vous proposer. Voilà, ce chien, j'en ai hérité il y a quelques semaines, au décès de ma mère. Je tiens à le garder, mais très honnêtement, je n'ai que peu de temps à lui consacrer et lui il a toujours envie de courir et de jouer.

Les filles font leur tête des mauvais jours, mi-Schtroumpf grognon mi-nain Grincheux. Le genre oreilles bouchées à la colle forte.

— L'autre jour, j'ai dû intervenir fermement parce que, voyez-vous, lorsqu'il vivait avec ma mère, il essayait régulièrement de s'attaquer aux poules des voisins qui avaient une ferme, et la seule fois où il y est parvenu, il en a tué douze d'un coup.

— Oui, mais quand même, vous l'avez tapé fort.

— C'est vrai, tout comme il est vrai qu'il s'ennuie souvent, seul dans son jardin. Ce n'est pas fait pour le calmer. Je voulais vous proposer de vous laisser une clé de mon portail. Comme ça, en rentrant du collège, dès que les devoirs seront faits, ben oui je suis aussi un adulte, vous pourrez venir le faire jouer ou bien aller le promener. Vous en dites quoi ?

— De toute façon, Maman, elle voudra pas.

Schtroumpf grognon, quand tu nous tiens…

— Mais si ! N'est-ce pas que vous êtes d'accord ?

Ah bon, j'avais le choix ? J'avais pas compris ça.

— Mais bien sûr, moi je trouve ça très bien. Et comme ça, je verrai vos aptitudes à être responsables d'un chien. Pour plus tard…

Silence.

Jacinthe les observe. *Mes deux râleuses se regardent, elles vont trouver une réponse sans avoir à s'isoler de nous pour se mettre d'accord. C'est ça, la gémellité, une sorte de capacité à communiquer sans mots, comme les vieux couples. Et d'ailleurs, c'est un vieux couple. Leur vie à deux a commencé il y a bien longtemps…*

— Ben alors, d'accord. Mais à une condition, vous ne le tapez plus, plus jamais.

— OK. Ça me semble un deal honnête.

— Plus jamais, c'est promis ?

— Promis !

— On commence quand ?

— Vous avez déjà commencé ce soir.

— Ça compte pas, on n'avait pas les clés !

Elles sont coriaces, ces petites ! De sacrées négociatrices. Mais je crois, se dit-il, *que tous les enfants sont des négociateurs innés. Après, ça se perd. Dommage.*

Quoique… finalement, non. Imaginons que nous restions ainsi dans la négociation permanente, comme dans notre enfance. La vie en société serait intenable. C'est pour cela que nous ajoutons peu à peu à notre vocabulaire des mots tels qu'acceptation, renonciation, compromis, priorités, pacte, paix, accord, écoute, pardon, *ex aequo*, démission… Sans cela, nous serions sans cesse dans le marchandage, pour savoir qui prend sa douche en premier, si on mange des saucisses ou un steak, si on prend le bus ou la voiture, si on va voir un film ou un autre... Passer tout son temps à négocier et ne plus en avoir pour agir. Ce doit être pour cette raison que nous devenons des adultes raisonnables : le temps n'est pas extensible et cette vérité nous contraint à faire des choix, à laisser parfois l'autre passer devant, à ne pas toujours revendiquer son droit à avoir raison. Le temps nous est compté, gardons-le pour vivre les choses au lieu de les négocier.

— Regardez, là, sous vos serviettes.
Deux clés, une sous chacune.
— Super ! Allez, viens, le chien, on va te montrer.
Les trois acolytes foncent vers la grille, le chien dedans, les filles dehors.
— Alors voilà, toi tu attends là derrière la grille, pendant que nous on arrive avec la clé. Regarde, Maman ! Ça marche, il frétille de la queue !
— Super ! Vous allez faire une bonne équipe, tous les trois !
— Elles sont adorables, vos filles !

À ce moment-là, j'ai bien pensé à les lui prêter pour une partie des vacances, mais je n'ai pas osé, parce que tant qu'on ne connaît pas l'histoire des gens, on peut faire de sacrées bourdes.

C'est un concept auquel Jacinthe avait déjà réfléchi : prêter ses enfants pour deux ou trois semaines, à des gens qui ne peuvent pas en avoir. Ou qui ne veulent pas, mais qui veulent juste s'en occuper de temps en temps. Sans rire, tout le monde y trouverait son compte. Les parents qui seraient un peu soulagés, sans avoir à mettre la main au portefeuille pour envoyer leurs enfants faire un séjour plus ou moins onéreux et plus ou moins bien encadré ; les enfants, qui se retrouveraient pourris gâtés ; et leurs heureux hôtes dont le plaisir de recevoir les enfants est une évidence. Bon, d'accord, au début, elle avait même pensé à les louer. Là, ça allait un peu loin. Mais les prêter, pourquoi pas ? Après tout, quand on les confie à un oncle et une tante sans enfants, ce n'est pas mieux...

Sur le chemin du retour, Jacinthe demande à ses filles ce qu'elles avaient préparé comme cadeau pour le chien.
— Des sortes de gants avec une petite pelle au bout.
— Des quoi ?
— Des gants-pelles, si tu veux. On a essayé toute la soirée de lui apprendre à s'en servir, pour qu'il puisse s'évader si ça devenait trop dur pour lui ses conditions de vie. Mais il comprenait rien. Il voulait juste essayer d'arracher les gants.
— Les filles ! C'est un chien ! Un chien ne peut pas comprendre qu'il peut creuser plus vite avec de tels trucs !
— Ben oui, on sait bien, et alors ? Tu sais, quand on a la rage de survivre et d'échapper à son bourreau, on arrive à faire des trucs incroyables. On a vu des vidéos sur Internet, avec des chiens qui arrivaient à faire de ces choses ! Ça serait pas la première fois.
— Alors, il faut croire que sa détention n'est pas si terrible que ça. Sinon, il aurait joué de ses pattes depuis longtemps pour s'évader. Vous ne croyez pas ?
Retour à la case grognon...
Et moi, je ne sais toujours pas que penser des invités dénudés de mon voisin.

Pour le chien, se dit Julie, *on a eu gain de cause. C'était pas gagné. Moi, je trouve qu'on a cédé un peu trop vite aux arguments du voisin. Mais avec Charlotte, c'est toujours pareil, dès qu'il y a du Coca, ça lui monte pas qu'aux narines, ça lui met le cerveau à l'envers. Du coup, elle laisse tomber toutes nos bonnes résolutions. Et moi, je dois suivre. Bien obligée ! C'est notre solidarité qui fait notre solidité. Alors, si on n'est pas d'accord, et même si on se chamaille, jamais devant les autres. Et surtout pas devant Maman. Même si à mon avis, elle est pas dupe.*

Ce soir, en tout cas, elles ont obtenu ce qu'elles voulaient : améliorer la vie du chien. Ce qui n'est déjà pas si mal. Les temps sont durs, avec toutes ces familles monoparentales, où la maman est à la fois maman et papa. Obtenir ce que l'on veut devient de plus en plus dur. Avant, il suffisait d'arracher à un des parents ce que l'autre refusait, mais en laissant sous-entendre le contraire, qu'il ou elle veut bien si toi tu es d'accord, puis de revenir vers le premier parent, pour lui re formuler la demande, en précisant que l'autre a donné son accord. Après cela, les parents se bagarraient, mais les enfants avaient obtenu ce qu'ils voulaient. Car le parent qui avait promis était un parent qui tenait sa promesse. À cette époque bénie des familles à deux parents, aucun n'aurait imaginé reprendre la parole donnée à son enfant. Et pourtant, il aurait été en droit de le faire, puisqu'il avait été floué. Mais non.

Aujourd'hui, c'est beaucoup plus compliqué, avec un seul parent pour jouer le rôle des deux. S'en suivent des bras de fer quotidiens où les enfants sont déjà bien contents s'ils obtiennent le quart de leur demande de départ.

Mais bon, ce soir, les filles sont satisfaites. Entre le Coca, les fraises délicieuses, les clés du chien et… la résolution du mystère des jeunes gens à demi nus, ce fut une bien bonne journée.

Au fait, ils sont comment les doigts de pied de Maman ? Mince, elle a des chaussures fermées…

Mercredi 1er juillet 2015

Aujourd'hui, 1er juillet, pour bon nombre de collégiens un peu partout en France, tous ceux qui ne passent pas leur Brevet cette année, les vacances ont déjà commencé depuis une ou deux semaines. Julie et Charlotte passent leurs journées à s'occuper du chien d'à côté. Leurs clés sont les plus précieux trésors qu'elles aient jamais eus. Et à voir comment elles veillent à ne pas les égarer, on pourrait penser qu'elles sont en or. Ou en platine. Finalement, le chien n'a pas eu besoin d'apprendre à se servir de pseudo pelles et c'est tant mieux, car il n'a pas l'air d'être bien doué pour quoi que ce soit, sauf pour dégommer les poules. *A priori*, il est tout simplement idiot, complètement idiot. Mais Jacinthe s'abstient de donner son diagnostic aux filles. Elles, elles le trouvent exceptionnel et magnifique.

Avec son maître, Jacinthe est en bons termes. Elle lui donne des œufs, et en échange il lui donne des fraises, qu'elle jette dans le composteur. Ce chien semble baver partout et tout le temps. Jacinthe ne lui a jamais vu la langue rangée bien sagement dans la gueule. Renseignements pris, c'est un setter anglais. Chien de chasse, qui a donc besoin de se dépenser. Mais rien à voir avec le fait de baver comme un escargot qu'on fait dégorger. Il serait plutôt fait pour crapahuter dans la bruyère à courir après les coqs du même métal. Du coup, dans son jardin de banlieue, ça va pas du tout. La seule chose qui ressemble un tant soit peu aux coqs de bruyère, ce sont les poules d'à côté. D'où ses pulsions de serial killer. CQFD.

Mais bon, ce qui est rassurant c'est que les filles ne ressemblent pas à des bécasses. C'est déjà ça…

Il y a quelques jours, Jacinthe a envoyé un mail à ceux qui devaient lui donner des idées pour le chien, juste pour les rassurer sur l'évolution de la situation. Et bien sûr, cette fois-ci tout le monde lui a répondu ! Étonnant. Mais bon, à leur place, Jacinthe aurait sans doute fait le mort, elle aussi.

Elle reprend ses investigations sur la belle histoire d'amour de son amie, d'autant plus que ce soir, Martine vient manger chez elle. Elles ont bien des choses à régler pour leur séjour entre filles sans enfants. Et puis, pour Jacinthe, ce qui est formidable, c'est que Martine vient de passer cinq jours avec son chéri dans un petit hôtel-pension, au beau milieu de nulle part dans la Creuse. Et comme elle fixe toujours ses bons moments sur la pellicule, ce sera peut-être l'occasion de voir à quoi ressemble son amoureux.

Martine se montre tellement discrète sur cet homme, a le don de dire si peu de choses, que les questions qui brûlent les lèvres de Jacinthe apparaissent comme terriblement indécentes. Elle aurait l'impression très désagréable de jouer les voyeurs. Alors, elle se tait. Combien de temps va-t-elle tenir ainsi ?

Où la lune perd la tête

Les filles de Jacinthe sont chez une copine, ce qui tombe bien.

**

— Alors, ces cinq jours d'escapade, c'était bien ?

— Oh oui, super ! Nous étions dans un lieu idyllique au bord de l'eau, dans le calme le plus complet. Nous avons fait des tas de balades à pied. Rien qu'aux abords de l'hôtel, on pouvait faire des kilomètres sans avoir à prendre la voiture. Un écrin de nature…

— Tu me diras où c'était exactement, ça donne envie. Tu as fait des photos ?

— Eh oui, comme d'habitude. Des fleurs, des toiles d'araignée, la rosée, les levers de soleil, les reflets sur l'eau, les sous-bois…

— Des portraits de ton chéri ? (*Je ne sais toujours pas son prénom et je n'ose pas lui demander !*)

— Quelques-uns, oui. Il n'aime pas, et en plus il préfère ne pas laisser traîner sa trombine tant qu'il vit toujours avec sa femme. Je vois bien qu'il a peur de quelque chose en elle.

— De sa réaction si elle savait ?

— Sans doute, oui. Mais il y a autre chose. Je ne sais pas quoi.

— Tu m'as dit qu'elle pourrait se montrer violente envers lui. C'est ça qui te gêne ?

— Je ne sais pas trop. J'ai une sale impression.

— Tu as peur ?

— Pas vraiment. Malgré tout, je ne pense pas qu'elle lui fasse du chantage au suicide, elle a l'air d'être très maîtresse femme, pas du genre à se supprimer, mais plutôt à supprimer les obstacles qui la gênent.

— Alors, il fait tout sur la pointe des pieds.

— Voilà. Je respecte ça. Quand je pose trop de questions, il devient nerveux.

— Comment explique-t-il à sa femme qu'il s'absente cinq jours ?

— Je ne sais pas.

— Tu ne lui as pas demandé ?

— Non. Pour toutes les choses dont il ne parle pas de lui-même, je laisse.

— Eh ben ! Toi qui es d'ordinaire si naturellement directe dans ta façon de poser des questions à tes proches, ça doit être un vrai tour de force de te taire comme ça !

— Pas vraiment. Je laisse venir les choses. Ça ne fait pas de mal.

— Tu me montres les photos ?

— Allez ! Tu verras, c'est magnifique. Et tellement serein !

Et les voilà parties pour un apéritif-visionnage de photos de vacances. Ça fait des années que Jacinthe n'a pas fait ça. La dernière fois, ça devait être au millénaire précédent, à l'époque où les soirées photos après le retour de vacances étaient des obligations auxquelles nul n'aurait su se soustraire. Elle a vécu la grande époque des projections de diapositives. Le développement coûtait beaucoup moins cher que pour le papier, du coup on ne lésinait pas sur la quantité. Les racks de cinquante clichés qui s'enrayaient systématiquement, avec la diapo qui restait coincée et finissait par fondre à moitié face à l'ampoule qui surchauffait. Le projecteur ultra moderne avec télécommande (à fil ! n'exagérons rien), celui qu'on pouvait « régler » (et non pas « programmer ») pour que le rack avance automatiquement, une diapo toutes les x secondes.

Magnifique ! Le bruit était inimitable, tchac-tchac, toutes les 5 ou 6 secondes. Le pire qu'elle ait connu a été la projection de ses 27 pellicules après deux semaines d'un périple en Écosse. En comptant les changements de racks, les papotages, les arrêts pipi (comme sur l'autoroute, sacré voyage), ça a fait plus de trois heures et demie. Il faut s'imaginer : trois heures et demie de photos qui ne vous concernent absolument pas, si supporter ça, c'est pas de l'amitié ! Ou alors il fallait avoir un intérêt quelconque, mais de taille. En tout cas, en ce temps-là, on avait l'amitié solide. Il était encore loin l'art de congédier l'autre par trois mots avortés dans un texto ! Une amitié qui résistait aux soirées diapos pouvait résister à tout.

Aujourd'hui, le diaporama se fait sur l'ordinateur. Toujours pareil, on règle, pardon, on programme la cadence et après on laisse faire. Tout pareil, le tchac-tchac en moins.

Les images défilent donc, accompagnées des commentaires de Martine sur les lieux, leur histoire, la façon dont la journée fut occupée, le temps qu'il faisait, les rencontres qu'ils ont faites, la qualité de l'hôtel, les rapports avec le personnel, etc.

Et puis soudain, Martine arrête le diaporama et revient en arrière.

— Tiens, c'est bizarre.
— Quoi donc ?
— Eh bien, cette photo-là, je croyais…
Silence.
— Tu croyais quoi ?
— J'étais persuadée que c'était là que j'avais pris mon chéri en photo.

— Tu dois en avoir une autre plus loin, prise au même endroit. C'est près de l'hôtel ?

— Oui, oui, dans leur parc.

— Alors, tu as dû en faire d'autres.

— Peut-être. On va continuer et on verra bien. Pourtant, je suis sûre que c'était ce jour-là. Il avait râlé que je le prenne comme ça en photo sans lui demander, dès le premier jour.

— Tu as peut-être fait une photo avec lui et une sans lui, et il aura effacé l'autre, sans que tu le saches.

— Peut-être. Dans ma mémoire, j'en avais fait une seule. Avec lui.

— Tu sais, la mémoire...

— Je sais bien. Bon, on continue ?

— Allez !

Suite du diaporama. Suite des papotages.

— Ah ! Là, je suis sûre et certaine qu'on va voir sa trombine ! Ce jour-là, dans la forêt, j'ai fait toute une série de photos de lui. C'est peut-être pas très joli, mais j'ai fait ça à son insu, quand il cherchait des champignons. Tu vas pouvoir découvrir le personnage...

— Chouette ! J'ai la primeur ?

— Eh oui !

Suit toute une série de photos en sous-bois. Martine arrête le défilé des clichés sur une photo qui montre la surface de l'eau d'une rivière. L'eau est agitée de ridules et on y voit le reflet mosaïque de deux silhouettes, côte à côte.

— Je ne comprends pas.

— Quoi ?

— Tu vois les deux personnages ?

— Oui. Enfin, on voit leurs reflets. C'est toi et ton chéri ?
— Exactement. Cette photo était censée être la dernière de ma petite série sur lui. La photo dans l'eau, il voulait bien parce que personne ne pouvait y reconnaître qui que ce soit. Eh bien, dans toutes les précédentes, je ne l'ai vu nulle part. Ou alors, j'ai mal vu ou rêvé.
— Non, je ne crois pas. Moi non plus je n'ai rien vu qui ressemble à un petit chéri. À moins qu'il ne se soit déguisé en arbre, en rocher ou en tapis de mousse.
— Alors, je ne comprends rien. Toutes les photos en sous-bois étaient avec lui, sauf les deux ou trois avec les champignons, ça c'était pour donner le change quand il me regardait.
— Tu es sûre ?
— Ben oui, quand même ! Je sais que la mémoire nous joue des tours, mais là, c'est un peu gros !
Silence.
— Je-n'y-com-prends-rien !
— Je ne sais pas quoi te dire. Et si l'ordinateur avait rangé les photos dans un ordre bizarre ?
— Moi, je veux bien, mais il y a un souci : on n'a pas fait d'autre balade en sous-bois !
— Ah oui, là, effectivement, c'est bizarre. J'ai une idée ! On va regarder les numéros des photos. Je suis sûre que certaines ont été enlevées.
— Allons-y.
Martine repasse toutes les photos une à une, en affichant les informations.
— C'est pas vrai ! Il n'en manque aucune.

— Ton chéri peut t'avoir joué un tour, en refaisant des photos et en changeant les numéros. C'est possible ça, non ?

— Oui, sans doute. Mais pourquoi ? Attends, je vais vérifier un truc. Regarde la date et l'heure, pour chaque photo.

— Alors là, c'est flippant !

— Ouais, elles se suivent toutes, à trois ou quatre secondes d'intervalle.

— Je ne vois qu'une explication, le cadrage. Tu as cru le viser, et hop, à côté.

— Toutes ?

— Ben... oui.

— Sauf les champignons ?

— Mouais... Je suis comme toi, je ne comprends pas. Tu veux bien me laisser une copie des fichiers ? J'ai un ami spécialiste de la retouche photo, il va forcément trouver une explication.

— OK. Passe ton ordi, je vais tout te transférer. Tu me diras ?

— Bien sûr ! Je vais lui demander de voir ça au plus vite.

— Et puis ça m'agace, je pensais pouvoir te le montrer. J'étais toute contente.

— Tu peux peut-être me dire son prénom ? Ce sera toujours ça.

— Je ne te l'ai pas dit ? Mince ! Eh bien, il s'appelle Dominik, avec un k.

— Alors Dominik, enchantée ! dis-je en regardant l'écran.

— Quand même, pas une seule photo de lui. J'enrage...

— Sauf le reflet dans la rivière.

— Tu parles, avec ça, me voilà bien lotie ! Pas de quoi faire un album souvenir.

— Un album de non-portraits ! Tu me le décris ?

— Eh bien, un peu plus grand que moi, un mètre 72 – 75, cheveux châtain clair, courts, yeux marron, plutôt svelte.

— Dégarni ?

— Non, pas du tout. En fait, il ne fait vraiment pas son âge. Il a quarante-cinq ans comme moi, mais on lui en donne peut-être trente-cinq, pas plus.

— Pas de signe particulier ? Des lunettes violettes ? Une jambe plus courte que l'autre ? Des dents en or ? Une bosse dans le dos ?

— Ben non, désolée.

— Donc, si je le croise demain, je ne le reconnaîtrai pas ?

— J'en ai bien peur. Mais le principal, c'est que moi je le reconnaisse !

— C'est pas faux. Et il a quel style ? Sportif, décontracté, costard-cravate…

— Non, mais, tu me vois tenant la main d'un costume Dior ou Hugo Boss ?

— Non, pas vraiment. Ceci dit, quand le cœur a parlé, les autres se taisent, en particulier les grandes lignes de conduite dont on était si sûre.

— C'est vrai. Mais non, pas costard-cravate. Ni sportif.

— Je ne te vois pas non plus au bras d'un jogging Adidas…

— Il est classique. Blouson-jean.

— Tee-shirt ou chemise ?

— Chemise.

— Slip ou caleçon ?

Visage effaré de la pauvre Martine.

— Je blague ! Quoique…

— Boxer.

— Bon, on arrête là, après ça va devenir scabreux. Et puis déjà comme ça, le jour où tu vas me le présenter, je vais avoir du mal à ne pas regarder son pantalon pour tâcher de deviner si ce que tu m'as dit est vrai. Je vais être cataloguée tout de suite.

— Bien fait pour toi. Fallait pas poser toutes ces questions.

— Fallait pas répondre !

Ce soir-là, Jacinthe et Martine se quittent un peu tard. Les papotages se sont poursuivis bien après la fin de la séance de projection. Martine était un peu bougonne, elle n'avait pas pardonné à ses photos de l'avoir trahie.

Elles ont fait tout un tas de projets pour leurs vacances, carte à l'appui. La carte elle, a été super sympa, elle leur a donné toutes les indications voulues, et même celles qu'elles ne lui avaient pas demandées. C'est une carte IGN avec les courbes de niveau. Jacinthe adore les courbes de niveau, qui restent pour elle un mystère : comment les obtient-on ? C'est chouette, les mystères, ça fait rêver les yeux ouverts, ça fait faire des galipettes au cerveau. Lorsqu'elle était gamine, un prof avait expliqué à toute la classe que les courbes de niveau, c'était comme si on avait recouvert peu à peu le paysage avec de l'eau, et que tous les cinq ou dix mètres d'altitude, on traçait une ligne qui suivait le bord de l'eau. Simple, non ? Oui, mais voilà, en vrai, personne n'avait rempli d'eau les paysages. Alors, on avait fait comment ? Du coup, elle continuait à imaginer qu'on coulait un peu partout suffisamment d'eau pour obtenir l'effet escompté, qu'une main géante descendue d'un nuage (forcément d'un nuage, l'eau, elle vient bien de quelque part) traçait patiemment les courbes, et puis tout à coup, paf ! Quelqu'un retirait le bouchon tout au fond et là, l'eau se sauvait à toute vitesse. Mais avant, on avait pu voir passer Noë sur son super paquebot de fin du monde, avec la tête de la girafe qui dépassait (le sosie de la girafe Sophie, bien évidemment) et qui faisait coucou. Jacinthe est sûre d'une chose, dans l'Arche de Noë, sa préférée c'est elle, la girafe. Bon, y'a aussi le chien... et l'hippopotame... et puis l'ornithorynque, surtout depuis que petite, elle avait appris à l'écrire sans faire de faute... et puis aussi le zèbre... et le colibri (dans son sapin d'enfance, il y avait un colibri en pâte de verre, il était d'une beauté !)

J'aime bien l'ours aussi... et l'autruche...

Enfin bref, les courbes de niveau sur une carte IGN, ça la fait rêver. Elle les suit du bout du doigt et se dit qu'elle pourrait peut-être les suivre du bout des pieds quand elle sera sur place. Un truc à se casser la figure, cela dit. Une fois, elle avait essayé et c'était pas pratique du tout.

Les cartes, je connais bien, j'ai toujours eu des histoires avec elles. Ça a commencé avec la façon dont Maman les traitait, et ensuite je les ai toujours vues comme des invitations au voyage. Et puis, il y a celle qui est rangée dans le tiroir de ma table de nuit, celle qui a été anoblie et porte un C majuscule, celle qui m'a accompagnée et guidée là-bas, au bout du bout de la Floride, celle qui m'a emmenée vers mes filles, mes deux trésors, mon bébé puissance 2.

Il arrive assez souvent à Jacinthe de sortir sa Carte de la table de nuit, comme ça, quelques instants. Elle la détaille, elle suit du bout des doigts le parcours qui fut le sien le long de cette

Highway sur l'eau. Elle lui parle aussi, évoquant avec elle comme avec une vieille amie tous les événements dont elle fut la complice. Elle pose parfois juste le bout d'un doigt, effleurant les lieux qui dans sa mémoire sont emplis de magie, évitant avec application ceux dont elle aurait voulu qu'ils n'existent jamais. Puis elle remet sa Carte à sa place. Jusqu'à la prochaine fois.

Alors, se dit-elle, quand on sera là-bas pour nos vacances, Martine et moi, dans ce petit coin douillet que je nous ai trouvé, je partirai à l'aventure avec ma carte à la main, plus une boussole et un altimètre. Et j'essaierai de suivre ces fameuses courbes de niveau. Au moins une ! Du début à la fin, en circuit fermé. Et qu'aucun arbre n'essaie de me barrer la route en se couchant en travers de mon chemin.

D'ailleurs à propos des arbres, j'en profiterai pour les embrasser, au sens strict ! Les entourer de mes bras. Et puis me nourrir d'un peu de leur énergie, leur parler, attendre leurs bruissements-réponses.

Sur la carte, on voit qu'à certains endroits un « cercle » peut être distant d'un autre d'à peine quelques mètres. À la même altitude, deux pseudo-cercles, séparés par une petite vallée de quelques mètres de largeur et peut-être même pas deux mètres de profondeur... Je suis sûre que par endroits on pourrait sauter d'une courbe à une autre avec un peu d'élan !

Décidément, j'adore les courbes de niveau ! Ça me rappelle les ronds dans l'eau, sur lesquels je m'imaginais sauter en d'autres temps et d'autres lieux, d'une rive à la suivante...

**

Après le départ de Martine, Jacinthe avait sorti un stylo et une feuille, et commencé à faire le point sur tout ce qu'elle avait appris sur le chéri de son amie. Finalement, elle se retrouva à dresser une liste exhaustive de tout ce que l'on est censée savoir lorsque l'on a été présentée au chéri de sa copine. Et hop ! Une petite case en tête de chaque ligne-information. Du coup, elle peut en cocher quatre. Quatre cases. Prénom, couleur des cheveux, carrure, style vestimentaire. Elle aurait dû pouvoir cocher la case photo ou film. Mais non, la technique a eu raison de sa curiosité.

D'ailleurs, cette histoire de photos ratées, c'est louche. Elle a bien l'intention de s'en occuper dès le lendemain. Le copain féru de photographie, c'est elle en fait. Alors, elle va aller voir ça de plus près, au plus vite.

Dominik, cheveux châtain, courts, allure svelte et vêtu comme environ 75 % des hommes de son âge. C'est mieux que rien, mais rien ce ne serait pas pire.

Dimanche 5 juillet 2015

Deux des trois chats de Jacinthe sont un peu comme les chats siamois du dessin animé de Disney, la *Belle et le Clochard*. Ils se regardent parfois d'un air complice, se croisent, jouent et narguent tout en souplesse le chien du voisin. Ce ne sont pas des siamois, pourtant tout dans leur attitude rappelle le côté pervers et sournois du couple de Disney.

Ah, au fait, il s'appelle Attila. Ce chien s'appelle Attila ! Quand Jacinthe le voit regarder ses poules, il lui en met la chair. De poule. La chair de poule… Il a un de ces regards de psychopathe, accompagné d'un filet de bave bien collante. Beurk ! Si elle était une poule, Jacinthe se dit qu'elle ferait immédiatement une crise cardiaque. Elle a d'ailleurs essayé de s'imaginer poule, face à un mastodonte dégoulinant aux yeux injectés de sang. Et là, elle s'est vue pétrifiée, scratchée dos au grillage du poulailler dont les mailles s'étaient imprimées dans sa peau, les yeux exorbités et le cœur menaçant de s'arrêter net, dès que le monstre bougerait ne serait-ce qu'une oreille. Mais elles, les vraies poules, non, elles continuent à picorer, sous l'œil Tex Avery d'Attila. Sûr qu'il les voit déjà en pintades rôties, couchées sur un lit de petites patates rissolées. Sale bête !

Les chats, eux, jouent les seigneurs. Haut perchés, ils font leur toilette tout en lenteur, pile dans le regard surexcité du chien. Et que je te passe la patte derrière l'oreille, une fois, deux fois, trois fois, de plus en plus lentement, avec une application toute féline. Elle va être nickel, l'oreille ! Tout en gardant un œil à peine fendu sur le pauvre chien qui tente d'escalader, avec un acharnement ridicule, le poteau en haut duquel le chat joue les équilibristes. Deux poteaux, deux chats. Et un chien qui va et vient entre les deux. Attila le bien ou mal nommé, tout dépend du point de vue. Certes, il détruit tout, mais en revanche pas doué pour la stratégie. Ni pour l'escalade. Attila, le vrai, était-il doué pour l'escalade ? Les récits n'en parlent pas. Et la stratégie ? Pas sûr.

Ces deux chats-là aiment jouer avec Attila. À leur façon. Le troisième, lui, celui du locataire de Jacinthe (un étudiant qui n'apprécie guère les colocations avec ceux de son âge) n'est pas très chat dans ses comportements. Il ne va jamais enquiquiner le chien, il n'a peut-être même pas remarqué qu'il existait. Ou bien, cet animal ne lui semble peut-être pas aussi étrange et incompréhensible qu'à ses deux copains. Ce chat-là est particulier. Il faut dire, à sa décharge, qu'il a subi un sérieux traumatisme le jour où son maître lui a trouvé son nom de baptême. Le « gamin » l'avait adopté un jour d'orage, où l'autorité de Jacinthe était affaiblie. Il avait profité de l'effet produit par la nature en colère sur l'état mental de sa logeuse, pour obtenir d'elle son assentiment, son accord pour un chat-ter. Jacinthe s'était toujours fermement opposée à la présence d'un troisième félidé, mais l'orage a cet étrange effet sur elle :

elle aime tout autant le spectacle des éléments qui se déchaînent qu'elle peut les redouter et leur adresser les pires insultes. Passée d'une enfance où les tempêtes la fascinaient à un âge adulte où elle tempêta à son tour contre les éléments qui l'avaient forcée par leur vilenie à se mettre à les détester, elle sait que dans cet univers-là, tout est possible. Et elle avait détesté se mettre à détester les colères de la nature, après les avoir tant aimées. Par temps d'orage, elle était donc toute déboussolée dans ses sentiments et ses sensations, empêtrée dans un maelström inextricable, nœud gordien puissance dix tout hérissé de flèches-éclairs dignes du plus ardu des combats sur le mont Olympe. Si l'orage avait été humain, elle l'aurait admiré et frappé, tour à tour ou tout à la fois.

Ainsi perdue dans sa perception des choses et du monde, cela avait fait la part belle à son jeune locataire et garanti l'arrivée de la petite boule de poils rayée, qui avait alors été parachutée chez eux sur un fond d'éclairs qui donnaient au ciel d'autres sortes de rayures. Tout le monde en était tombé amoureux, du chat, pas du ciel, sauf l'autre chat de sexe mâle qui, bien que dépossédé de ses atours masculins par les mains expertes d'une vétérinaire amazone, s'était immédiatement montré hostile envers ce petit mâle en puissance. Le pauvre *chatounet,* trop tôt sevré et séparé de ses frères et sœurs, trouva une mère de substitution en la personne de son maître, qu'il ne quitta plus d'une semelle.

Ce dernier partit donc chez le vétérinaire pour la première visite de son félin d'amour. Devant l'insistance de Jacinthe pour baptiser l'animal, ce qui était nécessaire pour l'enregistrer et le faire tatouer, il lui répondit juste qu'il avait sa petite idée, ayant *a priori* trouvé le nom parfait pour son mini tigre. Cette « petite idée » fit craindre le pire à Jacinthe, surtout pour le chat. Les idées qui surgissaient en général du cerveau de son locataire étant bien souvent des sortes de pieds de nez à l'Univers, des crocs-en-jambe à l'ordre du Monde, des ronds-points sans sortie. Du non-sens à l'état brut.

Il revint donc de chez son médecin animalier en tendant fièrement le carnet de santé de son petit protégé. Et c'est sans doute ce jour-là que le pauvre animal plongea dans une sorte de désordre mental, un vortex cérébral dont il ne sortit jamais. Il devrait désormais répondre au doux nom de Jean-Jean, et… cochon qui s'en dédit. Avec un nom pareil, tous les chats du quartier doivent bien rigoler en douce. Et même devant lui, pourquoi se gêner ? Alors, après ça, pour courir la gueuse, pas facile ! Imaginez : « Bonjour, ma beauté, je m'appelle Jean-Jean, et vous ? » Du coup, Jacinthe lui avait retiré une fière chandelle du pied en lui prenant chez le vétérinaire un rendez-vous stérilisatoire, avec l'accord du jeune maître de l'animal. C'était un 15 décembre, il avait perdu ses boules alors que tous les sapins du quartier se riaient de lui en arborant les leurs.

Et comme ce fut un jour d'orage que Jean-Jean atterrit chez Jacinthe, tombé d'on ne sait quelle planète lointaine, elle en conclut que les éclairs n'étaient en fait que l'arrivée d'un engin spatial en perdition, et non pas un orage en bonne et due forme. Elle est quasiment sûre que ce chat est un extra-terrestre, qui n'a de félin que son apparence. Et pourquoi ? Tout simplement parce qu'il fait des trucs bizarres pour un chat. Et elle a un doute sur le fait que son traumatisme du baptême puisse à lui seul expliquer ses comportements déviants. C'est en tout cas ce qu'elle a conclu en le regardant vivre sa vie de chat. Tout d'abord, il creuse. Mais vraiment. Avec les deux pattes avant, comme un forcené. Sur le mode canin. Et puis, contrairement aux deux autres chats, il ne chasse pas, en tout cas pas le moindre souriceau, pas la plus légère plume d'oiseau. Lui, il chasse autre chose, en reniant sa race. Il ne chasse que deux animaux, à peu près en parts égales : les escargots et les vers de terre.

Pour les escargots, Jacinthe croit avoir compris pourquoi : ils roulent, c'est rigolo. Du coup, il lui arrive aussi de déterrer les oignons de tulipes. Ça, c'est moins rigolo. Pour le jardin de Jacinthe. La première fois qu'elle a trouvé un escargot mort et tout sec dans son salon, elle a été surprise, et n'a trouvé l'explication que bien plus tard : les deux autres chats déposaient gentiment des mésanges ou des souris mortes au milieu de la pièce en guise de cadeaux à leurs maîtres, et Jean-Jean, lui, déposait des escargots.

Pour les vers de terre, il a dû un jour en trouver un par hasard, en creusant, et l'a ramené à la maison pour jouer avec. Ça aussi, c'est rigolo, ça gigote. Depuis, Jacinthe retrouve régulièrement dans le sous-sol des sortes de gros spaghettis lyophilisés, surtout après les fortes pluies. Ils finissent ensuite dans le compost, juste retour à la terre d'où ils viennent.

Mais bon, chacun a les chats qu'il mérite...

Pour l'heure, Attila se déchaîne et commence à aboyer. Les filles accourent : qui fait du mal à *leur* chien ? Ben... les chats, pourquoi ?

En même temps qu'elles arrivent devant le grillage, le voisin, maître d'Attila, se montre lui aussi.

— Alors, mon chien, qu'est-ce qui t'arrive ?
Julie intervient.
— Je crois qu'il voudrait jouer avec les chats.
— Je vois ça. Et eux se moquent de lui, n'est-ce pas ?
— Ben oui. Les chats, c'est tous des sales bêtes. Sauf Jean-Jean. Lui, il est occupé à gratter quelque part dans le jardin. Il fait toujours des trucs dans son coin, sans s'occuper des autres.
— Dites-moi, ça va bien avec Attila, en ce moment ?
— Oh oui ! Il est obéissant. Et toujours content de nous voir. Il remue pas la queue, quand il nous voit. Regardez ! Il remue tout son popotin !
Après un silence, Julie ajoute :
— Dites, je pourrais venir vous montrer quelque chose ?
— Maintenant ?
— Oui. Si ça vous dérange pas. C'est un truc dans votre jardin. Je peux venir ?
— Viens. Je t'attends.
Et la voilà partie.
— Votre fille vient de me convoquer, je crois.
— On dirait bien. Mais ça ne va pas vous déranger ? Vous avez du monde chez vous…
— Oh, pas de souci. Et puis, ça a l'air important et urgent.
Et Jacinthe aperçoit Julie qui arrive chez lui. Elle fait des grands signes.
— Je vais devoir vous laisser, dirait-on.
— Eh bien, à plus tard.
Jacinthe en profite pour tâcher d'observer les allées et venues qui ont lieu dans la maison du monsieur. Encore deux ou trois jeunes gens qui déambulent, parlent à tue-tête, éclatent de rire.

Deux ont le torse nu et le troisième est entièrement vêtu, toujours le même. Qu'en penser ? Comme diraient les filles, c'est *chelou*...

Tiens, Julie est repartie.

— Votre fille a sollicité ma complicité. Je vous dis ça sous le sceau de la confidence, avant qu'elle soit de retour de votre côté du grillage.

— Et à quel sujet ?

— Elle voudrait que j'insiste auprès de vous sur leurs capacités à sa sœur et elle pour s'occuper d'un chien. Vous avez une petite idée de ses motivations ?

— Oh oui ! Elles me réclament un chien depuis des lustres.

— D'ici deux ou trois jours, je lui dirai que je vous en ai touché un mot.

— D'accord, on fait comme ça. Mais là, Julie va bientôt arriver, alors je vais vous souhaiter une bonne fin de week-end.

Bien involontairement, Jacinthe tourne son visage vers la fenêtre de sa cuisine.

— Mon fils. Il est là avec des amis pour l'après-midi.

— Eh bien alors, je vous laisse. À plus tard !

Julie est de retour, et vient vers sa mère.

— Y avait des trous de rats dans son jardin. Je lui ai montré.

— Super ! C'est gentil de ta part.

— Je crois que c'est des Lucas, dit-elle ne me voyant regarder vers la maison du voisin.

— Julie !

— Ben oui, quoi, tu sais bien.

— Oui, oui, je sais. Mais quand même, on ne catalogue pas les gens comme ça.

— Je ne catalogue pas. J'observe. C'est de la déduction. On en a parlé avec Charlotte, et on est tombées d'accord. Ils ont quand même bien l'air d'être des Lucas, non ?

Et la voilà qui repart vers la maison. Jacinthe l'entend papoter avec sa sœur. S'en suit un *Yes ! Trop fort !* de celle-ci. Conclusion : Julie lui a raconté son accord/connivence avec le voisin. Sales gosses !

Bien. Que sont donc les Lucas dont Julie nous a parlé ? Eh bien, disons que ce sont des personnes de sexe masculin que l'on ne verra guère en compagnie d'une personne de sexe féminin, si ce n'est dans un contexte de franche camaraderie ou pour des raisons familiales.

Mais pourquoi leur donner le nom de Lucas, direz-vous ?

Tout simplement parce que ce sont les premières expériences qui sont importantes et marquent au fer rouge la façon dont nous percevrons la vie pour le reste de nos jours. Ainsi donc, dans le cas des filles de Jacinthe, il se trouve qu'elles côtoient à l'école un petit camarade se prénommant Lucas et dont il est absolument flagrant depuis l'âge de quatre ou cinq ans qu'il est tout à fait dans ce cas-là. Aucun jugement dans tout cela, juste un apprentissage de la différence, et une preuve que dès le plus jeune âge, nos enfants savent beaucoup de choses, beaucoup plus que ce que nous pensons, nous, pauvres parents naïfs.

**

La journée se termine donc et Jacinthe n'a pas encore

répondu à l'appel désespéré du frigo vide et des placards guère mieux lotis. Elle s'apprête, la mort dans l'âme, à aller déambuler dans les allées d'un de ces hauts lieux de la distribution de notre société moderne, vulgairement appelés *grandes surfaces*. Étonnamment, pour ce type d'excursion, personne ne veut l'accompagner. En général, ses filles sont soudain fort occupées avec leurs devoirs, mais comme là ce sont les vacances, elles viennent juste de commencer à ranger leurs chambres, sachant bien que devant de tels arguments leur mère ne va pas essayer de les détourner de leur noble tâche. Tout au plus exigera-t-elle de passer leurs chambres en revue à son retour, histoire de vérifier qu'elle n'a pas été flouée.

— Mais Maman, c'est pas si terrible d'aller faire les courses !

— Alors, dans ce cas, pourquoi êtes-vous prêtes à ranger vos chambres pour y échapper ? À vous entendre, ranger sa chambre, c'est le cauchemar des cauchemars, la pire des tortures, une invention des parents pour vous pousser au suicide. Et là, tout à coup, ô miracle, la lumière divine vient d'inonder mes filles, qui sont soudain touchées par la grâce : ranger leur chambre est devenu leur credo, leur seule raison d'être, leur karma. Alléluia !

— Tu crois pas que t'exagères un peu ?

— Et vous ?

— Disons qu'on est quitte ?

— Toujours le dernier mot. Mais je vous préviens, un seul mouton sous le lit ou la moindre culotte pas pliée, et c'est la guerre. Avec le temps que je vais y passer, vous pouvez largement ranger toutes les chambres de vos copines en plus des vôtres.

— OK. Pas de souci. Ce sera parfait.

Jacinthe constate en sortant que la voiture garée sur le trottoir d'en face a deux pneus dégonflés, ceux opposés au côté rue. Normal. La maison devant laquelle est garé le susdit véhicule est occupée par une petite dame âgée particulièrement irascible. Toute voiture qui empêche la lumière du jour d'entrer dans sa cave se verra immédiatement châtiée : deux pneus dégonflés à la faveur de la nuit. Le problème, c'est que rien n'indique que la dame interdit à tout véhicule de se garer là, ce qui lui apporte donc régulièrement de nouvelles victimes. Un pneu dégonflé, on sort la roue de secours, mais deux pneus, on fait quoi ?

Plusieurs voisins ont porté plainte contre la mamie psycho-pneu-pathe, mais la police n'a rien fait, ce que déplorent lesdits voisins. Jacinthe leur avait juste fait remarquer que l'on ne peut décemment imaginer cette grand-mère de quatre-vingts ans en garde à vue entre deux policiers, ce qui avait calmé tout le monde.

Jacinthe ne sait pas comment s'appelle cette dame, pour elle et ses enfants c'est juste *Mamie Pneus*...

Ce jour-là, donc, voilà Jacinthe en train de traîner derrière elle toute la misère du monde (et c'est lourd, toute la misère du monde), dans les allées sournoises (oui, quand elle est fatiguée/agacée/désabusée, les grandes surfaces sont sournoises, elles essaient de lui faire croire qu'acheter, acheter, acheter va lui permettre d'aller mieux) du supermarché du coin, tout en poussant un énorme chariot à la gueule grande ouverte qui ne pense qu'à gober le plus de choses possible. Et plus il se remplit, plus son compte en banque se vide.

Elle en est donc là de sa misère personnelle, largement amplifiée par cette fichue obligation de faire les courses, quand soudain un homme lui demande son avis sur les bouteilles de vin qu'elle est en train de dévisager. Il faut croire qu'elle a un air inspiré, donc de connaisseur. Elle lui répond poliment, mais il ne la lâche pas des yeux. Il est quand même bizarre, ce type. Trois minutes plus tard, paf ! La voilà en train de plonger la main dans une pyramide de fromages, et quelle autre main vient frôler la sienne ? Celle du monsieur, bien sûr. Frôlement qu'il accompagne d'un sourire de connivence. Décidément, il est très bizarre, ce gars-là, un truc indéfinissable. Et puis, il doit prendre le regard de Jacinthe pour une incitation à poursuivre sa drague à peine masquée. Sauvons-nous !

Et là, au moment où elle file ventre à terre, la voilà bousculée par un petit blondinet qui fonce vers le monsieur avec je ne sais quel objet dans les mains :

— Dis, dis, dis, on peut le prendre ? Dis, on peut, *Maman* ?

Échange de regards entre lui/elle et Jacinthe. Demi-tour, toutes. C'est quoi, le féminin de Lucas ?

Dans notre vie, il y a des choses, des petits détails, des sortes d'ingrédients impromptus qui reviennent régulièrement. Jacinthe appelle cela des résurgences. Des petites choses que bien souvent nous traduisons comme des signaux que nous envoie madame la Vie.

Explications.

La vie a toujours signifié à Jacinthe d'une façon simple qu'elle n'était pas dans une période faste sur le plan affectif, en lui envoyant un message codé assez facile à déchiffrer, pas besoin d'être un nouveau Champollion pour ça. Durant sa vie étudiante à Paris, sa période la plus misérable sur le plan amoureux était habitée du phénomène suivant : dans le métro en particulier, les seules mains aux fesses qu'elle recevait étaient celles de lesbiennes, ou bien de papis du plus pur style « Pervers Pépère », mais c'était plus rare. Les lesbiennes ne la gênent pas le moins du monde. Simplement, ce n'est pas là son penchant naturel. Eh bien, toutes les périodes de sa vie où elle a été draguée par des femmes étaient gravées du sceau du désert affectif. Au cœur de ce Sahara amoureux, seules venaient à elle les saphistes qui croisaient son chemin. Elles étaient toujours là pour lui confirmer la situation où elle se trouvait : transparente aux yeux de tous les hommes de la planète.

Ce jour-là, entre les vins et les fromages, la vie lui avait envoyé un message. Elle n'avait pas été draguée par une femme depuis… une éternité ! Elle venait de recevoir là la confirmation de sa situation actuelle : c'est pas demain qu'un homme « bien sous tous rapports » va entrer dans sa vie.

Mais elle sait aussi que lorsque ce petit signe se manifeste c'est pour la pousser à réagir. Comment ? Le problème, c'est qu'elle ne sait pas. Pas grave, en attendant, elle va continuer à s'occuper avec les mystères qui viennent à elle. Pour l'heure, la vie des autres est plus sexy que la sienne.

**

De retour chez elle, Jacinthe se penche sur les photos de Martine. Résultat : elle ne trouve aucune trace de maquillage des clichés. Elle avait tout d'abord repéré des choses étranges sur certaines photos, celles où se trouve de l'eau, tantôt une humble flaque, tantôt une fine bordure d'étang ou de mare, tantôt le lit d'un discret ruisseau. À chaque fois, dans le reflet de l'eau, elle avait pu mettre en avant une forme, certes floue et morcelée, mais toujours saisissante. En recadrant, en travaillant sur les contrastes, les couleurs, l'éclairage, elle avait pu isoler cette forme, à chaque fois évocatrice d'une silhouette clairement masculine, semblait-il.

Plus étrange, après avoir rangé toutes ces silhouettes dans un dossier, et les avoir passées en diaporama, elle avait pu constater qu'elles étaient toutes parfaitement identiques. Toujours la même silhouette, recouverte à chaque fois d'un filtre différent, selon la surface aquatique concernée. Un homme, en pardessus mastic, entrouvert sur un col roulé foncé, et à la tête couverte d'un chapeau mou. Ce n'est pas du tout ainsi que Martine lui avait décrit son amoureux. Photos truquées ? Peut-être, peut-être pas. Mais alors, par qui ? Et pourquoi ?

Moi, ça me fiche les jetons. J'ai un sentiment qui s'insinue en moi, de plus en plus tenace, comme une certitude, une terrible certitude, quelque chose de définitif et d'absolu. Cette forme, je ne peux m'en empêcher, me fait penser à un fantôme. Un fantôme qui n'aurait pas été sollicité. Le reflet improbable d'une âme perdue, errant entre deux réalités. Comment aborder le sujet avec Martine ?

Pour l'heure, repos. Demain, elle doit accueillir son frère et son épouse, pour trois journées bien remplies. Alors, « une soupe et au lit », comme disait grand-mère. « Une soupe et au lit »… *La dernière fois que j'ai utilisé cette expression, je crois que c'était… oui, c'est ça, c'était il y a bien longtemps, dans une autre vie, sur un bateau, loin, très loin, j'étais là avec lui. Les coraux. C'était quelques heures avant d'aller se plonger au cœur de ma boule à neige format THX. Lui et moi n'étions encore que deux personnes inconnues l'une pour l'autre, réunies pour des raisons plus commerciales qu'autre chose. Nous n'étions pas encore un couple, et c'était bien avant la naissance des filles…* Jacinthe se secoue la tête, elle s'ébroue comme un chien mouillé, pour faire fuir ces souvenirs qui parfois viennent s'imposer à elle. Elle n'aime pas se plonger dans ce passé-là.

Cette nuit-là fut agitée, peuplée de personnages menaçants, qu'elle ne voyait que de dos. Qui étaient-ils ? Elle se sentait si profondément endormie qu'elle vivait son sommeil comme une paralysie. Jusqu'aux paupières qui refusaient de s'ouvrir, pour voir les personnes avec qui elle se trouvait. Se rajoutèrent à cela des animaux peu ragoûtants, serpents, lézards, mandragores. Tous jaunes et noirs, aux pieds pourvus de ventouses, qui grimpaient le long des murs. De quels murs ? Un appartement qu'elle ne connaissait absolument pas. Quel symbolisme accorder à toutes ces scènes enchevêtrées ?

Et puis voilà qu'elle était au volant d'une voiture qu'elle ne voyait pas. Mais elle savait qu'elle conduisait. Un soleil aveuglant la contraignait à fermer les yeux. Et elle poursuivait, prenant une route déviée par des panneaux, toujours les yeux fermés, pour finir par se retrouver dans un parking en sous-sol, où elle tournait, tournait, tournait. Seule voiture en mouvement, qui risquait à chaque virage de se cogner dans les murs. Encore et toujours les yeux fermés. Comment pouvait-elle « voir » tout cela ? Elle avait l'impression très désagréable de voir à travers ses paupières.

Et plus elle s'enfonçait dans ses rêves, plus elle espérait s'éveiller, ouvrir enfin les yeux et reconnaître son chez elle. Et elle n'y parvenait pas. Comment ouvrir les yeux quand une force irréelle les maintient fermés ?

Agacée, énervée, révoltée par son impuissance à contrôler la situation, elle se débattait, se démenait, semblait ne plus avoir ni bras ni mains ni doigts, pour pouvoir forcer ses yeux à s'ouvrir. Elle n'était plus qu'un tronc, ses bras collés à son thorax, les jambes jointes comme celles d'une sirène, mais en moins écailleuses et moins sexy.

Elle s'éveilla brusquement, en sueur, les bras prisonniers des draps qui s'étaient entortillés autour d'elle comme une camisole.

À quoi ça rime ? D'où viennent toutes ces angoisses ? De quoi suis-je donc prisonnière ?

Dans quelques heures, mon frère arrive. Il faut que je dorme encore un peu. Encore un peu…

Du lundi 6 au mercredi 8 juillet 2015

Le frère de Jacinthe vient d'arriver et déballe du coffre de sa voiture tout un tas de sacs, sachets et boîtes. Ça semble ne jamais vouloir s'arrêter. Un vrai coffre Mary Poppins. Dans la famille, ils ont tous reçu le don du rangement, capables de faire tenir pour dix mètres cubes d'objets dans un espace qui peut en accueillir huit tout au plus. C'est inné.

Il termine avec une énorme boîte en bois, que Jacinthe soupçonne d'être plus longue que le coffre où elle était stockée.

— Ça, c'est pour Charlotte. Elle m'a appelé pour me la demander.

— Eh ! Mais, c'est pas la boîte de ta lunette astronomique ?

— Ben si.

— Elle va faire quoi avec ça ?

— J'en sais rien, moi ! C'est ta fille, pas la mienne. Une passion soudaine pour les étoiles, peut-être.

— Charlotte ? Sûrement pas. Sa sœur, à la rigueur, et encore.

— Elles sont où tes chipies ?

— Tu n'en as plus besoin, tu es sûr ?

— Tout à fait. Plus le temps. Et en plus, à Paris c'est impossible d'observer quoi que ce soit avec toutes ces lumières. À part les voisins, à la limite. Et comme j'ai pas prévu de jouer un remake de *Fenêtre sur cour*... Tu penses à quelque chose en particulier ?

— Je fais plus que d'y penser ! Je sais ce qu'elles vont en faire, de ta lunette. Tiens, les voilà, justement.

Effusions, embrassades, comme vous avez grandi ! Ça va l'école ? Pas encore de petit copain ?...

— Tu vois, Maman, on te l'avait dit !

— Dis quoi ? s'étonne leur oncle.

— Elles avaient prédit que vous leur parleriez d'école, de taille et d'amoureux, mais elles n'étaient pas sûres de l'ordre.

— Je vois. Alors nous sommes si prévisibles que ça, nous, pauvres adultes ?

— Ben...

Julie et Charlotte se contentent d'arborer leurs sourires de crapules, agrémentés de sourcils en accents circonflexes.

— Je comprends, pauvres de nous... Alors, dites-moi, cette lunette, c'est pour quoi faire ?

— Tu l'as apportée ?

— Bien sûr, qu'est-ce que tu crois ? Vous allez observer les étoiles ?

— Ben en fait, surtout la lune, elle va être pleine dans quelques jours. Et aussi, on voudrait voir les anneaux de Saturne.

— Super ! Tout comme moi à votre âge. Emportez la boîte et je viendrai vous expliquer plus tard comment l'utiliser.

— Merci Tontoooon !

Et hop ! Les deux tornades sont parties en trimbalant la boîte tant bien que mal.

— Elles ont menti.

— Pourquoi tu dis ça ? Elles avaient l'air d'être sincères.

— L'air, oui, mais pas les paroles. Julie a tordu son nez vers la droite. Vers la gauche, c'est pour renifler, vers la droite c'est quand elle ment. Et là, vers la droite, deux fois de suite.

— Et, de gauche et de droite, c'est *Ma sorcière bien-aimée* ?

— Rigole ! On voit bien que tu n'as pas d'enfants. Avec eux, on se fait du souci tout le temps. On dépiste un mensonge, et ça y est ils fomentent un coup, ou ils se droguent à l'ecstasy, ou ils ont tué un copain par accident et ils ne savent pas comment l'avouer, ou elle est enceinte. Ou tout en même temps !

— C'est sûr. Julie est tombée enceinte de l'ennemi public Numéro Un, alors qu'ils préparaient le casse du siècle, tout en consommant un mélange de coke et de crack. Après, ils ont descendu le médecin qui avait pratiqué clandestinement son avortement, et maintenant ils ont besoin d'une lunette astronomique pour surveiller les mouvements de la banque du coin. Tout ça à onze ans. Normal.

— Non, douze...

— Ah, ben, oui, c'est sûr, ça fait toute la différence.

— N'empêche. Elles ont menti.

— Et tes filles sont au courant qu'elles ont une mère déjantée, qui leur crée en permanence d'improbables scenarii de vie ?

— Je crois qu'elles l'ont plus ou moins compris. Julie me dit qu'elle aimerait être comme moi plus tard, à inventer sans cesse des histoires à dormir debout. Et d'ailleurs, elle a commencé. Elle écrit des trucs, c'est super bon !

— Alors, fiche-leur la paix. Tu te souviens des bêtises qu'on a faites quand on avait le même âge ?

— Mais justement, t'es fou ! Rien que d'y penser, ça me donne des sueurs froides. Leur ficher la paix, et puis quoi, encore ?

— Bon alors, traduction : fais-leur confiance.

— Tu crois ?

— Non, j'en suis sûr.

— Misère. Bon je veux bien essayer.

— ...

— Promis !

— Croix de bois croix de fer ?

— Oh la la ! OK ! Croix de bois, croix de fer.

Heureusement, elle avait les doigts croisés dans son dos, et lui, il n'a rien vu.

Ah ah ! Petit frère, tu as perdu les bonnes vieilles habitudes...

Son frère reprend :

— Tu te souviens, quand on était gosses, Maman nous faisait entièrement confiance. Elle nous laissait vivre nos histoires sans nous coller aux basques. Pourtant, elle se doutait bien qu'il y avait des âneries à la clé. Tu ne crois pas ?

— Si, si, bien sûr.

— Et il nous est arrivé quoi de grave ?

— Je ne sais plus...

— Allez, cherche bien.

— Ben non, vraiment, je ne vois pas.

— Et voilà ! CQFD. En fait, il ne nous est jamais rien arrivé de grave. Donc... ?

— Je les oublie un peu. Et en plus, ça va me reposer.

Il y a un peu plus de trois mois, le frère et la belle-sœur de Jacinthe ont fait un long périple états-unien dont ils rapportent toute une kyrielle de souvenirs, certains pour les amis ou la famille, d'autres pour eux-mêmes. Des petites fioles remplies de l'eau des chutes du Niagara, d'autres gavées de sable du Grand Canyon, des petits bouts d'asphalte de la route 66 et des tonnes de photos.

— Et puis ça ! annoncent-ils triomphants. Souvenir de Las Vegas.

Las Vegas ! Que de souvenirs pour Jacinthe… Mais elle n'a pas le temps de s'y attarder. Heureusement, pour un peu elle sentirait le goût des larmes venir inonder sa bouche. Son frère a dû le faire exprès, il ne lui a pas laissé le temps de voyager dans son passé, il lui tend une feuille qu'elle se met aussitôt à inspecter. Jacinthe n'en croit pas ses yeux.

— Un certificat de mariage ! Vous êtes mariés ! Alors ça, si je m'attendais. Vous aviez trop bu ce soir-là, ou quoi ?

— Ah non, pas du tout ! Et même, après le mariage, on a suivi une de tes idées. On a dormi dans le désert, sous les étoiles ! Figure-toi que ton guide de l'époque officie encore, et qu'en plus il se souvient de toi et de Mary. Et… il te salue !

— Oh ! C'est super, ça ! Et il se souvient de nous ?

— Oui, oui. Il nous a dit que sa soirée avec vous avait été mémorable et qu'il ne risquait pas de l'oublier. Il nous a évoqué vos conversations, et pas de doute, c'est bien de Mary et de toi dont il parlait.

— C'est drôle de se dire que j'ai laissé là-bas une forme d'empreinte. Des petits bouts de moi qui font désormais partie de la mémoire d'une personne ou d'une autre.

Un angelot passe sereinement entre eux, puis s'éloigne à tire d'ailes.

— Ah ! Et puis il y a aussi ça, dit sa belle-sœur en lui tendant un objet.

Une boîte…

— Vas-y, ouvre.

Elle ouvre donc. Un thermomètre ? Non. C'est quoi ce truc ? Ça y est, elle a compris !

— Josette (*qui, de nos jours, porte encore ce prénom, à part ma belle-sœur ?*) Tu es enceinte !

— Eh oui !

— Sûr de sûr ?

— Oui, on a refait des tests une fois revenus. Celui où on zigouille une pauvre lapine. Et en plus celle-là, elle a jamais connu le grand frisson. Née, élevée et morte dans une cage. Sale vie !

— Eh bien, l'air américain, ça vous a stimulés, on peut pas dire.

— Depuis le temps qu'on essaie, quand je l'ai su, j'ai pleuré toutes les chutes du Niagara de mon corps. Je croyais être plus sèche qu'un désert, eh bien non, je vais enfin l'avoir ce petit polichinelle qu'on n'espérait plus. J'ai un habitant dans le tiroir-caisse, et je vais bientôt pouvoir vous montrer à quoi il ressemble.

— Fille ou garçon ?

— Pour le moment, il en est au stade Alien. Il ressemble à rien, le pauvre chéri.

Le frère de Jacinthe est plutôt réservé, cherchant toujours à utiliser le mot juste, dans le langage le plus « propre » possible. Sa femme, puisque désormais femme il y a, s'exprimerait plutôt dans la version charretier. Et encore, en présence de Jacinthe, elle a tendance à réfléchir un peu plus avant de parler. Elle sait que sa belle-sœur aime les mots.

Les mots, c'est fait pour être beau, ou pour amuser. Pour faire du bien, en bref. Dans le pire des cas, on peut les utiliser juste pour informer, il faut bien parfois. Mais même là, ils arrivent sans prévenir à se prendre les pieds dans le tapis, et à nous faire rire par leur incongruité. Une langue qui fourche au milieu du plus sérieux des discours, et hop ! Toute l'assistance se tord les abdos des spasmes de la rigolade, au lieu de boire les paroles si sérieuses quelques secondes auparavant. Les mots sont faits pour extraire notre âme et l'habiller avant de sortir, qu'elle fasse bonne figure si possible. Il arrive pourtant que les mots soient manipulés, dépossédés de leur bonhomie naturelle et transformés en armes, chaque syllabe devenant une cartouche, toute une phrase se transformant en chargeur de mitraillette ; d'autres devenant poison, distillant peu à peu la mort ; ou encore mâchoires de requin, déchiquetant dans la souffrance, se repaissant de la douleur de l'autre.

Mais pour Josette, c'est différent, sa façon de s'exprimer est à part. Alors, il faudra qu'un jour Jacinthe lui dise que son langage imagé lui plaît bien, lui caresse les oreilles, lui flatte la psyché qu'elle a parfois toute bleue des coups qu'elle reçoit ou s'inflige. Il faudra qu'elle lui dise que son langage, c'est du Mozart déguisé en bal musette, du Picasso en Blue-Ray, du Debussy joué au trombone à coulisse, une robe Chanel découpée dans les rideaux de cuisine. Son langage, il a l'air mal fagoté, mais il cache bien son jeu, c'est l'essence même de son âme, sans fard, sans déguisement, il est élégant à sa façon, courtois par son honnêteté, il s'offre tel quel, nu et sans défense comme un nouveau-né. Son langage est respectable, mais elle ne le sait pas.

Je vois bien que souvent, elle en a honte, et qu'elle se bouffe les doigts de ne pas avoir su retenir les mots qui viennent de sortir. Elle devrait être fière au lieu d'avoir honte, son langage est un cadeau au milieu de la fadeur que revêtent parfois le monde et nos vies.

Il faudra qu'un jour je lui dise...

En attendant, ce soir, champagne.

— Tonton, tu viens nous montrer pour la lunette ?

— Pas de souci. Je vous laisse un peu toutes les deux ? Je vais faire une petite formation éclair à l'étage.

— Tu feras attention où tu mets les pieds ? Avec cette manie de toujours marcher pieds nus...

— Alors ça, c'est de famille, ajoute Jacinthe. Souvent, je m'oblige à porter de quoi protéger mes pieds des punaises et autres pièges que me tendent les filles, mais j'ai horreur de ça.

Elles le regardent partir.

— C'est comme pour les tasses de café, renchérit Jacinthe. On ne boit jamais le fond, dans la famille.

— Ça, j'ai remarqué ! Et ça m'échauffe la rate quand il repose sa tasse pile devant moi. On dirait qu'il me provoque ! Grrrrr...

— Ne t'énerve pas, Josette. Ton petit bout a besoin de calme. Et puis là, ton chéri va faire sa formation éclair comme il dit, et il revient tout de suite.

— Éclair, mon œil ! Ses minutes, c'est des minutes de coiffeur, surtout quand il explique un truc.

— Il a toujours été comme ça. Il est généreux de son temps.

— Ben oui, mais là c'est un peu dans ma réserve de temps à moi qu'il vient se servir. Il me pique tout le temps des minutes pour les filer aux autres, et après il me les rend même pas. À force, il est carrément à découvert. Quand notre petit loupiot aura montré le bout de son museau, il aura intérêt à plus jeter son temps par les fenêtres.

— Ça t'ennuie qu'il aille aider les filles ?

— Oh non, au contraire. Il s'entraîne. Comme ça, le grand jour, il sera incollable sur le mode d'emploi des enfants. Depuis qu'on est sûrs de ma grossesse, je le traîne partout où ça peut l'aider. Il est en formation, en remise à niveau, comme au Pôle Emploi. Le matin, quand il peut, on passe une heure au square, avec les mamans qui baladent leurs marmots. J'ai commencé par vingt minutes, pas plus. Je voulais pas lui faire peur. Faut y aller doucement avec ces choses-là. Maintenant, on peut rester deux heures entières au jardin d'acclimatation, hihi, c'est le cas de le dire ! Le mercredi, en plus. Eh ben, il a l'air de bien supporter. Je suis drôlement fière de lui !

— Il va être un super papa, alors ?

— On dirait bien. Faudra quand même que je me méfie. L'autre jour, il a passé une demi-heure assis dans un bac à sable avec un loupiot de deux ans pour lui expliquer comment faire du sable doux sans tamis. Ses explications étaient drôlement techniques, mais le gamin avait l'air content. Va comprendre ! Ton frère, c'est un intello, faudrait pas qu'il remplisse trop la tête du petit à coup d'Einstein ou de prix

Nobel. C'est pas une dinde de Noël qu'on doit farcir avant de la passer au four !

— Et si on veut observer quelque chose qui est plus près ?
— Comme les voisins, par exemple ?

Julie devient toute rouge jusqu'aux oreilles et Charlotte détaille ses pieds.

— Regardez, c'est simple, il suffit de changer d'optique et puis de faire les réglages ici. Tu regardes et tu refais après moi, Julie ? Ensuite, ce sera ton tour, Charlotte.

Julie s'applique, tourne la lunette vers un jardin au hasard, là où il y a de la lumière.

— Wahhhh ! Super ! Je savais pas qu'ils avaient un nain de jardin. On a l'impression d'être à côté. Comme si on allait se pencher et le toucher. C'est trop fort !

— Bon, maintenant je dérègle tout et c'est à ton tour Charlotte.

Charlotte fait ses réglages avec l'œil collé sur la lunette. Elle vise un autre endroit.

— Oh la vache ! Mamie Pneus à l'œuvre. Regarde, Tonton, elle dégonfle les pneus du voisin râleur.

— Ah oui, en effet. Il est vraiment râleur à ce point là, le voisin en question ?

— Oh oui, une vraie teigne, dit Maman. Et elle a raison. Il est aimable avec personne et il répond pas quand on lui dit bonjour. Un cas désespéré…

— Bon, pour la mamie on n'a rien vu, les filles ?

— OK. Rien vu du tout. En tout cas, elle est super souple. T'as vu ? À quatre pattes sur le trottoir pour s'occuper des pneus !

— Bien. Et si vous alliez dire bonsoir à ces dames, en bas ? Il est peut-être l'heure d'aller se coucher, non ?

— C'est pas faux. Mais c'est pas tout à fait vrai non plus. On peut rester un peu avec vous en bas ? On aime bien s'allonger sur le canapé du bureau et écouter les adultes qui papotent et qui rigolent.

— Votre mère sera d'accord ?

— Eh ! C'est les vacances, quand même.

Les deux sœurs s'installent sur leur canapé. L'une bouquine, l'autre rêvasse en regardant le plafond. Dans la pièce d'à côté, les discussions vont bon train. Elles attrapent quelques phrases au passage. Jacinthe et son frère parlent de leur enfance. Elles aiment bien baigner dans ces « vieux » récits, une façon se s'accrocher à leurs racines.

— T'as vu les pieds de Tonton ?

— Non.

— Ils sont comme les nôtres.

— Et c'est maintenant que tu me le dis ? Mais c'est trop fort ! Alors ça vient du côté de Maman ?

— Ben ouais, on dirait.

— Tu crois que le bébé de Josette il aura les mêmes doigts de pied que nous ?

— Je sais pas. On verra ça dans six mois.

— Ça serait bieeeeen !

Josette observe et écoute le frère et la sœur. Ils ont bien de la chance d'avoir tous ces souvenirs d'enfance à évoquer. Elle,

elle est enfant unique et a tout juste connu ses parents. Elle a eu le privilège de grandir dans une famille d'accueil, à partir de l'âge de huit ans. Des gens vraiment gentils et aimants. Mais c'était elle qui ne voulait pas s'intégrer. Alors, études, travail et hop ! Partie du nid qui n'était pas le sien. Elle les a de temps en temps au téléphone. Par politesse et sans doute aussi par reconnaissance. C'est certainement dommage, elle a dû louper des choses en se maintenant ainsi volontairement sur la touche. Mais elle est arrivée trop tard dans cette famille. Huit ans, on est déjà « vieux », surtout quand on a vécu des choses qui vous amènent à atterrir dans une famille d'accueil.

J'aime bien écouter leurs histoires, ça me berce. Et en fermant les yeux, j'ai l'impression d'y être et d'avoir participé à leurs aventures de mômes, comme si j'avais été là. Au moins cachée derrière un buisson à les espionner. Finalement, c'est un peu ce que je fais aujourd'hui.

Elle est là, ma famille. Je m'installe entre eux, comme ici sur le canapé. Je tiens la main de mon chéri, et me voilà partie dans leur passé, collée contre lui. Il m'invite et je m'installe.

Continuez à vous raconter, vous dévoiler, que je construise ma famille, que je prenne ma place dans vos souvenirs. Notre petit Polichinelle aura un papa, une maman, des cousins, des oncles, des tantes et puis aussi des frères et sœurs. Il ne sera pas seul. Il aura une vraie enfance, et n'aura pas besoin de s'incruster dans celle des autres.

**

Petit matin. Tout le monde dort encore. Jacinthe est seule et elle réfléchit. Elle a reçu la veille au soir un message de

Martine qui vient aux nouvelles pour ses photos. Comment rédiger sa réponse ?

Je vais lui proposer qu'on se voie dans trois jours. On fera d'une pierre deux coups : derniers préparatifs de notre semaine de vacances et explications techniques sur les photos. Allez, hop ! « Difficile d'expliquer dans un message, il faut que je te montre. Mon frère est là jusqu'à mardi matin, on se voit après ? »

Jacinthe est dans son jardin, installée avec un bol de thé bien chaud et odorant. Elle aime cette agréable tranquillité du matin, les jours où personne ne part au travail.

Dimanche, 8 h 30. Le voisin décolle pour sa sortie dominicale à vélo, avec trois ou quatre autres impénitents du pédalier. Petit signe de la main vers Jacinthe, pas une syllabe, connivence des lève-tôt. Cet homme est un paradoxe. Toute la semaine, il part travailler en costume-cravate – pas un cheveu qui dépasse – attaché case cuir noir, à 7 h 45 précises, et rentre à 18 h 15 tout aussi précises. Jacinthe ne le voit jamais jardiner, et pourtant tout dans ses plates-bandes est planté au cordeau et pousse sans aucune frivolité. Il ne se pose jamais dans un transat au milieu de sa pelouse, répond à peine aux bonjours des voisins, ne joue pas avec ses enfants, les élève à coups d'ordres et d'interdits, comme pour ses plantes et ses légumes, semble-t-il. Jacinthe n'a jamais pu le surprendre en flagrant délit de légèreté d'âme, aussi infime soit-elle. Et pourtant, chaque dimanche matin à 8 h 30, et sur des jours plus aléatoires en été, elle voit passer une sorte de colibri arc-en-ciel, aussi irisé qu'une mouche ou une libellule. Tee-shirt jaune et rose, lunettes vert fluo, chaussures bleues, gants orange.

Seul vestige de son costume-cravate, le gris anthracite du cadre du vélo. Il sera de retour à 11 h 30 précisément, lavera assidûment son vélo, le séchera avec application, et le rangera dans son garage à 12 h 15 tapantes. Après cela, il démarrera le barbecue, ira prendre sa douche, reviendra au moment précis où le barbecue sera prêt à accueillir les saucisses, qui seront cuites à point à 13 h exactement. Sa femme a intérêt à respecter le timing ! Elle débarque à chaque fois avec les salades et les chips cinq minutes avant que monsieur ne retire les saucisses du feu. Orchestration parfaite. Comme disent les filles de Jacinthe : respect !

**

— Salut sœurette, tu dragues Poulidor ?
— Andouille... Bien dormi ?
— Comme une souche.
— Et Josette ?
— Elle arrive. Elle te dira elle-même.

Arrivée triomphale de Josette, qui porte son ventre très en avant. Sourire aux lèvres, main dans le creux des reins, yeux encore emplis de sommeil, elle se penche vers Jacinthe pour l'embrasser, tout en lâchant à la cantonade :

— Le p'tit héritier a joué les derviches tourneurs toute la nuit. Une de ces javas ! Pas envie de dormir, le bout de chou. Et moi, je voulais pas en perdre une miette de son spectacle. Alors, j'ai presque pas fermé l'œil. Je sais pas si c'est vous ou moi, mais y'a du Bouglione dans ses ancêtres à ce petit bonhomme. I'va faire gymnastique première langue !
— Tu es enceinte de combien exactement ?
— Trois mois depuis hier ! Pas plus pas moinssss.

— Effectivement, ça fait tôt pour le sentir. Mais dis donc, tu es du Sud toi, maintenant ?

— Oh non, c'était comme ça, pour rire. Et puis, qu'est-ce que tu veux, i m'donne l'âme méridionale, à moi, ce p'tit bout. Je me prends pour une héroïne de Pagnol. Si je me retenais pas, je mangerais tout un bouquet de lavande au petit déjeuner, histoire d'entendre les cigales chanter toute la journée. C'est du bonheur en boîte, ce petit chérubin. Quand il sera né, je le lécherai comme un pot de miel, un sucre d'orge et je lui mordrai ses petits petons comme si c'était des croissants au beurre.

— Mais Josette, il ne va plus rien en rester !

— Oh que si ! Ces petits paquets d'amour, c'est comme la lampe d'Aladin, c'est rien que de la magie. Plus on en mange et plus y'en a. Une corde d'abondance, qu'on appelle ça.

— Je crois que c'est plutôt une corne.

— Si tu veux. Une corde, une corne, c'est tout pareil. Je vais passer mon temps à le dévorer, mon petit paquet d'amour.

— Un amour dévorant. Et son père, il aura le droit d'y toucher ?

— Ah, ben, manquerait plus que ça ! Il aura sa part, lui aussi. Le pied gauche pour moi et le droit pour son père.

— Et pourquoi le gauche pour toi ?

— Le gauche, c'est le côté du cœur. Et tout le monde sait que l'amour d'une mère, c'est le plus fort de tous.

— Et là, il bouge encore ?

— Ben non. Il doit confondre le jour et la nuit. Va falloir se méfier quand il sera là et lui apprendre très vite à lire l'heure ! D'ailleurs, je vais commencer tout de suite, on va régler nos horloges et nos téléphones pour indiquer l'heure en comptant par fagots de vingt-quatre. Vous avez remarqué ? Toutes les pendules marchent par douze : douze heures jusqu'à midi, et là, hop ! On recommence à zéro, pour compter douze heures jusqu'à minuit. Alors du coup, bébé, il sait plus où il en est ! Pour lui, midi et minuit c'est du pareil au même. T'inquiète pas, mon pauvre chéri, Maman va s'occuper de ça tout de suite.

Et la voilà partie à passer en revue toutes les « horloges » de la maison de sa belle-sœur. Qui utilise encore le mot « horloge » de nos jours, à part Josette ?

Une demi-heure ! Une demi-heure pour régler toutes les pendules de la maison, téléphones inclus. D'ordinaire, Josette est épuisante, mais là enceinte, tous vont y laisser leur santé. C'est du jamais vu.

— Josette tu ne veux pas t'asseoir et prendre ton petit déjeuner ?

— Oh mince, j'allais oublier.

— Oui, et tu dois manger pour deux, n'oublie pas ça non plus.

Petit déjeuner tranquille qui s'éternise. Tant de choses à se raconter. Jacinthe ne leur parle pourtant pas de ses deux mystères, surtout celui de Martine.

— Dis donc, il est quelle heure ? demande Josette.

— Onze heures trente.

— Tu sais ça sans regarder ta montre ? T'es une sorte d'extra-lucide ou quoi ?

— Non, c'est juste que je viens de voir passer le colibri d'à côté. Il revient toujours à 11 h 30, exactement 11 h 30. Je le soupçonne, si par malheur il arrive en avance de rester caché derrière un arbre ou un poteau, il est tellement peu épais, pour pouvoir débouler pile à l'heure. Il y a aussi des fois où il arrive complètement essoufflé et rouge comme un toréador en rut, là ça veut dire qu'il était en retard et qu'il a dû forcer sur les pédales à s'en faire exploser les testicules. Tout ça parce qu'il s'est imposé 11 h 30 et pas autre chose. Tu vois là, il est tout beau tout frais. Sûr qu'il est arrivé en avance le garçon. Je me demande où il se cache dans ce cas-là…

— Il t'a fait un salut de la main. Signe de bon voisinage ?
— Je ne sais pas. En fait, il me salue en arrivant, uniquement quand il est frais comme une salade de fruits. Tu vois, pas un cheveu qui dépasse, visage à peine luisant de la sueur de l'effort, le torse bombé, les cannes bien droites et le bruit des cale-pieds qui cadencent le passage du vainqueur sous l'Arc de Triomphe. Là, il me salue, nimbé de la fierté du mâle qui est de retour de la guerre. Quand il est tout rouge, son attitude me donne l'ordre de ne pas l'avoir vu, de n'avoir rien remarqué. Une fois, sa femme, le voyant ainsi, lui a demandé si ça allait. Il a trouvé la force de sortir son nez dégoulinant de sueur de son guidon, tu sais quand il y a une goutte qui se balance juste là au bout du nez et il te lui a poussé un de ces hurlements en pleine face. Et quand elle lui a dit qu'elle avait juste préparé une salade pour accompagner le barbecue, il lui a aboyé « et ta connerie, elle aussi on est censé la manger en salade ? »

— Un couple charmant, quoi.
— Surtout un drôle de personnage. Une sorte de double-face. Politiquement correct quand il est tourné vers l'extérieur

et carrément violent si son entourage intime l'agace. Ce n'est pas quelqu'un de respectable.

— Et sa femme ?

— Elle m'avait parue insipide au départ, terne, sans reliefs. Pas intéressante. Je la soupçonnais même de ne pas être très futée. En fait, elle doit être totalement éteinte et étouffée par son mari. L'autre jour, je l'ai vue passer avec toute une pile de livres empruntés à la bibliothèque, parmi lesquels j'ai repéré du Plutarque, un polar et le dernier bouquin de Stephen King. Tout cela me semblait ne pas coller au personnage. Mais je ne voulais pas avoir l'air de mettre en doute son intellect, alors j'ai fait une remarque idiote du style *et j'imagine que vous aurez lu tout ça d'ici la fin du week-end* ? Et là, elle m'a répondu *pas loin*. Alors, on a papoté un peu, bouquins, films, expositions, théâtre… Je lui ai prêté un film, dont j'étais sûre qu'il lui plairait. Mais elle me l'a rendu deux semaines plus tard, en me disant que son mari ne voulait pas voir ce genre de niaiserie traîner chez lui. Ça ne me semble pas très lumineux, ce qui se passe entre eux. Elle est brillante et lui est complètement inculte et pas très futé, et pourtant je la sens totalement sous emprise. Et si peu épanouie.

— Et les enfants ?

— Ils se méfient de leur père. Ça se voit tout de suite. Ils attendent toujours de voir comment il va réagir à une situation ou répondre à une proposition d'un voisin, pour décider comment se comporter. Ils adaptent leurs réponses à celles de leur père. Et ils ne lui parlent jamais directement, ils passent toujours par leur mère.

— Ça pue, tout ça.

— Oui, ça pue comme tu dis. Bon, allez, assez parlé des autres. On fait quoi aujourd'hui ?

Charlotte est pensive. Les week-ends ou les vacances, c'est super chouette, surtout quand on les passe avec Tonton et sa femme. Elle, elle est rigolote, elle parle pas comme dans les livres ni comme personne qu'on connaît, d'ailleurs. Maman dit qu'elle a un langage coloré. Mais l'autre jour, Maman nous a fait regarder un film super vieux, il a été tourné en noir et blanc, c'est dire ! Ça s'appelle « Le jour se lève » (entre nous, pas très original comme titre, mais bon, admettons), avec des acteurs que je sais même plus comment ils s'appellent, des noms incroyables qui mettent la honte. Eh bien, là-dedans, ils parlaient comme tata Josette. À croire que c'est elle qui avait écrit les dialogues ! Et puis, j'ai regardé l'année du film et la date de naissance de tata Josette. Eh ben, ça va pas du tout. En même temps, ça me rassure.

Malgré tout, c'est comme si tata Josette, elle était en noir et blanc. Autant dire un voyage dans le temps. Alors, même si le « langage coloré » a l'air de ne pas aller avec le noir et blanc, finalement, je sais pas pourquoi, mais tout ça, ça va bien avec tata Josette. Souvent, je l'écoute parler et je me retrouve dans le passé. C'est trop fort ! Comment il va être son bébé, avec une maman pareille ? Parce que, elle, on peut en être sûrs, ce sera une maman, certainement pas une mère. Pas juste une mère, ah ça non !

Les films en noir et blanc, j'adore ça. Le premier que j'ai vu, je devais avoir quatre ou cinq ans et j'ai tout de suite trouvé ça génial. C'est sans couleurs, alors faut imaginer. Et puis on voit mieux les détails et aussi les choses les plus importantes. C'est comme avec tata Josette. Dans sa façon noir et blanc de parler, on voit tout de suite ce qui est essentiel. Pas de fioritures, pas de couleurs qui gênent, on va directement au détail important. Et à l'arrivée, ça donne un langage coloré. Elle est trop forte, tata Josette.

Le voisin roi du pédalier, Maman elle l'appelle le colibri. En fait, il est beaucoup moins sympathique qu'un joli colibri qui vole en surplace, devant une magnifique fleur pleine de couleurs.

Lui aussi, je l'ai observé avec la lunette de Tonton. Hier soir, quand Maman croyait qu'on dormait déjà, je me suis relevée et j'ai pointé la lunette vers leur sous-sol. C'était le seul endroit où il y avait de la lumière. Le colibri était là, assis, en train de faire des trucs bizarres avec un oiseau tout ce qu'il y a de plus mort. Je crois qu'il l'empaillait. C'est carrément chelou. J'aime pas les animaux empaillés. Un jour, une amie de Maman m'a offert un hibou que son frère avait empaillé. C'était super bien fait ! Mais n'empêche, tous les soirs quand je m'endormais, j'avais l'impression que ses yeux me fixaient et c'était pas très rassurant. Du coup, maintenant il est dans notre caverne. Avec les autres trucs flippants que Julie et moi on voulait plus avoir dans notre chambre à nous regarder nous endormir. Y a le hibou qui bouge plus depuis longtemps, une photo de grenouille visqueuse qui nous suit du regard tout le temps partout, une bille qui ressemble trop à un vrai œil et des tas d'autres trucs moches, comme le chapeau de notre arrière-grand-mère qui sent le moisi, ça fait trop penser à une maison hantée, et puis aussi ma poupée qui a plus qu'un seul œil parce que l'autre, c'est un petit cousin affreux qui lui avait arraché, et elle a aussi les cheveux tout raides sur la tête comme une espèce de paille toute sèche, elle est franchement gore...

Maman dit que notre caverne, c'est une cour des miracles.

Enfin bref, le voisin taxidermiste, déjà que je l'aimais pas beaucoup depuis qu'il avait arrosé avec son jet d'eau puissance max Jean-Jean quand il était bébé, mais là, je vais l'éviter pour de bon.

Ta-xi-der-mis-te. J'aime bien ce mot… Mais pas ce qui va avec.
**

Fin de journée dans le jardin. Apéritif obligatoire. Jus de pamplemousse pour Josette. Toutes les maisons ont les fenêtres ouvertes. Les vies des uns et des autres en sortent et se mélangent, sorte de cacophonie qui donne l'illusion que toutes ces intimités peuvent déborder chacune dans la bulle des autres, sans aucun dommage, alors que tout l'hiver elles restent jalousement confinées, au point de se concentrer au-delà du supportable. Heureusement que le printemps et l'été sont là pour permettre à ces concentrés de vies de se diluer un peu, faire peau neuve, aller se mélanger à d'autres. À rester ainsi enfermées dans leurs cocottes-minute, elles pourraient bien finir par exploser, disséminées en milliers de particules méconnaissables, ou au contraire terminer toutes racornies, confites, caramel-béton, bloc impénétrable et lourd. Vive le printemps ! Où la vie reprend vie. Et vive l'été ! Où les vies se panachent.

Jacinthe et ses invités préparent un barbecue qui fleure bon la convivialité et le partage. Comme dans d'autres jardins alentour, les saucisses grillées envoient leur parfum chez les voisins.

Voilà en tout cas un barbecue beaucoup plus calme que celui où Jacinthe fit la connaissance de son voisin. Et elle s'en réjouit. Elle paresse dans son transat, et laisse son frère s'occuper de la cuisson de la viande

— C'est drôlement chouette d'avoir quelqu'un qui fait les choses à ma place, pour une fois. J'avais complètement perdu de vue que ça peut être sympathique de vivre à deux…

— Et tu le trouves quand, ton prince charmant ?
— Celui avec le cheval blanc ?
— Ou un autre.
— Un autre prince ou un autre cheval ?
— C'est ça, essaie de noyer le poisson.
— De toute façon, j'ai pas commencé à chercher. Et puis j'ai pas entendu non plus le moindre début de hennissement dans le quartier.

Un ange passe. Jacinthe se tourne vers les nuages.

Nuages, mes beaux nuages, dites-moi donc si j'ai une chance de rencontrer un homme chouette pas trop compliqué, ou alors juste un peu, juste ce qu'il faut. Faites-moi un signe, un petit signe. Un nuage en forme de cheval, ou de licorne. Ou autre chose, histoire de me mettre sur la piste, de me faire comprendre que vous ne m'avez pas abandonnée, que vous continuez à m'adresser des messages, à vous occuper de moi. Nuages, mes beaux nuages, de qui vais-je donc maintenant croiser la route ?

Sur les trois dernières années, Jacinthe a eu deux très courtes histoires bien compliquées. La dernière en date il y a quelques mois l'avait laissée abattue. Ce type était sans nul doute un schizophrène et il avait continué à la harceler au téléphone pendant des semaines, pour parler avec elle de ses délires mi-paranoïaques mi-mythomanes, voyant en elle la seule personne capable de comprendre l'importance de ses propos.

Elle avait eu toutes les peines du monde à se débarrasser de lui. Pour autant, ne risquait-il pas de ré apparaître comme ça, un beau jour, sans prévenir ? Cette hypothèse avait longtemps perturbé son sommeil. Elle avait peur pour elle, elle avait peur pour ses filles. Elle avait longtemps eu peur pour sa sécurité. Aujourd'hui, elle se sentait peu à peu plus rassurée et finissait tout juste de digérer cette étrange histoire qui aurait pu mal tourner. Alors, se remettre en couple… C'était bien éloigné de ses préoccupations du moment.

Depuis longtemps, elle n'était plus sûre de savoir ce que voulait dire vivre en couple. Rester à se regarder dans le blanc des yeux, et ne plus voir ce qui existe autour ? Se partager les tâches, comme deux bons associés ? Être béat d'admiration pour l'autre, comme une groupie ? Se bouffer le nez, pour éviter de trop se regarder soi-même ? C'est quoi, vivre en couple ? Un peu tout ça, ou rien de tout ça ?

Je suis bien, toute seule, finalement. Toute seule avec mes filles et mes chats. Bon d'accord, d'ici quelques années, ça va se finir par « toute seule avec mes chats », et là ce sera nettement moins glorifiant, ça fera mémé et rien d'autre. Ce serait chouette que je trouve un homme avec qui partager des bons moments, mais aussi peut-être mes dernières années sur cette terre… Voire même partager les chats, enfin la vie avec les chats. Pourtant, je ne parviens pas à m'imaginer amoureuse. Car pour ça, il faut être amoureuse, non ? Enfin, je crois. Être amoureuse… Comment pourrai-je devenir une femme amoureuse ? Depuis bien longtemps, je suis en perdition, j'ai chaviré pour de bon, aucune Arche de Noé ne saurait me sauver. J'ai le cœur Titanic, qui repose par des centaines de mètres de fond dans des eaux froides, froides, froides…

Et là, tout de suite, les nuages ont des formes de nuages. Ils ont dû décider de ne pas donner de réponse à Jacinthe pour le moment.

— Dis donc, ton voisin, là, i'serait pas un peu de la jaquette ? (Josette vient vraiment d'une autre génération !)

— Je ne sais pas du tout. En fait, il représente un mystère que je voudrais bien élucider.

— Pour moi, c'est tout élucidé !

— Tu dis ça par rapport aux jeunes gens que tu as vus ? Ceux qui se baladent le torse nu.

— Et y'en a qu'ont l'air drôlement jeunes. I' serait pas pédophile ?

Josette ! N'exagérons rien, quand même ! Et puis, je te rappelle que pédéraste et pédophile, ce n'est pas la même chose.

Le frère de Jacinthe, que tout le monde semblait avoir oublié, pousse tout à coup un cri de ralliement.

— C'est cuit ! Tout le monde à table !

— Flûte, j'ai pas mis le couvert ! Non, Josette, tu bouges pas. LES FIIIIILLES ! Venez mettre la table avec moi ! Et au trot s'il vous plaît !

Ça court dans tous les sens, des vraies fourmis. Josette, tu restes assise ! Les deux sœurs valsent avec les assiettes, les couverts, les serviettes. Josette, tu bouges pas ! Jacinthe orchestre les allers et venues de ses filles, dépose un pot de moutarde par-ci, un bol de cornichons par-là. Josette, tu gardes les chaises ! Au cas où elles voudraient partir à quatre pattes, normal pour des chaises. Le frère de Jacinthe dépose les plats de viande sur la table et poursuit ses allers-retours table-barbecue. Il se brûle les doigts avec les patates cuites à la braise. Où est la Biafine ? Sans oublier les pansements ! Et toi, Josette, tu restes assise et tu surveilles la viande, les chats ne sont pas loin !

— Trois minutes trente chrono ! Trop fort ! Nous pouvons donc dire que notre pitance est bien méritée. Toute l'monde à taaaaaaable !

Jacinthe regarde son frère découper la viande.

— Ça va aller, avec les pansements plein les doigts ?

Et voilà. La journée se termine dans la douceur d'une soirée d'été autour d'une table bien garnie, avec les braises du charbon de bois qui brillent dans la nuit naissante. Et Josette qui obéit et reste assise, tout en confondant manger pour deux avec manger comme deux...

Jacinthe a les yeux tournés vers les fenêtres du voisin. Les volets sont clos.

— Tu veux qu'on te dise ?
— Quoi ?
— Tu veux qu'on t'explique, pour le voisin ?
— Que vous m'expliquiez quoi ?
— Les gars torse-nu.
— Pourquoi, vous savez ce que ça veut dire ? Le maître d'Attila vous a dit ?
— Mais non ! On a trouvé toutes seules.
— Comment ça, toutes seules ?
— Avec nos jumelles.
— Vos jumelles ! Eh ! Mais ça va pas du tout, ça ! On n'espionne pas ses voisins. Surtout quelqu'un qui vous a accordé toute sa confiance.
— Donc, tu veux pas savoir ?
— Bien sûr que si ! Mais quand même...

— Eh ben, voilà… En fait…

Jacinthe n'en revient pas. Elle avait imaginé tout un tas de possibilités, des explications toutes plus extravagantes les unes que les autres, parfois sacrément compliquées. Et aucune n'était à l'avantage de son voisin. Et finalement, une fois de plus, retour au Rasoir d'Ockham, principe de parcimonie. De plusieurs hypothèses, la plus simple est toujours celle qu'il faut privilégier.

Jacinthe ira se coucher en se disant qu'ainsi donc, le maître d'Attila fait des clichés pour son fils qui est tatoueur. Il a dédié une pièce à l'activité de celui-ci, et ses clients, en grande majorité des jeunes gens, se font tatouer puis photographier. Et toutes ces photos sont sans aucun doute utilisées dans le press-book de son fils. Peut-être certains sont-ils des Lucas, mais ce n'est pas là le sujet principal.

Mystère des jeunes gens… résolu !

TROISIÈME PARTIE

Du dimanche 19 au jeudi 23 juillet 2015

Premier jour

— Alors, tu ne veux toujours pas me dire où nous allons séjourner ?

Martine conduit, sous les directives de Jacinthe qui joue le copilote. Depuis leur départ, tôt ce matin, elle ne lui a lâché aucune information sur leur destination précise. Elle a réussi à tenir leur point de chute secret depuis plusieurs semaines, ce n'est pas pour craquer maintenant, si près du but.

— Pourquoi t'as pas de GPS ?

— Mais si, j'en ai un. Il a un écran de 80 cm sur 80 ; il est totalement escamotable pour le ranger dans la boîte à gants ; on n'a pas besoin de le recharger ; si on laisse tomber de l'eau dessus, il marche toujours ; il ne parle pas avec une voix d'ornithorynque castré ; je l'ai payé 3 €90, et pour les mises à jour, à ce prix-là, on se contente d'en racheter un neuf. Le seul problème, c'est qu'il en faut en gros un par département, alors forcément pour couvrir toute la France, finalement c'est pas donné.

— Et c'est quoi, la marque ?

— Michelin. Je crois que ça s'appelle « Carte routière », ou quelque chose comme ça.

— Pffff ! C'est malin ! Bon, et ta carte routière, elle nous prévoit encore combien de temps avant d'arriver ?

— Trente minutes, pas plus.

— Je connais pas du tout le Finistère. J'espère que ça va être sympa. Qu'est-ce qui t'a fait changer de destination ?

— Ça, tu le sauras en arrivant. Je n'avais pas trouvé ce que je voulais dans les Vosges.

La route se poursuit.

Ce qui m'ennuie, se dit Martine, *c'est que je ne pourrai pas voir mon chéri pendant une semaine. On a bien prévu de s'appeler, mais ce n'est pas pareil. Et en plus, cette semaine, sa femme a décidé au dernier moment de partir en vacances avec sa sœur. J'ai bien failli dire à Jacinthe que je laissais tomber notre escapade, quitte à la dédommager complètement. J'aurais même proposé de lui payer son séjour.*

Mais non, il faut être moins impulsive que cela. Dans mes relations, j'ai toujours agi ainsi : tout laisser tomber même en y perdant beaucoup, amitié, temps, argent, confiance... simplement pour satisfaire un désir à peine exprimé par l'autre et parfois même sans désir ni demande. Juste me donner moi-même l'obligation de privilégier mon chéri. Des sortes d'achats compulsifs, acheter perpétuellement l'attachement de l'autre par la négation de soi.

Alors, voilà, ça, j'arrête. Mais bon sang, que c'est difficile !

À part les indications de Jacinthe pour l'itinéraire, il n'y a pas vraiment d'échanges, chacune étant manifestement occupée par ses pensées.

Jacinthe finit par sortir une feuille où elle a noté les détails pour la fin du trajet, ce qui extrait Martine de son monologue intérieur. *Qui a bien pu lui donner tous ces renseignements ?*

— On va pas atterrir dans un club de vacances tout de même ?

— Non, non, rassure-toi. Quoique... On pourrait peut-être appeler ça comme ça après tout.

— Tu me fais peur.

— Dans moins de cinq cents mètres, tu seras fixée. Tiens ! Prends cette petite route à droite. Voilààààà... Et maintenant, le petit chemin là, juste après le tas de bois.

— Remarque, on peut pas dire, on est en pleine nature.

— C'est bon ! Voilà le parking.

— Y'a pas foule. Ça, ça me plaît.

Jacinthe précède son amie pour entrer dans le bâtiment. Vieux murs, vieille porte en bois qui grince, carrelage ancien. Pas un bruit à part leurs pas dans l'entrée.

— On est où ici ?

— Ça, c'est l'hôtellerie. Et l'abbaye est un peu plus loin.

— L'abbaye ?

— Oui. C'est une abbaye de sœurs bénédictines où on peut faire des retraites. Mais, rassure-toi, tu n'es pas obligée d'assister aux offices. Ni même de prendre tes repas avec les autres personnes.

— Eh ben ! Sacrée surprise !

— Tu verras, les environs sont magnifiques et tellement sereins. On va attendre un peu la sœur hôtelière, l'office du dîner n'est pas terminé à cette heure-ci. Elle ne va pas tarder.

— Tu es déjà venue ?

— Oui. Il y a longtemps maintenant. C'était à mon retour de Floride. Ça m'avait beaucoup plu et en quelque sorte réparée. Et comme tu voulais de la nature et du pas touristique, j'ai pensé que c'était idéal. Tu verras. Et puis dans ce genre d'endroit, on fait toujours des rencontres étonnantes.

**

Abbayes, églises, châteaux forts. Lieux où le temps s'est en partie figé. Odeurs d'une autre époque, matières surgies du passé, architecture et mobilier qui font voyager dans le temps. Lieux où l'on pénètre en marchant doucement, attentifs à ne pas faire de bruit, ne pas déranger l'ordre des choses. Crainte d'importuner les traces persistantes de ce qui fut vécu là ? Conscience de l'incongruité de notre présence ? Voyageurs du futur qui viennent fouler des lieux où leur présence crée un anachronisme qui pourrait bien remettre en question l'équilibre de l'Univers. Alors, faisons-nous discrets, les paradoxes temporels sont choses dangereuses...

Jacinthe a toujours aimé déambuler dans ces lieux éternels, chargés de vécus séculaires. Poser le pied sur une marche de pierre, creusée en bassine par tous les autres pieds qui se posèrent là, ressentir toutes ces présences passées se mêler à la sienne. Caresser du bout des doigts les murs, les sols, les statues, surtout celles qui sont de pierre. Sentir sous la pulpe de ses doigts toutes les présences qui se sont inscrites en ces lieux. Fermer les yeux et voir, sentir, les êtres qui par le passé sont venus occuper cet espace.

Ce carrelage... Qui s'est penché, mis à genou il y a si longtemps, pour le poser, en utilisant au mieux son savoir-faire ? Lui permettre de résister au temps et aux affronts des chaussures, sabots, godasses, godillots, mais aussi aux seaux d'eau balancés pour ensuite frotter, décrasser, décaper...

Qui s'est un jour agenouillé ici, en ces lieux de prière, pour poser ce carrelage puis pour l'entretenir ?

Les voilà assises au soleil sur un vieux banc de pierre. Silence monacal, s'il en est. L'idée d'une retraite s'était imposée à Jacinthe pour la toute première fois il y a de cela un peu plus d'une dizaine d'années. Elle cherchait un lieu de ressourcement, une sorte d'île déserte au milieu de la tempête de notre société et de sa vie.

Et elle avait trouvé cette abbaye...

Comme aujourd'hui, les graviers s'étaient alors exprimés sous ses pas dans la chaleur et le silence de la nature. Arrivée plus tardivement dans la journée, elle avait alors perçu des voix qui s'entre croisaient gaiement, sortant de la salle commune. Fin de repas animée avant que chacun regagne ses occupations personnelles.

Comme ce jour-là, aujourd'hui aussi il fait beau et la chaleur du soleil l'enveloppe, aile protectrice dans laquelle il est si simple de se laisser aller.

Martine aussi semble s'abandonner à la tranquillité du lieu.

Tout ici est apaisant. Je suis certaine qu'elle va en tirer le meilleur profit. Cet après-midi, je l'entraînerai dans le vallon des orchidées. Deux immenses pentes herbeuses, parsemées de minuscules fleurs toutes plus belles et délicates les unes que les autres. Les orchidées, les papillons, les gens, rien ici ne se comporte comme ailleurs. Que se passe-t-il donc en ce lieu qui touche ainsi tous ceux qui viennent s'y immerger ? Mais la réponse importe peu, ce qui compte vraiment se trouve dans la question elle-même. Où sommes-nous, ici ? Serait-ce l'un de ce que certains nomment les nombrils du monde ?

La sœur hôtelière, sœur Adélaïde, finit par arriver accompagnée des personnes qui résident là pour un temps. Les deux amies sont rapidement conduites à leurs chambres après avoir fait la connaissance de la cuisinière, sorte de maîtresse des lieux, et de son aide de camp, Mathilde, une jeune fille un peu perdue que les Sœurs essaient d'aider de leur mieux, atteinte qu'elle est d'une vilaine scoliose de l'âme.

— Pas méchante, nous dit la cuisinière, mais même avec une rançon, je ne serais pas d'accord pour l'adopter.

Chacune va poser ses valises et elles se retrouvent à la salle commune pour se préparer un thé, avant d'aller s'installer sous les frondaisons. Plusieurs bancs se montrent accueillants, elles n'ont plus qu'à se laisser faire.

— On est bien là, non ?
— Oui, oui. C'est plutôt une bonne idée que tu as eue.
— Un peu de repos, et après je t'emmène voir le vallon des orchidées. Tu verras, c'est magique. Prends ton appareil photo !
— Tu m'accordes une demi-heure à lézarder au soleil ?
— Pas de souci. Nous lézarderons donc de concert.

— Regarde celle-ci, elle est magnifique !
— Tu sais que les orchidées sont des plantes aussi résistantes qu'elles ont l'air d'être fragiles ?

— C'est à dire ?

— Eh bien, elles ont cette transparence colorée qui leur donne l'allure de la porcelaine, ce qui en fait des fleurs que nous voyons tous comme particulièrement fragiles. Et pourtant, elles sont terriblement résistantes, quasiment capables de renaître de leurs cendres. Elles sont tout d'abord très économes en ressources pour vivre et ont donc besoin de peu de choses pour résister, en attendant des jours plus propices et plus riches pour se reproduire et s'étendre. C'est une plante qui existe depuis plus de 80 millions d'années, autant dire depuis la nuit des temps. On en a retrouvé des traces dans de l'ambre.

— Jurassic Park version botanique ?

— Pas faux !

— Mais Martine, d'où te vient cette connaissance des orchidées ? Tu les collectionnes ?

— Pas moi, mais mon frère oui. Il en a chez lui je ne sais combien d'espèces.

— Il a des serres ?

— Oh non. Mais il vit près d'une rivière, dans une ancienne chapelle qu'il a retapée et aménagée, et il a dégagé des zones exprès pour ses plantes, une autre pour ses volières, en particulier pour ses perroquets. C'est un drôle d'endroit : le bruit de l'eau qui coule, les cris des perroquets, les moutons qui copinent avec les chèvres, les braiments des ânes et j'en passe !

— Ça doit être chouette, chez lui !

— Oh oui, complètement décalé par rapport à notre époque. Et puis, il n'a utilisé que des objets et des matériaux de récupération pour aménager son intérieur comme l'extérieur. C'est assez étonnant. D'ailleurs, il habite à peine à cinquante kilomètres d'ici et si ça ne t'embête pas, j'aimerais bien aller leur faire un petit coucou à sa femme et lui pendant notre séjour. Comme ça, je te le présenterai, il devrait te plaire tel que je te connais.

— Tope là ! C'est quand tu veux.

— Eh ! Regarde celle-là, elle est minuscule. Je vais faire des photos et on la regardera de plus près ensuite sur l'ordi. Parce que là, il faudrait une loupe pour voir tous les détails. Elle a été peinte avec un pinceau à un poil !

Rencontrer le frère de Martine. Voilà qui intéresse vivement Jacinthe, pour la suite de son enquête.

— Et c'est quoi, ses perroquets ?

— Des aras. Et ce qui est fou, c'est qu'il a réussi à obtenir qu'ils se reproduisent. Chaque œuf pondu, il l'apporte à un zoo qui se charge de l'incubation. Les petits sont ensuite envoyés dans différents zoos européens, selon leurs besoins. Obtenir des œufs comme ça, plusieurs fois dans la vie d'une femelle, c'est pas si simple. Et lui, il s'en sort vraiment bien. Un frère vraiment hors-norme, mais terriblement efficace quand il a une idée dans la tête. Dès qu'on lui a dit que c'était difficile d'obtenir des œufs fécondés et viables en captivité chez des particuliers, il s'est lancé le défi d'y parvenir. Et depuis trois ans, ça marche ! Il obtient entre douze et dix-huit œufs par an.

— Pas banal, comme passe-temps.

— Tu parles ! C'est carrément lucratif. Chaque œuf qui éclot lui rapporte 850 €. Fais le calcul. À raison de dix ou douze œufs viables par an, ça leur paie pas mal de choses. Entre autres, les études de leurs enfants.

— Ils pourront donc dire que leurs études ont été payées par des perroquets d'Amérique du Sud. À ce compte-là, ils font au moins des études de zoologie ou de vétérinaire !

— Penses-tu ! Ils ont toujours vécu en pleine nature entre nulle part et ailleurs. Du coup, le premier contact un peu soutenu avec la civilisation au moment du lycée, ça a été une révélation pour eux. Leur fille, l'aînée, s'est lancée dans des études de décoration d'intérieur et ça, pour son père, c'est juste urticant. Et leur fils, coupé de la télé et d'Internet toute sa vie durant, jusqu'à ses quatorze ans, envisage après le Bac de se lancer dans un BTS en informatique. Et là, son père et sa mère, je les soupçonne d'avoir fait des danses païennes et peut-être même un peu de vaudou pour qu'il réalise son erreur et fasse machine arrière.

— Ils rêvaient de voir leurs enfants finir dans la peau d'un berger et d'une herboriste bio qui fait pousser ses plantes elle-même ?

— Pas loin…

— Alors, déception ?

— Ils ne le disent pas, mais la pilule est dure à avaler. Ils continuent à récolter leurs œufs, mais ils leur trouvent désormais beaucoup moins de magie. Ce qui est drôle, c'est qu'ils comptent toutes leurs grosses dépenses en œufs. Le mur du garage à refaire, trois œufs ; le toit à refaire, carrément une demi-douzaine d'œufs ; une voiture pour remplacer celle qui a rendu l'âme, quatre œufs.

— Ça fait cher l'omelette !
— N'y pense même pas !

Décidément, il me plaît bien, son frère. En attendant de le rencontrer, j'apprécie énormément le temps que nous passons ici. Le ton de nos échanges n'est plus le même que dans le quotidien de nos vies. Chacune devient pour l'autre comme un réceptacle où nous déposons des confidences qui n'auraient sans doute pas jailli en d'autres lieux ou en d'autres circonstances.

Leur premier repas du soir se déroule en toute tranquillité. Relative, la tranquillité. Chacun autour de la table tâche de faire connaissance avec les autres et les échanges vont bon train.

Alors que tous achèvent l'entrée, Sœur Adélaïde accompagne jusqu'aux convives un homme d'une petite quarantaine d'années qui s'installe prestement en bout de table.

— Je vous présente monsieur Martel. Il va passer quelques jours avec nous. Bon appétit à tous !

Le personnage salue toute la tablée haut et fort, surtout que l'on n'entende que lui, s'assoit d'un bloc secouant toute la table d'un séisme dont l'épicentre n'est autre que son genou, pousse un profond soupir, prend son souffle comme d'autres prennent leur élan et commence une sorte de marathon verbal, monologue déconcertant qui laisse tout le monde sur place.

Il n'est plus question de poursuivre les conversations à peine entamées, la voix du monsieur est servie par des décibels en nombre. Et il le sait ! Quant à l'espace entre la fin d'une phrase et le début de la suivante, impossible d'y loger ne serait-ce que l'embryon d'une syllabe. Tous les convives subissent donc le discours du personnage. Pas le choix !

Tous les détails de sa journée y passent, suivis par un résumé des jours précédents. Toutes informations dont les convives ne feront rien, en tout cas pas ce soir, personne n'ayant en vue une partie de Trivial Poursuit spécial hôte indésirable.

Prenant à peine le temps de manger, car nous pourrions en profiter pour lui dérober la parole, il ne finit son assiette que grâce à un coup de fourchette rapide et efficace.

Fin de repas, fin de discours. Le monsieur déclare tout de go qu'il parle trop et devrait manger seul, en silence, pour le prochain repas. Il file d'ailleurs demander tout de suite à la sœur si c'est possible.

Et le voilà parti, aussi rapide que son coup de fourchette. La sœur n'a qu'à bien se tenir. Mais tous lui font confiance, elle peut résister à des assauts bien pires que celui-là ! Le diable en personne ne lui fait pas peur. Alors cet étrange olibrius...

Cet homme, se dit Martine, *me rappelle un oncle qui avait cette fâcheuse manie d'assommer les autres, surtout sa famille, de ses connaissances, sa culture, voire son génie, son savoir-faire inné dans des domaines aussi variés et mal assortis que le bricolage, la pratique du piano ou la photographie.*

Je me souviens du jour où il m'avait apporté un livre ancien qui fleurait bon le vieux papier. Un de ces livres au papier épais et jauni, relié par une couture de ficelle, aux feuilles dentelées qu'il fallait découper au coupe-papier pour pouvoir les tourner et poursuivre sa lecture. « Tiens, m'avait-il dit, lis donc ce livre, tu y découvriras de bien belles choses, je l'ai dévoré dans son entier la nuit dernière tellement il est passionnant. »

L'ennui, c'est que dès la page dix-sept, sur les trois cents du livre, je m'étais heurtée à des feuillets qui n'étaient pas encore séparés par la lame du coupe-papier. Ce jour-là, bien que guère plus âgée que dix ou onze ans, j'avais découvert que les adultes ne sont pas aussi irréprochables et fiables que ce qu'ils veulent bien faire croire aux enfants.

Cet oncle avait perdu d'un coup, entre les pages dix-sept et dix-neuf, toute sa superbe et son brio intellectuello-culturel, et avait vu s'envoler le rôle de mentor qu'il s'était auto-attribué envers ma petite personne. Après cela, je le trouvais moins grand, moins beau, le sourire moins parfait. J'avais même aperçu une ou deux dents cariées, je le voyais soudain voûté, marchant avec moins de prestance, portant des charentaises élimées, riant tout à coup beaucoup plus vulgairement. Même sa voiture n'avait pas été épargnée, elle était devenue plus petite, émaillée de taches de rouille, le cuir de ses sièges transformé en Skaï. Nouvelle version de Cendrillon et de sa citrouille...

J'avais malgré tout gardé de l'affection pour lui. Son besoin de briller, même si pour cela il avait dû choisir pour public une gamine de dix ans, faisait de lui un personnage touchant pour qui je n'ai jamais cessé d'éprouver une tendresse unique, que je n'ai plus éprouvée pour une autre personne par la suite. Tout le monde dans la famille avait compris depuis longtemps qu'il avait besoin de se sentir supérieur aux autres et l'avait donc laissé de côté. Je n'avais pu me résoudre, moi, malgré ces quelques coups de coupe-papier oubliés, à l'abandonner. C'eût été bien trop triste.

Deuxième jour

Le lendemain, Martine et Jacinthe font un peu cavalier seul, chacune de son côté.

Jacinthe a décidé de parcourir les sentiers en pourchassant les papillons, avec le fervent désir de les fixer sur la pellicule. Tout d'abord, ils se dérobent tous systématiquement à elle. Et puis voilà qu'après deux ou trois heures, ils se mettent quasiment à poser ! Une des Sœurs le lui avait dit, avec ces papillons-là, il faut avant tout se faire accepter.

De son côté, Martine a été réquisitionnée par la sœur hôtelière pour aller chercher à la gare une petite dame de quatre-vingts printemps, madame Saintonge, habituée du lieu et qui vient ici pour se reposer d'un accident vasculaire qui a bien failli la terrasser pour de bon, trois mois auparavant. Vivacité intellectuelle et prestance physique semblent être les mots qui la caractérisent. C'est la première fois qu'elle vient en train, ayant toujours conduit sa voiture jusqu'à l'année dernière.

— Toutefois, précise la sœur à Martine, son entourage m'a avertie que depuis son accident, sa personnalité aurait bien changé, mais jusqu'à quel point je ne sais pas. En tout cas, vous verrez, en signe de reconnaissance elle portera un œillet d'Inde à la boutonnière, c'est la fleur qu'elle préfère.

Jacinthe, de retour avec sa récolte de portraits de lépidoptères, aperçoit monsieur Je Sais Tout en grande conversation avec le prêtre qui fait la messe le dimanche, et réside dans une petite maison en dehors de l'hôtellerie. Le

Père parvient à glisser quelques contre-arguments dans la logorrhée de son interlocuteur. Ce qui relance bien sûr à chaque fois la mécanique bien huilée de celui-ci, aussi sûrement que des pelletées de charbon dans le fourneau avide d'une locomotive lancée à vive allure.

Résultat, le pauvre prêtre, loin d'être de la première jeunesse, est bloqué là, debout dans ses marches pour un bon moment. Son interlocuteur s'est lancé dans un sujet papal, dates à l'appui... à croire qu'il aurait assisté en tant que greffier aux débats du dernier concile. Toutes les connaissances avancées par le Père sont *in petto* démontées par le personnage qui lui fait face. Aucune pitié chez lui, ou simplement le respect du code de bonne conduite qui nous dicte de pas laisser ainsi debout une personne plus toute jeune, juste pour se satisfaire soi-même du fait d'étaler ses connaissances. Comment aider ce prêtre ?

De retour à l'hôtellerie, Jacinthe en parle à la sœur, qui téléphone aussitôt au prêtre. La sonnerie s'entend bien, même de dehors, précise-t-elle. Lorsque celui-ci décroche, elles sont rassurées, il a échappé au pire. Il raccroche en les remerciant pour cette libération qu'il n'espérait pas. Quelques minutes plus tard, l'affreux personnage surgit dans la cour. Il cherche une proie... Et le voilà qui apostrophe un des messieurs au hasard, se lançant une fois de plus dans un monologue haut et fort déclamé. Tout le monde est gêné et agacé, mais personne n'ose le lui dire.

Martine, elle, est arrivée depuis une demi-heure avec madame Œillet d'Inde et celle-ci prend l'air sur un banc avant d'aller rejoindre sa chambre.

Et voilà tout à coup la petite mamie qui se lève et s'interpose entre les deux hommes, quel étrange super héros ! Madame Pissenlit passe un savon à monsieur Agaçant avec une violence qui laisse tout le monde pantois. Elle lui rappelle que tous sont venus ici pour y trouver un peu de calme, en faisant une pause dans leurs vies. Elle lui demande instamment, au nom de tous, de faire preuve d'un peu de retenue.

Tout le monde est étonné, mais le plus surpris de tous est l'intéressé lui-même, qui pour une fois ne dit plus un traître mot. Il la dévisage, bouche bée, regarde tout le monde, prépare sans doute une réponse, mais n'a pas le temps de la formuler, car voilà que madame Azalée se jette sur lui avec une prestance qui ne ressemble en rien aux déplacements d'une mamie de cet âge. Lui enserrant le cou dans ses deux mains arthritiques, elle hurle comme une amazone en chasse et secoue l'individu avec une force et une violence qui, en d'autres circonstances, forceraient le respect.

Le visage de monsieur Discourtois est tout cramoisi et commence à virer au violet ! Il aura fallu s'y mettre à plusieurs pour que les doigts de l'assaillante acceptent de lâcher le cou du malheureux.

— Je ne comprends pas…

La sœur est effondrée, au propre comme au figuré. La mine défaite, elle est affalée dans un fauteuil, livide, quasi translucide.

— Je ne comprends pas ce qui s'est passé en elle. Je la connais depuis des années. Nous nous sommes vues vieillir. Elle a toujours été adorable. Et puis très mesurée dans ses actes et dans son expression. Je n'en reviens pas. Quelqu'un s'occupe d'elle ?

— Ne vous inquiétez pas, lui répond Martine. Elle est dans sa chambre avec Sœur Pauline. Il semble qu'elle se soit endormie.

— Sa famille m'avait prévenue qu'elle était devenue tout autre, voire même bizarre par certains côtés. Ils n'ont pas détaillé ce terme, mais je crois que maintenant, je comprends mieux pourquoi. Ce n'est pas très rassurant, tout ça. Et si elle recommence ? Il faudrait peut-être contacter la police. Vous ne pensez pas ?

— Monsieur Martel ne veut pas porter plainte. Il n'a même pas accepté d'être examiné par un médecin. Ses raisons sont *a priori* louables. Il ne veut pas que cette dame ait des problèmes avec la maréchaussée. Il dit qu'à son âge, ce serait sans doute un traumatisme.

— Il a raison, mais à mon sens ce n'est pas très raisonnable. Imaginez qu'elle agresse de nouveau quelqu'un et que ça se termine mal. Je m'en voudrais toute ma vie !

— Écoutez, ma Sœur, je veux bien essayer de parler à Monsieur Martel pour qu'au moins il dépose une main courante... Et puis il faudra appeler la famille de Madame Saintonge pour qu'ils viennent la chercher dès que possible. Autant ne pas prendre de risques.

— Je me charge d'appeler la famille. Ça ne va pas être simple de leur expliquer que leur mère et grand-mère s'est transformée en hystérique quasi meurtrière devant toute la communauté ! Eux qui la voient comme une sainte femme !

Martine et Jacinthe retournent voir l'agressé.

— Je ne veux pas entendre parler de déposition à la police ni de consultation auprès d'un médecin. Considérez que c'est là mon dernier mot et je vous serais reconnaissant de ne pas y revenir !

Elles ont nettement l'impression qu'il craint de rencontrer les représentants de l'ordre et ne veut en aucun cas se faire remarquer. Voilà quelque chose qui leur semble étonnant, si ce n'est important, mais elles n'ont pas le temps de s'appesantir sur le sujet pour le moment.

De retour à l'hôtellerie, Sœur Adélaïde les attend.

— Alors, comment a réagi notre séminariste ?

— Quel séminariste ?

— Eh bien, monsieur Martel. Il a réagi comment à votre demande ? J'imagine que pour lui, c'est un vrai cas de conscience. Mais il a bien dû comprendre qu'une démarche auprès de la police représenterait plus une aide à Madame Saintonge qu'une simple délation.

— En fait, nous n'avons obtenu de lui qu'un refus, il nous l'a confirmé à plusieurs reprises. Mais vous venez de dire qu'il est séminariste, c'est bien ça ?

— Oui. Monsieur Martel est séminariste. C'est d'ailleurs pour cela que j'ai accepté d'héberger un homme seul, ce que je ne fais jamais. Il a tellement insisté au téléphone. Faisant jouer le fait que sa randonnée avait été annulée au dernier moment. Qu'il se retrouvait ainsi sans hébergement pour les prochains jours. Qu'il était fatigué par la route, etc.

— Écoutez, nous avons partagé sa table et sa conversation, dit Martine, et franchement il ne peut pas être séminariste.

C'est impossible ! Il n'a même pas récité le moindre début de bénédicité en s'asseyant.

— C'est pourtant vrai ! Mais, je ne comprends pas. Vos doutes sont fondés uniquement là-dessus ou sur autre chose ? Il m'a dit être séminariste à Lille et m'a même donné le nom d'un prêtre de sa connaissance là-bas. Et je peux vous dire que ce n'est pas un mensonge : la famille qui occupe l'autre table connaît le prêtre en question. Leur mère habite Lille et elle le fréquente depuis fort longtemps. Ils en parlaient avec lui après le repas.

— Peut-être bien pour Lille, dit Jacinthe. Mais en tout cas, pour le séminariste je suis d'accord avec Martine, ce monsieur n'en est pas un, ce n'est pas possible. Ou alors, l'Église a de sérieux problèmes de recrutement. Pires que ce que l'on entend dire. Ils ne peuvent pas former des gens qui font preuve d'aussi peu d'altruisme. Il ne parle que de lui, tout le temps, et ne prête aucune attention aux paroles qui lui sont adressées. Il n'écoute rien et parle de lui comme si chacun n'avait pour unique préoccupation que son bien-être et ce qu'il va lui arriver ces prochains jours.

— Je ne comprends pas, répète la sœur. Pourquoi mentirait-il ?

— Ça, nous ne pouvons pas le savoir pour le moment, dit Martine. Par contre, nous pourrons sans doute découvrir ce qu'il en est de cette histoire de séminaire à Lille. J'ai un ami qui a longtemps vécu là-bas. Il connaît bien un certain nombre de personnes à l'évêché et je pense qu'il peut sans problème obtenir l'info sur ce monsieur. C'est quoi, exactement son identité ?

— Je crois que c'est Jean-Michel Martel. Je vais vérifier pour le prénom et je vous dirai. On va s'occuper de tout ça cet après-midi, ou demain si vous voulez bien. Car là, je dois rejoindre ma communauté. Exceptionnellement, je suis restée un peu plus longtemps avec vous, parce que justement la situation était inhabituelle, mais je dois vous laisser. Alors, je vous salue tous et vous souhaite une bonne fin de matinée.

Ce jour-là, le repas de midi est particulièrement calme. Personne n'ose trop parler. Madame Saintonge a été installée dans une chambre près de l'accueil et la cuisinière lui a apporté un bol de soupe. Monsieur Parfait mange seul, dans une pièce dédiée aux repas silencieux.

Tous les convives s'efforcent de trouver des sujets de conversation aussi éloignés que possible des derniers événements, et toute nouvelle idée est accueillie avec des exclamations exagérément hilares, signes de soulagement.

Jacinthe parle peu, observe, écoute et réfléchit. Elle se demande comment cet intermède mystico-policier va bien pouvoir s'inscrire dans sa propre enquête.

Car enfin, toute chose a un sens, une raison d'être. Hommes, lieux, événements, tout se rejoint, toute chose existe par rapport aux autres, rien n'est le fruit du hasard ou une simple juxtaposition. Tout est cohérence. Comme les trois unités du théâtre classique : unités de lieu, de temps et d'action. Alors, si par malheur une des trois unités se trouve perturbée, le magique équilibre est rompu. Et voilà la porte entre baillée, voire grande ouverte, prête à laisser se faufiler les conjectures de mauvais aloi. Que pourrait-il se produire si une, simplement une, de ces unités était touchée, transformée, viciée ? Ce monsieur Martel, tout d'ombre et de mystère malsain, et ce lieu empli d'énergie positive ne sont pas faits pour s'entendre, j'en suis certaine. Quel déséquilibre va survenir de cette confrontation ? Sans aucun doute, le lieu et ses ondes, en équilibre depuis si longtemps ont su identifier qui est cet homme. Il saura réagir. Attendons... Agissons, puis attendons de voir ce qui en résultera.

La soirée est douce, la nuit le sera tout autant. Sommeil rassuré et profond pour Martine. Pas de réveils nocturnes, pas d'insomnie, pas de ce sommeil sur la pointe des pieds qui est si souvent le sien, depuis sa dernière histoire amoureuse. Elle se couche et s'éveille en forme, heureuse, légère. Sensation d'intégrité qui ne la quitte pas depuis qu'elle est ici. Aucune impression de pollution. Limpidité. Voilà le terme qu'elle cherchait. Limpidité...

Troisième jour

Au petit matin, tout semble aller pour le mieux du côté de madame Narcisse. Elle dort encore.

Petit déjeuner dans le calme pour Martine et Jacinthe qui ne croisent pas grand monde dans la salle à manger. Jacinthe met à profit cette activité *a minima*, pour aller trouver Christine, la pétillante cuisinière :

— Comment va madame Géranium ce matin ? Oh ! Excusez-moi !

— Oh non, y'a pas de mal. Ça détend un peu l'atmosphère, au moins.

— Vous avez vu cette petite dame, ce matin ?

— À peine. Elle s'est levée tôt. Je lui ai apporté son petit déjeuner, et physiquement elle était tout à fait en bon état. Par contre, silence radio total. Elle n'a ouvert la bouche que pour avaler ses tartines. Elle qui était si bavarde auparavant. Et puis dans le temps, elle venait toujours boire son café en me tenant compagnie dans la cuisine. Là, elle m'a carrément snobée.

— Vous le ressentez comment, tout ça ?

— Bizarre, à vrai dire. Vraiment très bizarre. Cette agression. Ce soi-disant séminariste qui sort d'un séminaire comme moi je sors de l'école hôtelière ! Votre amie m'a expliqué… Mais pour madame Saintonge, j'espère qu'elle n'est pas capable de pire ! Encore deux jours à attendre que sa famille passe la prendre. Il va falloir la surveiller de près.

— Et monsieur Surtout Pas la Police, vous l'avez vu ?

— Aïe, aïe, aïe, entendu, oui ! Il est épuisant, cet homme-là. Et puis pour voir, je me suis amusée à lui raconter n'importe quoi. Il ne s'en est même pas aperçu. Il n'écoute rien. Il a déclenché une vraie tornade dans ma cuisine, en me suivant partout, tartine d'une main et bol de café de l'autre. Il est arrivé à éclabousser les murs, l'animal ! J'ai dû le mettre dehors avec mon balai !

— Vous l'avez frappé ?

— Non, juste poussé dehors en même temps que les poussières. Malgré ça, il a eu du mal à comprendre. Heureusement que madame Saintonge était encore dans sa chambre. S'ils s'étaient croisés, je ne sais pas ce que j'aurais fait.

— Heureusement qu'on vous a, Christine. Vous veillez sur la vie de l'hôtellerie tout autant que Sœur Adélaïde. Mais vous, ce serait plutôt la version Cerbère du plus pur style pitbull. Les importuns n'ont qu'à bien se tenir.

— C'est pas faux. Il ne faut pas y toucher, à cette hôtellerie. Ni à mes petites sœurs.

— Bon, eh bien nous, on va vous laisser œuvrer à la préparation du repas de ce midi et nous allons marcher un peu. À tout à l'heure Christine.

**

— On est bien ici, non ?

— Tout à fait, répond Martine. Ça me fait penser à ma vie dans les Vosges. J'adore ce genre de paysage. Je me demande comment j'ai pu vivre en appartement pendant ces deux longues années !

— Pareil pour moi. Et en même temps, je garde de mon ancien appartement un excellent souvenir. Il faut dire que c'était pour moi une période charnière, un transit bien agréable.

— Comme quoi, tout est acceptable, ça dépend juste des circonstances.

Silence. Jacinthe ne sait trop comment aborder le sujet de son enquête. En y allant franco ?

— Tu as vu ton chéri avant de partir ?

— Oui, oui, toute une journée ensemble. Très chouette, comme toujours.

— Et très caché ?

— Oh, pas tant que ça. Balade au bord de l'eau le long du canal.

— Il n'avait pas peur de rencontrer des connaissances ?

— Apparemment, non. Et puis il vit un peu plus loin, à une

quarantaine de kilomètres. Tu connais sûrement. Il a sa maison en face de l'écluse.

— Ah oui, je vois. C'est joli par là.

— Oui. Nature, nature… Et en prime, l'eau qui coule.

Nouveau silence. Jacinthe résume : Dominik, en face de l'écluse. Il n'y a pas plus de quatre ou cinq maisons à cet endroit-là. Pourvu qu'il soit dans l'annuaire. Avec un prénom comme le sien, c'est heureusement plus simple.

— Et avec sa femme ?

— Elle semble un peu perturbée, avec des moments d'agressivité qu'elle ne contrôle pas. Il me dit juste que ça ne colle pas avec son prénom. Un prénom de fée. Mais encore une fois, je ne pose pas trop de questions.

— C'est drôle, comme remarque. Un commentaire pas banal. C'est quoi ce prénom de fée ?

— Viviane. La fée Viviane.

— Les Chevaliers de la Table Ronde…

— Ouais. J'ai lu un livre très beau là-dessus, *Les Dames du lac*. Un univers féerique ! Mais lui, ce qu'il vit c'est tout sauf féerique.

— Du coup, il vient chercher un peu de magie auprès de toi.

— Ça doit être ça.

Nouveau silence. Dominik et Viviane, en face de l'écluse. Parfait, tout ça !

J'irai chatouiller les pages jaunes, en rentrant de nos vacances.

Retour à l'hôtellerie. Monsieur Enquiquineur a disparu, sans prendre congé de personne. Sa voiture s'est également envolée. Martine et Jacinthe se demandent s'il n'a pas fini par comprendre qu'elles se doutaient de quelque chose. Il a pu fuir se sachant plus ou moins découvert dans son imposture.

— Parti à la cloche de bois ? demande Jacinthe.

— On ne sait pas, lui répond la sœur. Personne ne l'a aperçu de la matinée. Drôle d'attitude, quand même. En même temps, il ne semble vraiment pas bien dans sa peau.

— Effectivement, c'est l'impression qu'il donne. Il parle de lui tout le temps, mais toujours pour exposer ses grands malheurs. Sa vie semble être un vrai fardeau. Un chemin de croix. S'il nous joue Jésus le retour, je me demande à quelle station il en est de son chemin de croix personnel. À votre avis ? Oh ! Excusez-moi, ma Sœur ! Je me suis laissée emporter par les idioties dont j'ai le secret.

— Ne vous inquiétez pas, je comprends ce que vous voulez dire. Et puis, je ne m'arrête pas à l'emballage. Et comme on dit… l'habit ne fait pas le moine, n'est-ce pas ?

Ah cette sœur, se dit Jacinthe, *un sacré humour pour le moins inattendu de la part d'une nonne.*

— Ben moi, dit Martine, il me ferait plutôt penser au juif errant. Toujours à se lamenter sur nos épaules à défaut de mur, de ses pérégrinations en voiture. La route est fatigante et en plus il ne sait jamais à l'avance qui va accepter de l'héberger, et patati et patata. Il dit être dans l'angoisse permanente de trouver un gîte.

— Oui, c'est vrai, reconnaît la sœur. Et puis, vous avez remarqué sa voiture, ou plus exactement son contenu ? Pas de sièges arrière. Une couverture jetée sur un amoncellement d'objets. Apparemment, il a toute sa vie là-dedans.

Après un silence, la sœur ajoute :

— Ah, au fait ! Pour le prénom, j'ai vérifié dans mes tablettes, il m'a dit s'appeler Jean-Philippe Martel.

— Merci, ma Sœur ! Ça va nous aider dans nos recherches.

Madame Pétunia s'approchant, la discussion cesse et Sœur Adélaïde annonce haut et fort « eh bien moi, je vais préparer les chambres pour les nouveaux arrivants de cet après-midi ». La petite mamie est accompagnée de Mathilde qui lui sert de chaperon personnel en attendant que sa famille vienne la chercher. Après quelques pas dehors, Mathilde raccompagne madame Jonquille dans sa chambre.

— Elle fatigue vite, cette madame Saint-Ange (les bons mots des dyslexiques). Et en même temps, vous parlez d'un ange ! Elle ne rate pas une occasion d'être désagréable. Avec moi, en tout cas. Toujours à critiquer tout ce que je fais et à m'accuser de tous les maux de la terre. Et Christine qui ne demande pas mieux que de la croire…

Et la voilà partie vers la cuisine où l'attend justement Christine.

N'empêche, se dit Jacinthe, *heureusement qu'elle est là pour surveiller la mamie, la petite Mathilde. Sinon, ce serait drôlement rock'n'roll !*

Je vois bien, moi, qu'ils me prennent tous pour une cruche. J'ai même entendu une dame dire de moi que je lui faisais pitié ! Non, mais, pitié, et puis quoi encore ?

Tout ça parce que j'ai du mal à m'exprimer comme il faut. Pas de ma faute, si je suis dyslexique. Et en plus, il paraît que j'ai commencé à parler qu'à six ans. Je me suis pas mal rattrapée, quand même.

Mais bon, dyslexique, mais pas aveugle. Ni idiote. Je comprends plus de choses que ce qu'ils croient tous. Et puis, moi je l'ai vu partir monsieur Casse-Pieds avec sa voiture pleine comme un œuf. Et je l'ai entendu, aussi. Au téléphone. Juste avant de partir. Je sais où il va, moi, et pourquoi. Il est pas du tout parti à la sonnette de bois, comme disait madame Jacinthe tout à l'heure. Ça aussi, j'ai compris, faut pas croire. Mais comme ils me regardent tous comme si j'étais une pauvre demeurée, eh bien je leur dirai pas où il est parti. Pfffff ! Pitié de moi…

Juste avant le repas du soir, Martine vient se poster en face de Jacinthe, jubilatoire et impatiente.

— Toi tu as reçu pas plus que tard que très récemment un coup de fil des environs de Lille. Je me trompe ?

— Non, tu as tout à fait raison ! Allez, viens. Colombo va tout vous expliquer, à Sœur Adélaïde et à toi. Elle va être sidérée, notre petite sœur.

Bien. Bureau de la sœur le retour. Il n'est pas loin de 19 heures. Heureusement qu'il y a les offices et les balades pour souffler un peu ! Ce séjour spirituel et intimiste commence à tourner au stage d'investigation des forces secrètes, ou quelque chose d'approchant.

— Alors ?

La sœur attendait la visite des deux amies avec impatience, elle frétille comme une gamine.

— Eh bien, nos impressions sont confirmées, ce monsieur ne fait absolument pas partie du séminaire de Lille. Il n'apparaît même pas comme postulant évincé, ou en cours de demande. Pas de Jean-Philippe Martel dans leurs annales. Sur les cinq dernières années, en tout cas.

— Je n'en reviens pas. Je me suis fait avoir comme une débutante. D'ordinaire, je téléphone à la personne responsable du séminaire, ou au moins à celle qui m'est donnée comme référente. Là, devant l'urgence de loger ce monsieur, je ne l'ai pas fait. Et puis, nous étions tellement occupées par la préparation de la réunion de famille de Sœur Jeanne ! Cent personnes, c'est pas simple à gérer.

— Il vous reste à décider ce que vous allez faire concernant son séjour ici. J'ai vu sa voiture de retour sur le parking.

— Écoutez, là, je vais à peine prendre des gants. Je vais lui faire comprendre que sa présence devient gênante du fait que je n'héberge normalement que des femmes. J'ai bien envie quand même de lui faire savoir que j'ai eu un contact avec Lille. Qu'il sache que je ne suis pas dupe !

— Je ne vous le conseille pas, lui dit Jacinthe. Vous n'avez pas pu entendre ce qu'il disait à madame Saintonge lorsque nous sommes arrivés dans la pièce où il déjeunait. Tu te souviens, Martine ?

— Ben non, pas vraiment.

— Mais si, des menaces à peine déguisées. Du style : vous allez vous attirer des ennuis, vous ne savez pas de quoi je suis capable… C'était assez clair pour que la petite dame se taise séance tenante.

— Donc, vous me conseillez de tenir ma langue ?

— Oui, ma Sœur, nous vous aimons beaucoup et ne tenons pas à ce que vous fassiez la une de la feuille de chou locale dans la rubrique des agressions ou des disparitions.

— Je dois vous dire autre chose, intervint Martine. Mon informateur va me transmettre une suite sous peu, certainement pas avant demain. Son interlocuteur au séminaire lui a dit que ce nom de famille lui rappelait quelque chose, mais qu'il ne savait plus quoi. Il va chercher. D'autant qu'il a l'impression d'un souvenir désagréable lié à ce nom. Nous verrons bien.

— Je vais aller voir monsieur Martel dès maintenant, dit la sœur. Quelqu'un l'a-t-il aperçu quelque part ?

— Pas pour le moment. Dès que l'une de nous le croise, nous lui demandons de venir vous voir.

— Qu'il ne se méfie pas, surtout.

— Il suffit de le flatter. Nous lui dirons que vous avez besoin de lui pour discuter d'un sujet qui vous tient à cœur. Ce qui aura de plus le mérite de ne pas être un mensonge…

— Parfait ! Je l'attends. Le dîner est à 19 h 30, nous avons encore un peu de temps.

19 h 15. Monsieur Écoutez Moi se dirige vers Jacinthe, la seule à être dehors, d'un pas toujours aussi speed. La sérénité n'est pas son maître-mot. Toujours sur le pont, toujours le regard à l'affût d'une personne à interpeller. Mais aussi toujours comme le lait sur le feu, prêt à déborder d'un seul coup quand on s'y attend le moins. Sa présence à elle seule rend tout le monde nerveux.

Il inonde Jacinthe de sa logorrhée, avec pour unique sujet lui-même et le détail de son emploi du temps de l'après-midi. Jacinthe lui parlerait bien de madame Camélia, histoire de l'arrêter, mais elle craint que monsieur Nombril ne le prenne mal.

Il lui explique donc en détail comment il a réussi à trouver un coiffeur (ça, c'est fort !) qui a pu s'occuper de son auguste chevelure dès son arrivée dans le salon. Doit-on voir là un signe ? Le doigt divin se serait-il posé sur cet homme-là ? Au point de lui permettre de trouver un coiffeur disponible, comme ça, d'un coup d'un seul. Incroyable ! En plus, comble de la protection divine, le susdit coiffeur lui a tout à fait correctement coupé les cheveux. Re-incroyable !

Voici donc Jacinthe rassurée sur l'entretien de son crâne. Il en profite pour la rassurer sur une autre partie de sa palpitante et enviable vie : il a également réussi à trouver un endroit où se faire héberger pour une petite semaine, d'ici deux ou trois jours. Ça, c'est une chance ! La tranquillité du lieu va y gagner.

Mais le voilà qui prend des nouvelles de madame Orchidée. Que Jacinthe lui donne. Elle le rassure de plus sur le fait que la petite dame semble avoir totalement oublié leur altercation. C'est plus prudent.

Jacinthe va retrouver Sœur Adélaïde.

— Monsieur Martel part après-demain, normalement. Je vous conseille plutôt de lui parler à ce moment-là. On ne peut pas prévoir comment il risque de réagir. J'ai demandé à Martine de ne pas lui parler non plus.

— Vous avez raison. On va faire comme ça.

— Il va falloir tenir madame Saintonge à distance. Si elle recommence à l'agresser, ça risque de tourner au fait divers.

Jacinthe et Martine profitent de la fraîcheur du soir, assises dans l'herbe.

— Jacinthe, tu ne m'avais pas dit que c'était un lieu de retour au calme intérieur ?

— Sur le papier, et dans la pratique, c'est le cas. Mais là, la sérénité du lieu est mise à rude épreuve. Comme si on voulait lui imposer de se justifier, de prouver sa capacité à faire du bien, à protéger.

— Tu as remarqué, pour monsieur Martel ? lui répond Martine. Pour l'heure, il n'a assisté quasiment à aucun des offices de la journée. Pour quelqu'un qui se dit séminariste, c'est assez particulier non ?

— Ce qui est étonnant, c'est qu'il ne se rende même pas compte que ses comportements ne cadrent pas du tout avec ce soi-disant statut de séminariste. Il a pourtant l'air d'être intelligent. Il est vraiment à fond dans son truc, sans aucune conscience de l'image qu'il donne à voir.

— Tiens, à propos de cachotteries, j'ai fait un truc pas très correct. Mais bon, tant pis. Il était tellement bizarre dès le début, ce personnage. Avant de sortir de l'église tout à l'heure, j'ai feuilleté le livre où l'on peut écrire. Je l'avais vu s'y plonger armé d'un énorme stylo, à la fin du seul office auquel il soit allé. Et j'ai trouvé son laïus sans difficulté : lettres énormes (l'art de s'imposer), d'un épais trait noir (indélébile), énumération de plaintes de toutes sortes (le pauvre juif errant et persécuté). Tu devrais aller voir, c'est édifiant.

— Dès que je peux, j'irai voir, et je te dirai ce que j'en ai pensé. Dis donc, on irait pas se coucher, là ?

— Tout à fait. Ah, au fait, j'ai appelé mon frère. On peut passer le voir après-demain. Ça te dit ?

— Parfait ! Le jour du départ de monsieur Bizarre. Je préfère ne pas laisser Sœur Adélaïde toute seule avec lui. Et puis, c'est aussi le jour où la famille de madame Hortensia vient la chercher.

— Alors, bonne nuit, ma grande.

— Bonne nuit à toi aussi. À demain.

Le téléphone de Martine sonne à ce moment-là.

— C'est mon chéri ! Je te laisse, Jacinthe. À demain !

Ça, c'est bizarre, se dit Jacinthe. Ce n'était pas un appel entrant, mais la sonnerie de son réveil. J'en jurerais. C'est vrai qu'elle a pu changer de sonnerie, mais il me semble avoir clairement vu le cadran du réveil s'afficher. C'est quoi encore, cette histoire ? Pourquoi me fait-elle croire à un appel de son amoureux ? Auraient-ils déjà rompu ? Ce serait trop moche.

En même temps, elle avait vraiment l'air joyeux d'une amoureuse qui voit s'afficher le nom de son chéri sur son téléphone… Bizarre. Décidément étrange, cette histoire. Mais bon, la nuit porte conseil dit-on, alors hop ! Au lit.

À travers la cloison, Jacinthe entend la voix de son amie, en conversation avec son chéri. *C'est pas beau* d'espionner, se dit-elle, *mais là, quand même…*

— Bonsoir, mon amour. Comment a été ta journée ?

—

— Oui, pour moi aussi c'est dur de ne pas te voir pendant toute une semaine. Ça va, avec ta femme ? Elle ne te harcèle pas trop ?

—

— Samedi. Plutôt en soirée. Tu veux qu'on se voie quand j'arrive ?

— Alors, je m'arrange pour partir de façon à être là pour te recevoir vers 19 h. Tu dors chez moi ?

—

— C'est vrai ? Tu peux ? Formidable ! Tu sais, après-demain je vais voir mon frère. J'aimerais tellement que tu fasses vraiment partie de ma vie. J'ai hâte de te présenter à mes enfants, mes amis, ma famille... Tout le monde quoi. Je suis tellement fière de notre histoire.

—

— Oui, je sais bien. Tu as des touches pour un travail ? Après tout, indépendance financière égale indépendance tout court...

—

— Mmm, mmm, je comprends. Oui, bien sûr. Ne t'inquiète pas je suis patiente.

—

— D'accord. Bonne nuit à toi, mon chéri. À demain.

Ça ne me plaît pas trop, tout ça. Bien, admettons que l'ambiance enquête psychomystique ait quelque peu déformé ma vision des choses. Nous verrons demain...

Quatrième jour

— Jacinthe, tu tombes à pic ! Je viens justement de rapporter à Sœur Adélaïde une conversation que j'ai entendue ce matin sous ma fenêtre. Il était assez tôt et je venais d'émerger, tirée de mon sommeil par une voix forte. J'ai reconnu monsieur

Martel. Il était au téléphone. *A priori*, il échangeait avec un frère de je ne sais quelle abbaye, à propos de son hébergement pour ces prochains jours. Jusque-là, rien d'exceptionnel. Mais ce qui m'a interpellée, c'est lorsqu'il s'est mis à parler de son précédent séjour dans ce monastère. C'était quelque chose comme : « Vous vous souvenez de moi ? Je suis venu chez vous il y a cinq ans de cela, en plein mois d'août, juste après le décès de mon frère jumeau. J'étais très mal et vous m'avez beaucoup aidé pour remonter la pente. » Je n'ai pas entendu la suite, il avait dû s'éloigner.

— Eh ben dis donc, quand on disait qu'il n'allait pas bien dans sa tête, celui-là ! Entre son besoin de laisser sa trace partout où il passe et celle de se faire écouter par tout le monde, il est clair qu'il a un énorme besoin de reconnaissance. Comme si on allait se souvenir de lui au bout de cinq ans !

— C'est bizarre, cette histoire de frère jumeau, non ? Ça doit être un sacré traumatisme, quand même. De quoi disjoncter, on dirait. Il est encore à fond dans cette histoire.

— Manifestement, il a besoin d'être vu comme celui qui a vécu des malheurs exceptionnels. Il veut être une personne hors du commun. Ce jumeau, c'était peut-être sa seule famille en plus.

— Pour ça, j'ai l'info, par contre. Il parle de sa famille dans le livre de l'église. Tu devrais aller lire ce qu'il a écrit, vraiment.

— Après tout, tu as raison. Depuis hier, je dois y aller et je ne l'ai toujours pas fait. Je vais voir ça maintenant et je te dirai à mon retour ce que ça m'a inspiré. À plus tard, Martine.

Arrivée dans l'église, Jacinthe hésite un peu, mais finit par se décider à consulter les fameux écrits. Que va-t-elle apprendre sur l'état mental du personnage ?

Elle ouvre tout d'abord à la page du jour, puis remonte dans le temps en feuilletant à l'envers les pages du grimoire. Le passage concerné est vite repéré : très grande écriture, stylo plume noir et épais, geste saccadé, nerveux, écriture qui s'étale, prend de la place, s'impose. Deux pages complètes où apparaissent des tirets, permettant de mettre en valeur une énumération de doléances. Jacinthe se lance dans la découverte du contenu. Le voyeurisme, ce n'est pas son truc. Pourtant, elle a promis à Martine de lui donner son ressenti.

Première lecture épuisante.

Le graphisme, à lui seul, est fatigant. Trop épais, trop nerveux, il en devient agressif. Le contenu, lui, est indigeste, terriblement indigeste. Jacinthe arrive à la fin de la tirade totalement épuisée. Il est si difficile pour elle d'évacuer toute la haine qui dégouline de ces quelques lignes.

Il lui faut faire une seconde lecture des deux pages, plus lentement, pour parvenir à n'en saisir que des informations, de pures informations déshabillées de leur agressivité.

Je devrais peut-être me pincer ? Comment un être humain un tant soit peu équilibré pourrait-il écrire de telles choses ? Et dans un livre qui trône à l'entrée d'une église, qui plus est ! Ce type est totalement désaxé. Mais jusqu'à quel point ? Sous quelles conditions un traumatisme peut-il rendre dangereuse la personne qui l'a subi ? Car c'est bien cela, le problème, le danger pour ceux qui le côtoient.

Avant tout, Jacinthe a reçu en pleine face, coincée entre ces deux pages, un flot incroyable de haine de la part de ce monsieur qui se déchaîne contre les membres de sa famille, uniquement. Il les accuse de toutes les vilenies. Ce sont, selon lui, d'odieux personnages sans foi ni loi, surtout sans foi, attirés uniquement par l'argent et le pouvoir, incapables du moindre sentiment de pitié ou de compassion. Ils passeraient leur temps à le ridiculiser, à le rabaisser. Pour lui, leur avenir est en Enfer. Son frère jumeau aurait été la seule personne digne d'intérêt. Il pleure chaque jour sur sa perte, tout autant que sur lui-même. Insistant ici aussi sur son errance d'un lieu à un autre. Il dit clairement ne jamais trouver une vraie terre d'accueil. Les voyages pénibles en voiture le fatiguent de plus en plus. À la fin de cette logorrhée, retour sur sa famille honnie qui mérite désormais le bûcher...

Jacinthe repart, gardant en elle l'ambiance pesante qui émanait de ces deux pages venimeuses. Elle réalise que ce monsieur est sans aucun doute capable d'une grande violence. S'il devait exprimer physiquement toute cette haine, face à une personne qu'il assimilerait à son clan familial, on pourrait assister à un déchaînement terrible.

Martine attrape son amie au passage, lorsque celle-ci sort de l'église.
— Alors ? Tu as pu accéder aux saintes écritures du monsieur ?
— Oui. C'est effrayant de voir sur quoi il vit, cet homme-là ! Le jour où ça va péter, soit il implose, soit il tue quelqu'un !
— Je viens d'apprendre autre chose sur son compte. Mon

ami du diocèse de Lille vient de me rappeler. Il a retrouvé pourquoi son nom de famille lui rappelait quelque chose. En fait, il y a bien eu chez eux un Jean-Philippe Martel, qui avait démarré ses études pour devenir prêtre. C'était il y a six ans environ. Mon ami n'était pas encore sur Lille, il n'est arrivé que depuis deux ans. Au bout d'un an, ce monsieur Martel est décédé brutalement d'un accident vasculaire cérébral. Ce dont ses collègues se souviennent surtout, c'est de l'attitude de son frère le jour des obsèques. Il est arrivé dans un état d'excitation extrême. Il était seul, évitait soigneusement le contact avec sa famille, et lorsque sa propre mère s'est approchée de lui, il a hurlé qu'elle n'avait pas le droit de le toucher, qu'aucun membre de cette famille ne devait s'approcher de lui… Un incroyable scandale qui a bien évidemment choqué tout le monde. Un frère a tenté de le calmer, en vain. Cet homme a finalement quitté la cérémonie en reprochant mille choses à ses parents, dont la mort de son frère tant aimé. Plus personne ne l'a revu après cela.

— Ce qui va bien dans le sens de ce que nous avons observé pour l'instant, remarque Jacinthe. Ainsi donc, il poursuit la vie de son frère mort à sa place. Il a plus ou moins endossé son identité, se prend pour un éternel séminariste et vagabonde partout en France. Une âme errante… Mais il vit de quoi ?

— Apparemment, sa famille lui verse une rente mensuelle dont il n'est même pas conscient. Que son compte bancaire soit toujours alimenté sans qu'il travaille pour cela ne semble pas l'interpeller.

— Ceci dit, vu l'état mental dans lequel il se trouve, rien d'étonnant à cela. Il ne vit pas dans le même monde que nous.

— On en fait quoi de tout ça ? demande Martine.
— Sœur Adélaïde est au courant ?
— Oui, ça y est. La pauvre ! Quand je suis partie pour te rejoindre, elle était encore assise dans son fauteuil, un éventail dans une main et un verre de thé glacé dans l'autre. Je lui ai dit de prendre le temps de se reposer un peu, que Christine et Mathilde s'occupaient de l'intendance et qu'on verrait quoi faire après le déjeuner.

Tout le monde est attablé, et Jacinthe lance la conversation avec monsieur Centre du Monde. Pas compliqué de le faire parler, il suffit de le poser au cœur du débat.
— Alors, mon Père... Ou peut-être est-ce trop tôt pour vous appeler ainsi ?
— Effectivement, c'est un peu prématuré.
— Où vos pas vont-ils vous mener, maintenant ? Toujours en France ? Ou un peu plus loin ? Vous parlez italien, il me semble, non ?
— Oui, oui, tout à fait, c'est une langue que j'aime beaucoup. Mais là, je reste en France. Dès demain, je serai en Normandie à l'abbaye de Saint-Wandrille.
— Oh ! Mais je connais cette abbaye. La région est bien belle.
— C'est exact.
— Vous connaissez déjà ?
— Oui, j'y ai déjà séjourné il y a quelques années.

Le repas est animé, l'atmosphère est plus détendue et monsieur N'aimez que moi semble plus calme.
Ouf ! Le repas se termine enfin, et à peine la table

débarrassée, Martine et Jacinthe se précipitent vers l'accueil.

— Ça y est, ma Sœur, on a l'info. Il va à Saint Wandrille !

— Formidable ! Je vais appeler là-bas, qu'ils essaient de l'aider. Et après, à part nous en remettre à Dieu…

Cinquième jour

Le lendemain, madame Gardénia est prise en charge dès 9 h par sa famille, qui est bien gênée de ses débordements. Ils n'en finissent plus de se confondre en excuses. Quant à la petite dame, elle reconnaît sa petite fille, mais pas sa fille. Ça promet ! Ils n'ont pas fini de se faire du souci pour elle.

Trente minutes plus tard, c'est au tour de monsieur Pigeon Voyageur de prendre son envol.

— Ira-t-il seulement là où il nous a dit ? demande Sœur Adélaïde en le regardant s'éloigner.

— À mon avis, rien de moins sûr. C'est loin, la Normandie. Chemin faisant, il peut lui passer tellement d'autres idées par la tête.

— Que voulez-vous, nous ne pouvons pas sauver tout le monde. Bon, je retourne à mes préoccupations, j'ai pris bien du retard dans mes obligations avec tout cela.

— Ma Sœur, nous allons vous souhaiter une bonne journée. Comme nous vous l'avions annoncé, nous allons passer la journée avec le frère de Martine. À ce soir ?

— Merci pour votre aide, en tout cas. À ce soir, et que cette journée ne nous apporte pas de nouveau personnage défiant l'entendement.

Jeudi 23 juillet 2015 (cinquième jour)

Jacinthe et Martine arrivent chez le frère de celle-ci vers 10 h. Ils ont largement le temps de voir toute sa propriété avant de déjeuner. Faire connaissance avec chaque mouton, les trois ânes, les dix ou douze canards de la mare, gardiens des lieux comme le furent les oies du Capitole en d'autres temps, la chèvre qui se languit de son bouc, décédé il y a peu d'un accident vasculaire cérébral, les deux oies, le jars, Confit, et la femelle, Rillettes. Pas sûr qu'ils apprécient l'humour de leurs maîtres…

Chaque mur, chaque partie du sol, que ce soit dedans ou dehors, chaque parcelle de toiture, charpente et couverture, chaque porte, chaque fenêtre, tout a été restauré par le frère de Martine, en respectant l'équilibre de l'ensemble, la façon de faire, les matériaux, toujours de l'ancien récupéré ici ou là. Que chaque ajout, chaque réparation soit en accord avec le reste. Alors, pas question de mettre des matériaux neufs, sans aucun vécu, mélangés à des matériaux anciens qui ont déjà toute une histoire en commun.

Les chiens, Noë et Boudu, ont leur histoire aussi. Noë est venu frapper à leur porte un jour de déluge, d'où son nom. Et

Boudu a été sauvé de la noyade par son maître, d'où son nom aussi, en référence au film de Jean Renoir, *Boudu sauvé des eaux*. Beaucoup de rapport à l'eau, ici. Dans une chapelle, quoi de plus normal ? L'eau bénite, l'eau du baptême, l'eau de la vie.

Noë a une niche magnifique, tout en bois flotté, en forme d'arche. Logique. Et il dort sur le canapé. Logique. Boudu n'a pas de niche. Du coup, il dort sur le canapé. Logique. Boudu a le menton tout de travers. Le frère de Martine lui trouve de faux airs de Michel Simon, comme dans le film. Noë, lui, passe son temps – quand il ne dort pas – à tâcher de rassembler tous les animaux du jardin. Tout le monde dit que c'est parce que c'est un chien de berger, l'instinct, y a que ça de vrai. Le frère de Martine, lui, dit que c'est à cause de son nom. Il réunit tout le monde en prévision du grand jour, celui où il devra sauver toutes les espèces animales du déluge. Sa femme, elle, dit que c'est un peu à cause des deux : être chien de berger, quand on doit réunir tous les animaux sur un même bateau, ça peut aider. Pour le moment, Boudu et Noë testent avec assiduité le confort du canapé, les animaux en perdition n'ont qu'à monter tous seuls sur le bateau…

Le frère de Martine, Daniel, a toujours rêvé de vivre dans une chapelle. Et il a réalisé son rêve. Et mis à part la réfection des murs, des fenêtres, de la toiture, la création de la mare, l'adoption des animaux promis à l'abattoir, l'élevage de perroquets, la collection de phasmes et la fabrication de tous les meubles, il ne faut pas oublier la récupération de voitures anciennes, elles aussi promises à l'abattoir, et qui se pavanent désormais dans son immense hangar, anciennement appelé grange. Elles sont toutes plus ou moins désossées, en général avec une carrosserie plutôt pimpante, mais les entrailles prélevées, en attente de décapage-réparation-huilage-remontage. Elles se tiennent compagnie, les unes françaises, les autres américaines, voire allemandes. Elles ne parlent pas la même langue, mais ce n'est pas bien grave. Daniel, lui, sait qu'elles l'attendront en toute confiance. De temps en temps, quand il peut, il ouvre la porte du hangar, et arrive avec une pièce toute belle toute rutilante. Des fois, il y en a même deux ! Et trois les jours de fête ! Chaque voiture tend ses phares en avant, deux grands yeux ouverts qui espèrent que ça va être vers eux que va venir leur bienfaiteur. C'est pour qui ? C'est pour qui ? C'est pour qui ? Chacune son tour, c'est comme ça. Peu à peu, les pièces se mettent en place, et un jour peut-être, l'une de ces dames se verra offrir une clé toute proprette, et là, un tour de la susdite clé, et hop ! Son moteur rugira comme un lion magnifique et fringant. Ah… Ce sera vraiment bon de vivre ce moment-là !

Là encore, ce sont les œufs des aras qui aident bien souvent à retrouver la pièce ou le morceau de pièce à faire fabriquer sur mesure. Merci, les perroquets ! Cette chapelle, c'est effectivement une sorte d'Arche de Noë, où tout le monde est solidaire. C'est grâce au tracteur réparé que Daniel a pu creuser la mare, et ainsi adopter les oies et les canards. C'est aussi en creusant cette mare qu'il a trouvé de magnifiques pierres blanches, qui forment désormais la structure du canapé tout à fait intransportable, et pour cause. Et c'est en allant se débarrasser du vieux canapé de tissu que Daniel a fait la connaissance de cet homme ingénieux qui l'aide à réparer les voitures. Les phasmes, eux, ont permis à Daniel de remporter un concours photo, où il est devenu ami avec un couple de vétérinaires, et il peut ainsi faire soigner tous ses animaux à moindre coût. Ce sont eux aussi qui lui ont parlé de l'occasion de vendre les œufs de ses perroquets, eux-mêmes n'ayant jamais réussi à obtenir que les leurs pondent. Les perroquets, quant à eux, aident tout le monde, avec leurs œufs inestimables. Ainsi, tout ce petit monde cohabite et s'entraide, plus ou moins directement, plus ou moins consciemment. Bel équilibre dans cette chapelle qui se situe non loin d'un monastère où l'on recopiait jadis des livres qui allaient alimenter les bibliothèques des riches seigneurs de la région.

L'histoire du château auquel appartenait la chapelle est là-haut, dans le grenier. Des liasses d'actes officiels, scellant les héritages et cessions successifs, des bâtiments et des droits d'usage des terres alentour. Tous ces documents officiels qui retracent l'histoire de l'ancien domaine, et – à lire entre les lignes – l'histoire des hommes et des femmes qui vécurent, se marièrent, travaillèrent, naquirent et moururent sur ces terres. Jusqu'à l'abandon des lieux, il y a de cela des années, en prévision de l'arrivée de Daniel et de sa femme, qui lui donnèrent une autre vie, firent prendre à son destin une autre direction.
Jacinthe est partie se plonger dans ces vieux dossiers, elle adore l'odeur des papiers hors d'âge, les écrits incompréhensibles de notaires du temps passé. Certaines phrases sont désopilantes en raison de leur hermétisme.

Daniel l'a accompagnée, et lui explique les différentes époques du domaine. Elle en profite pour parler avec lui du chéri de Martine, et lui explique le pourquoi de sa curiosité : elle craint que son amie ne se soit engagée dans une histoire qu'elle va regretter.

— Tu sais des trucs à propos de lui ? questionne Jacinthe.
— Pas grand-chose. Son prénom, Dominik avec un K à la fin. Mais je crois que c'est tout. Ah si, son âge, quelques mois d'écart avec Martine. Pas d'enfants. Sans travail, dépendant financièrement de sa femme. Martine m'a parlé de leur relation comme quelque chose de doux et de tranquille.
— Toi et ta femme ne l'avez pas rencontré ?
— Non, non. Elle nous dit que pour le moment, il ne tient pas à rencontrer les gens de l'entourage de Martine ni à la présenter à sa famille et ses amis.
— En bref, il ne veut pas officialiser ?
— C'est un peu ça, oui.
— Et pour toi, ça veut dire quoi ?
— Je ne sais pas. J'ai peur que ce soit juste un homme marié qui vit une aventure, et rien d'autre.
— Elle t'a parlé des relations de Dominik avec sa femme ?
— Oui, tout à fait. Elle m'a évoqué son agressivité, qui tournerait parfois à la violence. Mais sans précisions. Tout ça est bien flou.
— En parlant de flou, elle t'a montré des photos du monsieur ?
— Aucune. D'ailleurs, elle m'a dit que tu devais pouvoir l'aider à trouver le problème sur des photos d'un séjour, où il devait apparaître, mais qui étaient en quelque sorte vides de

sa présence.

— Je n'ai trouvé aucune trace de retouche et je le lui ai dit. Pour le moment, le mystère reste entier. Ça l'a agacée.

— Dis-moi, tu sembles ne pas tout me dire… Je me trompe ?

— Eh bien, j'ai pensé à un truc un peu fou. Ça m'a traversé l'esprit comme ça, sans prévenir, et je n'arrive pas à me débarrasser de cette idée. C'est à cause de petits détails. Un serveur qui n'entend pas la commande faite par Dominik et Martine qui doit répéter pour lui, un barman qui ne regarde qu'elle et jamais Dominik, des gens qui ont partagé leur stage et passent devant lui comme s'il n'était pas là… C'est des petites choses, à chaque fois juste une courte phrase de Martine, une remarque qu'elle se fait à elle-même. Trois fois rien, mais à plusieurs reprises. Et puis, combiné avec l'ambiance générale de cette histoire, j'en suis arrivée à une conclusion carrément folle, mais je ne parviens pas à trouver une autre explication, même en essayant d'adopter un nouveau point de vue.

— Tu penses que ce type n'existe pas vraiment, que c'est une sorte de fantôme, c'est ça ?

— Oui ! Tu penses à la même chose ?

— Ben oui. Ça s'est imposé à moi. Et même si je me dis que c'est une hypothèse tout à fait idiote, je n'arrive pas à trouver une autre explication.

— On a lu trop d'histoires fantastiques et de science-fiction dans notre jeunesse, tu crois pas ? demande Jacinthe.

— C'est pas idiot. C'est peut-être l'observateur, toi ou moi, qui est corrompu par son passé. On ne peut tirer de conclusions à partir d'informations ou d'indices qu'en s'aidant des outils de mesure que l'on possède. Si on est formaté sciences occultes, monde de l'étrange, vies parallèles, alors on en verra partout. C'est logique. En ce qui me concerne en tout cas, j'en ai lu des tas, de bouquins sur le sujet des fantômes, des lieux hantés, des hommes ou femmes possédés, des mystères mystiques et autres foires aux questions dont on ne trouve jamais les réponses.

— Le trésor de Rennes-le-Château !

— Tu m'étonnes !

— Les statues de l'île de Pâques, Mu le continent perdu, les Atlantes...

— Exactement ! Du coup, on doit en penser quoi ? Pas de réponse, un mystère de plus.

— Bon. Même si on sait pas quoi en penser, on peut tout de même agir, non ? On fait quoi ?

— À mon avis, rien, répond Daniel. On attend que Martine nous apporte plus de grain à moudre. Je la connais bien, si on fait mine de ne plus s'intéresser à son histoire, elle va venir d'elle-même vers nous, pour nous abreuver de nouvelles informations.

— Et ça peut durer combien de temps avant qu'elle y vienne ?

— Pas plus de deux ou trois semaines.

— Donc, si dans un mois elle est toujours muette, il faut s'inquiéter et aller à la pêche aux infos par nous-mêmes ?

— C'est à peu près l'idée.

— OK. Alors, va pour l'immobilisme.

— Bon, on redescend ? On nous attend en bas, je sens d'ici les bonnes odeurs de cuisine.

— Oui, mais avant, on échange nos numéros de portables, ça pourra être utile.

Durant le retour vers l'abbaye, Jacinthe donne le change en parlant des papiers que Daniel lui a montrés dans son grenier. Elle se montre même incollable sur le sujet.
— Tu sais, dit Martine, que chez nous il pleut comme si le déluge avait commencé ?
— Ah bon ? Non, je ne savais pas.
— C'est ma mère qui m'a dit ça. Elle garde la maison en mon absence. Elle aime bien s'occuper du coin des rosiers.
— J'appellerai mon petit étudiant tout à l'heure, qu'il aille vérifier qu'aucune fenêtre n'est restée ouverte. En ce moment, il est chez un copain pour l'aider dans des travaux de peinture.

Pourvu que les tuiles qui manquent ne se remarquent pas trop de la rue. Normalement, les chambres du haut devraient être suffisamment abîmées pour que ce soit inhabitable en l'état. J'espère quand même que ça ne va pas être trop marécageux. Juste ce qu'il faut, mais pas trop...

Au moment de se souhaiter bonne nuit, les deux amies profitent de la pelouse accueillante pour s'allonger sous les étoiles. La Voie lactée est là, longue bande mouchetée qui les recouvre. On pourrait croire à un voile de mousseline, qu'il serait si simple de toucher du bout des doigts, de faire voleter d'un simple souffle. L'Univers a posé là une toile légère toute de lumière, pour faire rêver les audacieux et pousser les poètes à s'épancher sur leur feuille blanche.

On dirait qu'on serait deux princesses, et qu'on serait couchées au clair de lune, en attendant notre prince charmant, et pis on dirait qu'il arriverait au milieu des étoiles pour se poser dans l'herbe près de nous, et après on dirait qu'on partirait là-haut dans la Voie lactée pour se transformer en étoiles. On dirait... on dirait... on dirait...

— Tu as appelé ton étudiant, au fait ?

Ouh la la, ce que c'est dur, l'atterrissage en pleine réalité ! Jacinthe vient de faire un gros plat au milieu de la pelouse et elle a mal partout. Elle s'est écrasée dans les pâquerettes, de tout son long, le nez dans une motte de terre. Du coup, le prince charmant a fui, la voyant aussi peu flamboyante, coincée entre une taupinière et un nid de fourmis. Pourquoi Martine lui fait-elle un sale coup pareil ? Comment survivre au fait de passer en un dixième de seconde d'un vol où l'on plane entre les étoiles à une partie de saute-mouton entre les bouses de vache ?

— Ça ne répondait pas. J'appellerai demain.
Et maintenant Martine, tu ne dis plus rien !

Ouf ! Plus une syllabe. Retournons donc au milieu des étoiles... Elle en était où, déjà ? Ah oui, le prince l'avait emmenée au sein des étoiles plus légères que des flocons de neige ou des graines de pissenlit. C'est bien, ça, les graines de pissenlit ! Un deux trois, on souffle, et ffffffff... Un essaim de parachutistes stellaires s'envole vers l'infini. Une voie lactée éphémère rien que pour soi... Et...

— J'espère que tu ne vas pas avoir de problème avec une fenêtre ouverte.

Mais c'est pas vrai ! Tu me fais quoi là, Martine ? Tu veux vraiment que je le perde, mon prince charmant ? C'est pas parce que tu as trouvé le tien que maintenant on joue à guichet fermé pour toutes les autres nanas de la planète ! Laisse mes étoiles tranquilles ! Avec tout ça, si mon prince me retrouve, c'est qu'il a avec lui le plus performant des GPS. Un GPS interstellaire, pour le moins. Celui de Han Solo, tiens, au minimum. En même temps, Harrison Ford comme prince charmant, y a pire...

— Bon, moi je vais me coucher. Tu dors déjà ?

Il y a des moments où je pourrais haïr la plus fidèle et la plus adorable de mes amies...

Cette nuit-là sera la dernière sous les étoiles de l'abbaye. Mais cela, seule Jacinthe le sait. Pour Martine, il y a officiellement encore deux nuits à passer ici. C'est du moins ce qui était prévu.

**

Lorsque Jacinthe était parvenue à accéder à la toiture de sa maison par le grenier, elle avait dû, pour atteindre les tuiles, quasiment creuser dans l'antique laine de verre, toute durcie des années passées là-haut et rongée par endroits par les dents de discrètes souris. Cela n'avait pas été chose aisée de désolidariser une première tuile de ses voisines, elle avait dû pour cela y aller à coups de marteau pour créer une fissure dans la matière rouge, puis ôter la tuile petits bouts par petits bouts. Il fallait aussi éviter que se trouve de la poussière rouge au sol, qui l'aurait trahie à coup sûr. Mais il ne fallait pas non plus passer le balai ou l'aspirateur sur le sol, ce qui se serait remarqué, au milieu de toute la poussière ambiante. Il aurait alors fallu passer l'aspirateur dans tout le grenier. Ce qui se serait tout autant remarqué, comment ça un grenier sans poussière ? Elle avait donc placé sous le lieu de son forfait une grande bâche, suspendue aux poutres de la charpente, et avait elle-même marché sur une poutre au sol, ne laissant ainsi aucune trace dans la poussière accumulée depuis des décennies et donc totalement inimitable, sauf peut-être par les spécialistes des effets spéciaux et décors en tous genres qui travaillent sur les plateaux de cinéma. Mais elle n'avait pas d'amis dans l'univers du cinéma, qui eut pu lui tenir lieu de complice, alors…

Elle avait ensuite créé un vrai chambardement dans toutes les tuiles alentour, pour que certaines tiennent encore à peine, toutes de guingois, et d'autres glissent carrément sur la pente du toit. Elle avait ensuite rajouté au désordre ambiant une tuile supplémentaire, afin qu'en cas d'expertise, il ne s'en trouve pas une qui manque à l'appel. Prudence étant, paraît-il, mère de sûreté. Et préméditation, alors, elle est mère de qui ?

Après cela, elle était repartie, chargée de sa bâche parfaitement repliée et enfournée dans un sac à dos solidement arrimé sur ses épaules, qu'il n'aille pas choir dans la couche de poussière, et mettre à sac (ah ah) toute l'énergie dépensée et son plan par la même occasion.

Jacinthe était redescendue du grenier toute guillerette et avait croisé ses filles qui lui avaient demandé d'où venaient ces coups de marteau et tout ce bruit. À son « oh sans doute de chez le voisin qui a le don de bricoler n'importe quand », elles avaient passé leur chemin et Jacinthe avait pu aller prestement se débarrasser de son encombrante pièce à conviction.

Ouf ! Plus qu'à attendre les prochaines grosses pluies. Et par pitié, qu'elles tombent après son départ avec Martine et avant son retour !

La météo l'ayant servie on ne peut mieux, elle en conclut qu'il y avait donc aussi un Bon Dieu pour les détectives amateurs. Son locataire a promis d'aller voir dès demain matin comment se porte la maison.

Vendredi 24 juillet 2015

— Si tu l'avais eu hier au téléphone, vous auriez peut-être pu éviter le pire.
— Oui, mais là, apparemment, c'est pas beau à voir, répondit Jacinthe. Quelqu'un de l'assurance doit passer demain.

**

— Dis, Martine, tu voudrais bien venir avec moi pour voir comment est la maison ? D'après mon étudiant, et surtout si je me fie à ses grands cris, je peux m'attendre au pire. Ça me fiche le bourdon. Si tu m'accompagnais, je crois que j'aurais plus de courage.
— Pas de souci. Pour moi, c'était une évidence de toute façon.
Elle est tellement gentille, Martine, j'ai honte, honte, honte de lui mentir ainsi !

Jacinthe était à deux doigts, peut-être même à un doigt et demi, de tout avouer à son amie, de tout laisser tomber. Elle avait toutes les peines du monde à continuer à suivre la ligne de conduite de son plan.
Va pas falloir que je croise trop de miroirs en ce moment. Si je me

regarde en face, je vais craquer. Alors que je sens que je ne dois pas m'arrêter. Pour le bien de Martine, pour le bien de Martine, pour le bien de Martine... Je dois continuer à me répéter ça. Je dois trouver ce qui cloche dans cette histoire. Plus j'y pense, plus je trouve d'informations, plus j'en pêche ailleurs, comme chez son frère, plus je suis intimement persuadée que tout ça n'est pas bon pour elle. Mais alors, pas bon du tout ! Et puis, à chaque fois que je crois avoir résolu un questionnement, c'est encore pire. Comme cette histoire de photos, je devais voir son visage, et hop ! À la place, un mystère de plus. Plus j'avance, plus ça s'épaissit, moins je parviens à trouver des réponses logiques. C'est une véritable histoire de fous. Ma pauvre Martine ! J'ai peur qu'elle y laisse sa santé, qu'elle soit physique ou psychique. Alors, un mensonge pour tâcher d'éclaircir tout ça, c'est bien peu de choses. Et pourtant... Et si, malgré ce mensonge, malgré le fait que je m'impose chez elle, si malgré tout, je ne résolvais rien du tout ? S'il n'y avait rien à résoudre ? Si c'était juste une histoire banale, sous des dehors mystérieux ? Pfffff... Bon allez, on arrête de se couper le cerveau sur le mode carpaccio, la machine est lancée. Je dois poursuivre, pour le bien de Martine. Pour le bien de Martine, pour le bien de Martine, pour le bien de Martine. Poursuivre. Pour le bien de Martine...

**

— On n'a perdu qu'une journée de notre séjour. C'est pas très grave.

Martine voit toujours le côté positif des choses.

— Et puis, on a déjà vécu des trucs étonnants juste en quelques jours. Quand même, ce séminariste d'opérette ! Celui-là, il avait vraiment le cerveau à l'envers. Tu crois qu'il pourrait être dangereux ?

— En tout cas, répondit Jacinthe, je n'aimerais pas être à la place d'un des membres de sa famille. Tu as vu ce qu'il a écrit à leur sujet, ça dégouline de haine et de fiel. C'est flippant, tu trouves pas ?

— C'est certain. Au fait ! Y a un truc que je ne t'ai pas dit !
— À son sujet ?
— Oui, oui. Notre avant-dernier soir, avant-hier donc, lorsque je suis allée à la douche, lui il en sortait. Et tu sais quoi ? Il portait juste une serviette autour de la taille et rien d'autre !
— Il se baladait comme ça dans les couloirs ?
— Tout à fait. Et en plus, il m'a dit en me voyant « j'espère que je ne vous choque pas ? »
— Et après ça, il s'imagine qu'on va le croire quand il se dit séminariste. Il est vraiment en marge de la réalité. Eh bien, je ne sais pas ce qu'il va devenir, mais maintenant ça ne nous concerne plus. Et les sœurs non plus, et ça, c'est ce qui est le plus important.

**

— Je vous préviens, Madame, c'est pas terrible.
— À ce point-là ?
— Ben, y a de l'eau aux deux étages, un peu partout, dans toutes les pièces.
— Vous m'avez dit que vous aviez un peu nettoyé, c'est ça ?
— Ouais, j'ai épongé comme j'ai pu. Mais en même temps, les murs sont abîmés, et ça, on n'y peut rien pour le moment.
— C'est... beaucoup abîmé ?
— Pas mal. Les peintures aux murs, ça ressemble plus vraiment aux couleurs d'origine.
— Ah bon ?

— Ben oui… Et puis vous savez, c'est de l'eau de pluie, c'est pas de l'eau toute belle toute propre du robinet.
— Et… ?
— Ben… y a l'odeur.
— Comment ça, l'odeur ? J'avais pas pensé à ça, effectivement.
— Ben oui. Ça a ramené plein de cochonneries de dehors et aussi toutes les saletés du grenier. Alors, forcément…
— Forcément quoi ??
— Ben, ça pue pas mal.
— Vraiment ?
— En fait, c'est carrément infect. Insupportable.

Les deux amies avaient pris le jeune homme en passant. Et au fur et à mesure qu'ils approchaient de la maison, il rajoutait des détails à l'étendue de la catastrophe. Ils étaient maintenant à deux cents mètres de la maison et tout le monde se taisait.

Ma pauvre Jacinthe, j'ai bien l'impression que sa maison va être totalement inhabitable pour un bon bout de temps. Je vais l'aider dans cette galère. Si je l'héberge pour quelques semaines, ça va l'arranger, et moi ça ne me gêne pas. De toute façon, jusqu'à la fin de l'été, Dominik ne viendra pas chez moi puisqu'il y a mes enfants.
Allez hop ! C'est décidé. Si les lieux sont impraticables au point que semble le dire la description de ce jeune homme, je les kidnappe, elle et ses filles.

En entrant dans la maison, ce fut effectivement l'odeur qui les assaillit. Une agression insupportable. Quand on parle dégât des eaux, ce n'est pas la première chose à laquelle on pense. On a plutôt immédiatement dans la tête des images de murs ruisselants, de papier qui se décolle, d'objets qui flottent d'une pièce à l'autre, de lattes de parquet qui rebiquent... Mais non, certainement pas l'odeur. Et là, c'est tout bonnement atroce, à croire que tous les égouts du quartier sont venus se déverser dans le salon et les chambres de la maison de Jacinthe.

— Avec deux copines, on s'est permis de récupérer tous vos vêtements et ceux de vos filles, plus des objets qui craignaient vraiment. Tout est chez les parents d'un copain. C'était pas mouillé, ça ira, je pense.

Tout à coup, Jacinthe se dit qu'elle n'avait pas prévu que ça prendrait une telle ampleur. Pour une réussite, c'est une réussite ! Bien au-delà de ce qu'elle pouvait imaginer.

Plus personne ne parle. Et voilà Jacinthe qui marche lentement vers le jardin et s'assoit dans l'herbe encore mouillée des pluies des derniers jours. Martine la rejoint.

— Tu les récupères, quand tes filles ?
— Hein ?
— Tes filles, tu les retrouves quand ?
— Oh... Deux jours. Après-demain.
— Bon. Écoute, et ce n'est pas une proposition, c'est un ordre. Vous allez venir vous installer chez moi. Et pour le moment, que tes filles ne voient pas ça. C'est une désolation ce truc, un vrai cauchemar ! Et puis, pour une fois que les autres maisons du domaine ont une chance d'être occupées, tu ne vas pas me refuser ça.

— ...
— Oh oh ! Jacinthe ! Allô !

— Oui ?
— Tu m'as entendue ?
— Tu disais ?
— Que tes filles et toi allez venir vivre chez moi le temps que ta maison ressemble de nouveau à quelque chose. Ça te va ?
— Oh oui, bien sûr ! C'est tellement gentil de ta part !
Et la voilà qui fond en larmes. Et là, ce n'est pas du chiqué.
— Ah, mais au fait, et ton étudiant il va vivre où ?
— Euh… Ah oui ! Il m'a dit qu'un copain pouvait l'héberger le temps de la remise en état. Ça ira, je crois.
— Parfait ! Enfin, si on peut dire. Tout est réglé donc. Allez, ma grande, on décolle. Faut pas rester ici, une vraie désolation…

Eh bien, se dit Jacinthe, *on va pouvoir en tracer des super courbes de niveau…*

QUATRIÈME PARTIE

Suite du vendredi 24 juillet 2015

Comme un serpent de mer, cette idée surgit régulièrement et vient chatouiller la conscience d'Huguette. *Ma fille rencontrera-t-elle un jour un homme qui la rende heureuse ? Un de ces bonheurs inutiles. L'utilité, ce n'est pas doux, ce n'est pas beau, ce n'est fait que pour que le quotidien tourne bien, nous rassure, nous laisse la tête tranquille et disponible pour ce qui est important, ce qui fait du bien, ce qui est inutile. Mais attention, l'inutile n'est pas sans raison d'exister. L'inutile est là pour se pavaner, faire le beau, parfois nous rendre beaux. L'inutile trouve sa raison d'être dans son inutilité. L'inutile n'est pas utile, il vaut mieux que ça, il sait se montrer délicieusement futile parfois, mais surtout l'inutile est indispensable.*

Huguette, elle, voudrait que sa fille vive enfin un de ces bonheurs souffle-coupants, qui n'existent que pour exister, qui ne remettent pas en cause l'ordre du monde, mais qui, au contraire, ajoutent un peu d'huile dans les rouages. Une de ces huiles parfumées, délicatement parfumées. Et que sa fille se laisse porter par le mouvement du monde, par son bonheur inutile, par le parfum de l'huile. Et qu'elle, Huguette puisse enfin regarder sa fille s'éloigner, happée par son bonheur.

Huguette est persuadée que sa fille ne lui dit pas tout. En ce moment, elle a changé. Elle semble sereine, rassurée, confiante dans l'avenir. Cette confiance-là, ce genre de confiance là, Huguette se dit qu'elle ne l'avait observé que chez des personnes qui vivaient une belle histoire de couple. Et voilà bien une confiance en soi et dans l'avenir dont sa fille avait grand besoin. Après un mariage qui n'avait duré que trop longtemps, avec un homme si peu respectueux, qui prenait la suite de ce premier mari qui la trompait à tout-va, elle avait ensuite eu une relation de plusieurs mois avec un drôle de personnage, un homme au mental bancal. Qu'elle s'en soit remise aussi vite avait beaucoup surpris Huguette. Elle ne connaissait pas à sa fille cette capacité à cicatriser aussi rapidement d'une histoire sur laquelle elle avait beaucoup misé. Pourtant, il fallait sans doute s'en réjouir.

Ces derniers temps, à peine quelques mois après la fin de cette étrange aventure, elle était souvent pensive, un doux sourire à la Joconde posé sur ses lèvres. Et lorsque sa mère lui demandait à qui était adressé ce joli sourire, elle éclatait de rire et ne répondait pas, ou alors par une pirouette qui ne voulait rien dire et tout dire.

Huguette pensa à Martine enfant. Une vraie petite demoiselle, la tête toujours droite, avec de grands yeux étonnés et curieux, à tout détailler, sans dire grand-chose. Ses commentaires, elle devait les faire dans sa tête. Elle parlait peu, et était restée ainsi. Petite fille, puis adolescente, puis jeune femme, puis femme mûre, puis épouse, puis mère… et toujours aussi secrète. Avec sa mère, mais aussi avec les autres.

Huguette avait pu déchiffrer cela chez sa fille : plus une personne était proche d'elle, faisait partie de son cercle intime, plus Martine se montrait secrète, une pudeur poussée à son paroxysme ; et au contraire, elle pouvait se mettre à nu, se trahir même, avec une facilité déconcertante, auprès de personnes qu'elle ne connaissait absolument pas. Auprès de qui Huguette pouvait-elle donc aller chercher des informations sur ce qui avait changé récemment dans sa vie ? Peut-être auprès du facteur. Suffisamment éloigné pour qu'elle parle, mais suffisamment proche pour qu'elle ait confiance. Oui, après tout, c'est bien ça, le facteur…

De toute façon, se dit-elle, *je vais passer deux mois chez elle comme chaque été, pour profiter de mes petits enfants et l'aider à gérer la rentrée. Ce sera l'occasion de tâcher d'en savoir un peu plus. Et puis, elle m'a dit que son amie Jacinthe serait là aussi avec ses propres enfants, pour une durée indéterminée. Une histoire de fuite d'eau. Je n'ai pas tout compris, mais ce que je me dis, c'est que cette amie pourra peut-être m'en dire un peu plus. Après tout, elles viennent de passer une semaine ensemble, je ne sais trop où, Martine n'a pas voulu m'en parler au téléphone.*

**

— Toi, dans un monastère ?

— Mais non, Maman, pas dans l'abbaye ! Nous étions logées dans l'hôtellerie, à côté.

— Oui, mais quand même, vos hôtesses étaient des nonnes.

— C'est vrai. Adorables, d'ailleurs. Très ouvertes sur la vie, contrairement à ce que l'on pourrait croire.

— Je n'en doute pas. Et tu as assisté à des offices ?

— Quelques-uns, oui.

— Ça alors ! Et ça ne t'a pas fait tout drôle ?

— Pas du tout ! Et puis avec leurs voix et les chants en latin, c'était superbe.

— Là aussi, je veux bien te croire.

— Tiens au fait, on ne dit pas des nonnes, mais des moniales. Des moines… et des moniales.

— J'aurais au moins appris quelque chose aujourd'hui, en dehors du fait que ma fille passe ses vacances dans une abbaye et assiste aux offices comme si elle avait toujours fait ça. Quand je pense à ton père ! Communiste jusqu'au bout des ongles et anticlérical inébranlable. Il doit se retourner dans sa tombe ! Mon pauvre Marcel ! Bouche-toi les oreilles, ta fille te renie !

— Arrête, Maman ! Tu crois pas que tu en fais un peu trop ? C'est vrai que sur le coup, je me suis demandé quel sale tour me jouait Jacinthe. Et finalement, c'était un séjour très agréable. Et puis on te racontera tout à l'heure l'enquête que nous avons menée là-bas. Un vrai polar mystique !

— On pourrait en faire un livre ?

— Why not ?

— J'aime pas quand tu parles anglais, tu le sais bien.

— Yes, Madam !

— Va-t'en avant que je te frappe !

**

Jacinthe a posé ses valises dans la petite maison que Martine a mise à sa disposition et elle a apporté là quelques bibelots de chez elle, afin de mettre un peu son empreinte et celle de ses filles. Elle a eu des nouvelles de l'expert : elles seront *a priori* les invitées de Martine pour environ deux mois !

Pfff… Si j'avais su que ce serait à ce point-là, j'y serais allée moins franchement avec les tuiles. Moi qui avais pris toutes les précautions de la terre pour ne pas laisser de traces de mon forfait, c'était bien inutile finalement, le grenier a été totalement dévasté par les eaux de la tempête.

Jacinthe doit aller chercher ses filles en fin de journée, mais avant tout, elle est passée chez elle pour ouvrir toutes les fenêtres, volets fermés, afin de faire sécher la maison au maximum. Les semaines à venir devraient être caniculaires, et pour une fois, ça lui convient bien. Elle n'imaginait pas mettre sa maison dans cet état-là, juste avec quelques tuiles déplacées.

Elle avait rencontré l'expert, qui lui avait fait part de sa quasi-certitude que les tuiles n'avaient pas été retirées que par l'usure et les intempéries. À son sens, il y avait eu une intervention humaine. À son « vous devriez tout de même porter plainte contre X », elle avait été soulagée de ne pas sentir son regard pesant en train de la dévisager. Manifestement, il ne la soupçonnait pas. Et pour cause, toute la toiture et la charpente étaient en bon état, donc aucune raison que Jacinthe sabote son toit pour le faire refaire. Du point de vue d'un assureur…

Jacinthe passe voir Martine et sa mère pour leur signaler son retour et leur dire à quelle heure elle partira retrouver ses filles chez leur grand-mère.

— Elles reviennent toujours de chez elle toutes

dégoulinantes des histoires qu'elle leur a racontées. À propos de sa vie en Afrique, puis à San Francisco, puis à propos de la Floride. Ça finit toujours par la Floride... Quand elles reviennent, elles sont nostalgiques et toutes pensives. Et pourtant, elles adorent toutes ces histoires, elles en redemandent.

— Tu vas y retourner quand, là-bas ?

— J'ai promis aux filles que ce serait avant leurs dix-huit printemps. Nous y sommes déjà allées deux fois, tu sais. Et pour moi, ce n'est pas très facile, mais pas aussi important que pour elles, je crois.

— Eh oui, pour tes filles, ce sont leurs racines.

— C'est certain. La présence de leur grand-mère ici auprès de nous, c'est déjà inespéré pour elles.

— Elle est chouette, Margaret, fait remarquer Martine.

— Oui, elle est chouette. Et puis, dans quelques mois, pour Noël, c'est ma fine équipe des Keys qui va débarquer ! Tu te rends compte ? Tout un pan de ma vie qui vient s'immerger ici, en sol français, pour plusieurs semaines. Ça, c'est que du bonheur !

— Ils seront combien ?

— Une dizaine. Je leur ai trouvé une maison à louer qui est immense, tout près de chez moi. Ils vont tous loger là et Margaret se joindra à eux. Ça va être quelque chose !

La veille au soir, Jacinthe, son amie et sa mère avaient passé une agréable soirée à parler de leurs enfances respectives, de leurs bêtises, de leurs souvenirs. Que des bons souvenirs, même pour ceux qui parfois se terminaient avec quelques points de suture. Elles en avaient aussi profité pour dresser le portrait peu flatteur de ces adultes qui avaient peuplé leur enfance et étaient si peu attirants, qu'ils aient arboré des vêtements qui sentaient mauvais, des poils dans les narines, ou un cheveu sur la langue qui tenait plutôt de la perruque... Conclusion : toutes générations confondues, ces personnages-là sont intemporels. Nous avons tous eu une tante Germaine qui avait du poil au menton, un papi du jardin d'à côté aux dents aussi peu nombreuses que jaunes et à l'haleine indéfinissable, mais terriblement pestilentielle.

Huguette aime beaucoup Jacinthe, qui le lui rend bien. Huguette a des habitudes de vieille fille, toutes plus charmantes les unes que les autres. Huguette a un rire discret, qui habille un sourire capable de dérider un académicien en un quart de seconde. Huguette est toujours de bonne humeur. Huguette ne juge personne. Et surtout, Huguette a des yeux canailles, gentiment moqueurs en permanence, qui sourient tout le temps, même lorsque son cœur n'y est pas. Des yeux qui disent « attention, malgré mes soixante-quinze printemps, je suis une indécrottable sale gosse, qui aime la vie et en croque chaque miette comme si c'était un plat gastronomique ». Les yeux d'Huguette sont des invitations à la bonne humeur, et cochon qui s'en dédit ! Huguette est indescriptible, il serait si difficile de trouver tout ce qui peut la qualifier, qu'il est plus simple de trouver ce qui ne la qualifie pas : Huguette est tout simplement une personne qui n'est vraiment pas banale.

Martine a précisé à Jacinthe qu'elle n'avait pas encore parlé de Dominik à sa mère, ne sachant pas trop si c'était le bon moment ou s'il lui fallait attendre que leur relation soit un peu plus officialisée, ne serait-ce qu'auprès de ses amis, ce qui pour elle constitue le début de tout. Si les amis trouvent son chéri tout à fait bien, alors, il sera temps de le présenter à la famille. Des amis cobayes en quelque sorte. Mais aussi des amis qu'elle voit comme des personnes fiables, de bon conseil et attentives à son bien-être.

Et puis, s'était-elle dit, il n'y a pas que moi qui suis concernée dans cette affaire, mes enfants seront aux premières loges. Je compte bien sur mes amis pour m'aider à les protéger.

La crainte de Jacinthe est que l'adorable Huguette essaie de venir chercher des informations auprès d'elle, sur l'hypothèse d'une relation amoureuse que pourrait entretenir sa fille. Elle avait relevé pas moins de dix perches tendues par Huguette à Martine au cours de leur souper. Des sortes de « je prêche le faux pour savoir le vrai ». Pour l'heure, Jacinthe était parvenue à éviter de se retrouver seule avec Huguette. Mais il arriverait bien un moment où elle ne pourrait s'y soustraire. Il valait donc mieux prendre les devants et préparer ses réponses. La pauvre Jacinthe ne voulait pas trahir Martine en avouant tout à sa mère. Mais elle ne voulait pas non plus faire de la peine à Huguette en ne lui disant rien, alors qu'il était évident qu'elle avait flairé quelque chose. Et surtout, mentir à cette adorable canaille de soixante-quinze ans ne lui plaisait pas du tout. Comment faire ?

Elle avait finalement convoqué Martine pour le soir même, pendant que ses filles s'installeraient, afin de « parler ».

Martine était OK. Formidable !

**

Julie et Charlotte couraient dans tous les sens, tout à la fois découvrant la maison que cherchant où installer chaque chose. Chacune avait choisi sa chambre sans difficulté et déposait ses affaires, trouvant la meilleure organisation possible. Jacinthe avait cassé l'ambiance de fête en leur rappelant qu'il était judicieux de garder un peu de place pour le classement des affaires d'école, la rentrée étant prévue, sauf erreur de sa part, dans un peu moins de six semaines. Depuis sa remarque, les filles couraient moins vite… Toutefois, elles avaient décidé de se venger et harcelaient Jacinthe de questions culpabilisantes.

— Et les poules ? Elles vont devenir quoi ?

— Oui, c'est vrai ça, t'as pensé aux poules ?

Deux Stuka qui attaquent en piqué, se relayant juste au bon rythme, pour ne pas laisser à l'ennemi le temps de reprendre son souffle.

— C'est le voisin qui s'en occupe. Il ramasse les œufs et arrose tout le voisinage avec la récolte.

— OK. Et son chien justement, qui va s'en occuper ?

— Ben oui, le pauvre !

— Il vit maintenant avec son fils qui a trouvé une petite maison à la campagne. Il a un demi-hectare pour courir. Le chien, pas le fils. Il est heureux comme tout.

— Dis tout de suite qu'il est plus heureux sans nous.

— Comment pouvez-vous croire que j'insinue une chose pareille ?

— Pfff… C'est quasiment ce que tu as dit.

— Vous commencez à m'agacer sérieusement, toutes les

deux. Ce chien est heureux et vous devriez vous en réjouir, les poules vont très bien et continuent à pondre, vous avez un toit sur la tête, alors que c'était pas gagné. Il est où le problème ?

Silence.

De courte durée.

— Et les chats ?

— QUOI, LES CHATS ? Je ne les ai pas abandonnés, que je sache !

— Les chats vont devoir s'habituer à un nouvel environnement, et dès que ça sera, fait ils devront repartir. Pour un chat, c'est pas bon de changer de territoire tout le temps.

— Et ?

— Ben... rien. C'est juste que c'est pas bon pour leur équilibre.

— Et donc ? Vous avez une requête ? J'ai un truc particulier à faire ? Je dois trouver une réponse, ou c'est pas une vraie question ?

— Ben non, enfin oui, enfin... Ohhhh ! On sait pas ! Voilà !

— Bien. Alors, je vous rappelle un petit truc. Chacune de vous deux est la maîtresse d'un de ces chats, c'est bien ça ?

— Oui.

— Et vous passez votre temps à revendiquer votre rôle de maîtresses de ces bestioles, aucune décision les concernant ne devant être prise sans vous. C'est bien ça ? Ou aurais-je tendance à m'inventer des faux souvenirs ?

— Non.

— Bien. Alors, puisque vous êtes responsables d'eux, s'ils ne vont pas bien, vous allez les pouponner suffisamment pour qu'ils passent cette période du mieux qu'ils pourront. C'est assez simple, non ?

— Oui.

— Donc, maintenant, vous allez monter dans vos chambres et faire vos lits. Les draps sont posés dessus, y a plus qu'à. OK ?

Les deux dos étaient partis, l'un voûté, l'autre fièrement dressé. Sales gosses de sales gosses de sales gosses !

Ces affrontements avec ses filles montraient à chaque fois un peu plus à Jacinthe à quel point notre vie est habitée d'obligations, de contraintes, de je ne devrais pas, de il va falloir...

Combien de fois par jour est-ce que je répète « il faut que je » ? Combien de fois ?

Jacinthe, libérée depuis une bonne demi-heure des attaques de ses filles, attendait Martine sur sa terrasse. Mais Martine se faisait attendre. À coup sûr, la théière d'infusion, à l'origine bouillante, avait fini par refroidir, et il commençait à tomber une fraîcheur qui appelait une étole ou un pull jeté sur les épaules.

Martine arriva enfin, tout essoufflée.

— Tu m'attends depuis longtemps ?

— Quarante pages environ.

Jacinthe reposa son livre sur la table.

— Ça va ? Tu as l'air toute chose.

— C'est Maman. Elle ne me lâchait plus. Je crois qu'elle se doute d'un truc. Et pendant ce temps, le téléphone sonnait sans arrêt, c'était Dominik. Elle regardait pour voir qui insistait, en demandant tout le temps « c'est qui, c'est qui ». Heureusement, elle ne pouvait pas voir le cadran. Et moi qui lui répondais « c'est pas important, je rappellerai après ». « Alors, pourquoi ça rappelle ? » qu'elle demandait. Ouh la la ! J'ai cru que je ne m'en sortirais jamais.

— Tu as pu rappeler Dominik ?

— Oui, oui. Ça y est. En marchant jusqu'à toi. C'est pour ça que je suis tout essoufflée.

— Il va bien ?

— Oui, oui, ça va.

— Vous allez pouvoir vous voir, malgré la présence de ta mère ?

— Pas de souci. Avec Maman, on n'est pas toujours l'une avec l'autre, loin de là. Chacune fait ses trucs dans son coin.

Le téléphone de Martine sonne.

— Tiens ! C'est Maman, bizarre.

Martine décroche et Jacinthe entend la petite voix pointue d'Huguette. Quelques échanges, et Martine raccroche.

— Maman me charge de t'inviter à dîner demain avec tes filles. Elle va préparer un de ses plats dont elle a le secret.

— Super ! Dis-moi, justement, à propos de ta mère, tu m'as dit qu'elle devait se douter de quelque chose. J'ai eu moi aussi cette impression. Je voulais te demander : si elle me pose des questions, je fais quoi ? Ça m'embête de lui mentir.

— Eh bien, je ne sais pas. Je me disais justement qu'il était peut-être temps de lui parler. Si tu lui en parles en premier, ce sera plus facile pour moi. Je n'ai pas envie qu'elle me harcèle de questions, c'est ça le problème.

— Eh bien, je lui dirai. Pas de questions, Huguette, pas de questions.

Et voilà que le téléphone de Martine sonne de nouveau. Son alarme.

— Je dois rappeler Dominik. Tout à l'heure, il a dû raccrocher, il m'avait demandé de rappeler dans dix minutes. Je ne reste pas longtemps en ligne.

— Tu veux que je te laisse ?

— Non, non, pas de souci. C'est juste pour notre prochain rendez-vous.

Et voilà Martine qui échange avec son chéri d'amour. Jacinthe écoute sans écouter. Puis Martine raccroche, le sourire aux lèvres.

Quelque chose a gêné Jacinthe dans cet échange. Mais quoi ?

Mais voilà que Martine est toute guillerette, *pas grave, je suis sûre que ça me reviendra plus tard,* se dit Jacinthe. *Plus tard…*

— Bon, je crois que je vais aller me coucher, dit Jacinthe. La journée et les précédentes ont été épuisantes. On se voit demain ?

— Bien sûr ! Et puis, je crois que Maman veut emmener les enfants au zoo pour la journée d'après-demain. Alors demain, ils peuvent jouer ensemble. Ça leur permettra de mieux faire connaissance.

— Parfait ! Les miennes ne demandent pas mieux. De nouvelles copines, quoi de plus chouette ?

— C'est vrai… à tout âge ! À demain, bisous.

— Bisous. Et dors bien.

Où la lune perd la tête

Samedi 25 juillet 2015

Les filles sont ravies de leur nouveau lieu de vie, et la présence des filles de Martine n'y est pas pour rien. Surtout que cet emménagement tombe en plein sur les vacances d'été. Plus d'un mois à crapahuter dans le parc qui entoure la maison. Et en plus, avec de nouvelles copines ! Les filles de Martine leur plaisent bien, elles s'en sont rendu compte le jour du meurtre de leur poule. Mais jusqu'à la fin du mois, il n'y en a que deux qui sont là. L'aînée est partie avec une copine et ses parents pour des vacances à l'étranger. Les filles de Jacinthe ne se rappellent pas quel « étranger », mais en tout cas à leurs yeux « elle a trop de chance » !
Et puis il y a là Marco, l'un des neveux de Martine, arrivé avec Mamie Huguette. Elles voient le jardin et les arbres comme un immense parc d'attractions uniquement pour eux cinq. Cinq ! Ça a donné une idée à Julie. Voyons. Il est huit heures trente, elle peut aller embêter sa mère.
— Maman ! Ils sont où tous nos livres ?
— Par là-bas, dans des cartons. Je ne voulais pas les laisser prendre l'humidité à la maison. Pourquoi ?
— Tu sais dans lequel sont tes vieux livres de quand t'étais petite ? Tu sais, ceux avec un dos rose. Je voudrais en prendre

un ou deux dedans.

— Maintenant ?

— Ben…

Jacinthe sort le carton et commence à l'ouvrir, sa fille le regarde comme si c'était une malle mystérieuse renfermant un trésor. Elle a les yeux qui brillent et elle ne tient pas en place.

— Tu veux lesquels ?

— Attends. Je peux fouiller ?

— Vas-y. Mais, n'oublie pas, ils s'appellent reviens.

Et Julie se met à extirper les livres par paquets de cinq ou six. Il sort de là cette odeur spécifique des vieux papiers, ceux qui ont déjà bien vécu, mais restent à pied d'œuvre, prêts à charmer de nouveaux lecteurs. Pas de retraite pour les livres.

Julie est sensible aux mêmes choses que sa mère.

— Mmmm… Ça sent bon, les vieux livres !

Et elle plonge son museau dans l'un d'eux.

**

Cela rappelle à Jacinthe ce qu'elle éprouvait lorsque son grand-père lui donnait certains de ses vieux bouquins. Il les lui offrait au compte-gouttes, un ou deux à la fois. Il lui faisait confiance, il savait qu'elle en prendrait soin. Il n'avait pas beaucoup de livres, ça coûtait cher ! Mais il y en avait un sur lequel Jacinthe louchait à chaque fois qu'il prenait tout son temps pour choisir lequel il allait lui remettre. Celui-là, c'était une sorte de livre universel. On y trouvait des informations botaniques, des tables de traductions des mesures d'un pays à un autre, les phases de la lune et l'explication des marées, les monnaies, les noms des nuages, l'arbre généalogique des rois de France, l'alphabet morse, les dates majeures de notre histoire, la carte des pays d'Afrique, et tant d'autres choses. Un fatras de connaissances hétéroclites aussi futiles que nécessaires. Ce livre magique avait perdu sa couverture, ce n'est donc que bien des années plus tard qu'elle avait su que ce type de recueil porte le nom improbable de miscellanées. Voilà un bien joli mot qu'elle aurait aimé découvrir avec son grand-père...

Ce livre-là, elle soupçonnait son grand-père d'avoir bien vu que Jacinthe le mangeait des yeux. Mais à chaque fois, ses doigts l'effleuraient comme s'il allait le lui offrir ce jour-là, et finalement... non. Ce serait pour une autre fois.

Jacinthe avait eu alors une pensée dont elle avait eu aussitôt honte. *Et si grand-père meurt avant de m'avoir offert ce livre ? Personne ne me le donnera, puisque personne ne sait ce que représente pour lui et moi cette passation de livres, d'une vieille main toute ridée et tranquille à une jeune main potelée et avide.*

Et puis un jour, lors de leur petit moment en tête-à-tête, alors que grand-père choisissait quel livre il lui donnerait cette fois-là, LE livre n'était plus là ! Grand-père l'avait-il trahie ? L'avait-il remis à un autre de ses petits enfants ? Un plus méritant, plus gentil, plus intelligent... plus beau ? Jacinthe avait emporté le livre de ce jour-là avec un air dépité, les épaules basses. « Tu en veux un deuxième ? » lui avait demandé grand-père. Grand sourire des jours de fête sur le visage de Jacinthe. *Il va me LE donner ! Ça y est ! C'est le grand jour !* Et il l'avait laissée choisir entre les dix ou douze livres qui lui restaient. Déception. Et grand-père qui continuait à lui sourire, de ce sourire qu'il n'arborait que lors de leurs moments de partage littéraire. Jacinthe avait alors été, pour la première fois de sa vie, très en colère contre son grand-père. Traître !

Au moment du départ, allez ouste, les enfants en voiture, grand-père lui avait remis, avec un clin d'œil, un petit paquet de papier kraft soigneusement fermé.

— Tu l'ouvriras plus tard.
— Quand ?
— Tu sauras quand.
— Je saurai comment ?
— Tu sauras…

Au cours du retour en voiture, son père et sa mère avaient beaucoup parlé de grand-père, qui dormait beaucoup maintenant au cours de la journée, ne pouvait plus chouchouter son potager, ne parvenait plus à aller jusqu'à la boulangerie chercher son pain. Sa mère avait conclu avec un « ce serait bien qu'on revienne le voir dans pas trop longtemps », auquel son père avait acquiescé.

Alors Jacinthe, faisant celle qui ne voulait pas comprendre, avait compris une chose : il était temps d'ouvrir son petit paquet. Et là, il s'était offert à elle, simplement, humblement, juste un petit « coucou, c'est moi, tu me reconnais ? » LE livre était là, entre ses deux mains, et elle avait passé tout le trajet à le lire et le renifler. Plus tard, elle recevrait de ses parents un autre livre, acheté exprès pour elle, un livre tout neuf, un peu de la même veine que celui-là, le « Manuel des Castors Juniors », sa seconde Bible…

Deux semaines après cette visite, grand-père les avait quittés, pour aller vers ce satané monde meilleur où partent se réunir tous les gens chouettes, partis trop tôt, toujours trop tôt.

Et Jacinthe, pour la seconde fois de sa vie, avait été très en colère contre son grand-père. Il n'avait pas le droit de disparaître si tôt, ils avaient encore tant de choses à se dire et à se non dire. Traître !

**

— Tu penses à quoi, M'man ?

— …

— Ben oui, ça fait deux fois que je te demande si je peux prendre ces deux-là.

— Fais voir. Oui, bien sûr.

— Je te les rends quand ?

— Oh ! Garde-les, garde-les. Considère ça comme une avance sur ton héritage. Si tu en veux d'autres, je t'en donnerai. Mais il faudra d'abord avoir lu les précédents.

— Super ! Merci, M'man ! Je vais tous les lire ! Tous, tous, tous ! Et je vais bien m'en occuper. Promis !

Et la voilà qui s'éloigne en faisant des bonds de gazelle hystérique…

— Maman, y a Julie, elle bouquine dans sa chambre et elle veut pas sortir. Elle dit qu'elle prépare des trucs pour s'amuser dans le parc de Martine. Je vois pas comment elle peut préparer des trucs pour s'amuser en lisant tes vieux bouquins roses.

— La Bibliothèque Rose, pour être exacte. Tu ne veux pas lire, toi aussi ?

— Ces vieux trucs ! Certainement pas. Je peux aller chercher les enfants chez Martine ?

— Attends, je l'appelle et je te dis ça.

Où la lune perd la tête

**

— C'est bon, ils t'attendent.

— Yes ! J'insiste pour que Julie vienne avec moi ?

— Non, non, laisse-la. Je crois avoir compris pourquoi elle a choisi ces livres-là.

— Tu m'expliques ?

— Non. C'est elle qui le fera. Mais tu verras, je suis sûre que vous ne serez pas déçus. Allez file.

— À tout à l'heure !

Et la voilà qui s'éloigne en faisant une danse de grenouille épileptique.

Dix minutes plus tard, elle est de retour.

— Il nous faudrait de la ficelle, des clous, un marteau, des sacs poubelle, une pelle et une scie.

— Une scie ?

— Ben oui, Martine elle veut pas.

— Comme c'est étonnant ! Eh bien, moi non plus, figure-toi !

— Alors une hache ?

— Mais ça va pas ! Vous avez un corps à faire disparaître ou quoi ?

— Pfff... Mais non, on va faire une super cabane.

— Eh bien, pour le reste, ça va. Mais débrouillez-vous pour faire sans scie ni hache.

— Tu nous prends pour des incapables ?

— Dis-moi, vous avez combien de doigts à chaque main ?

— Ben cinq, pourquoi ?

— Eh bien alors, nous allons en rester là. Cinq, pas plus pas moins.

Où la lune perd la tête

— C'est chiANt !

Jacinthe leur fournit donc tout ce dont ils ont besoin et les regarde s'éloigner comme un troupeau d'antilopes qui dansent la salsa.

De son côté, elle voulait mettre à profit cette première journée ensoleillée pour s'installer dehors et dresser son plan d'investigations concernant l'affaire Martine-Dominik. Si ses deux affreuses continuent à la déranger ainsi, elle ne pourra rien faire de bien. Elle a encore quatre semaines de vacances jusqu'à la rentrée scolaire pour élucider le mystère. Quatre semaines, c'est suffisant, mais pas de temps à perdre malgré tout. Et puis, elle ne veut pas déborder sur la période de rentrée des classes.

Allez hop ! Un thé, un peu de musique, des fiches, des post-its, des stylos de couleurs différentes, une agrafeuse, du scotch et du blanco. *Où est encore passé mon blanco ?* À croire que ses filles le dévorent. *Bon, tant pis, pas de blanco.*

Donc, je procède comment ? Chronologie ? Non. Ça ne me plaît pas, je ne sais pas pourquoi, mais c'est comme ça. Je vais plutôt donner dans le pratique, éviter les pertes de temps. Donc, par ordre d'éloignement.

Commençons par l'endroit le plus proche, le restaurant au bord de l'eau. Celui où Martine avait soupé avec son chéri, au mois de juillet. En second, je m'occuperai du lieu de son stage. Et je finirai par sa semaine de vacances dans cet hôtel en pleine nature.

Pour chacun de ces lieux, il va me falloir la date et l'adresse exacte. Je profiterai de discussions en tête-à-tête avec Martine pour savoir tout ça. Mais pas tout en même temps, elle commencerait à se méfier.

Jacinthe prépare trois fiches, les pose devant elle et les regarde, satisfaite. Elle éprouve cette impression agréable et quasi enfantine d'avoir organisé les choses, de pouvoir poursuivre son travail sur des bases solides où nulle erreur ne saurait trouver sa place.

Elle se penche sur sa fiche « hôtel ». *J'ai déjà le nom et l'adresse, je vais retrouver les dates par moi-même, avec les coordonnées sur les photos, ce sera simple.*

Elle gribouille sur ses fiches toutes proprettes et prêtes à l'aider dans ses réflexions.

Pour le restaurant, j'ai la date, mais pas le lieu. C'est la première info à lui extirper. Bon. Pour le stage, je peux retrouver la date de début, un lundi, mais je n'ai ni le lieu ni la date de fin, le jeudi ou le vendredi ?

Tout ça me fait donc trois infos à recueillir. Il va me falloir des techniques différentes pour obtenir tout ça. Faire l'idiote qui a oublié, le faux pour savoir le vrai, besoin d'une info pour un ami que ça pourrait aider, ou pour moi-même. Et il y en a d'autres encore. Ça devrait aller. Commençons donc par le nom du restaurant…

Il est déjà midi et Charlotte est de retour, totalement affamée. Elle ne bondit plus du tout…

— Ça donne faim, la construction d'une cabane !

— Je veux bien te croire. Tu vas chercher Julie ? Nous sommes invitées chez Martine pour profiter des talents culinaires d'Huguette. Ça te va ?

— Ouais ! Génial ! Je vais la chercher.

Prête à partir, Charlotte se retourne vers Jacinthe.

— C'est quoi tous ces papiers ?
— Un truc...
— Ah...

Jacinthe ramasse tout ce qu'elle avait étalé et se met en cuisine.

**

— Ben moi, dit Julie, j'ai presque fini.
— Ce sera quoi ? demande sa sœur.
— Tu verras bien. Encore une ou deux heures, et c'est bon.
— On pourra en faire quelque chose avant la fin de la journée ?
— Ben oui.
— Et la cabane qu'on construit, ça servira ?
— Vous faites une cabane ?
— Ouais ! Et elle est super ! Même si on n'a pas de scie (regard vers sa mère), on avance bien. Elle sera finie en même temps, en gros.
— Génial ! Ça ira super bien avec mon scénario.
— T'écris un scénario ?
— Ouais !
— Et on aura tous un rôle ?
— Ouais. Euh... Maman ? Toi aussi, t'auras un rôle à jouer, tu veux bien ?
— Un rôle ?
— Oui, mais tout p'tit. Deux ou trois phrases. T'es d'accord ?
— Ai-je vraiment le choix ?

Grand sourire de Julie, sur le mode « oups, désolée, je l'ai pas fait exprès. »

Après le repas, Jacinthe a donc deux heures de tranquillité avant d'aller jouer les actrices de fortune. Papiers ou Martine ? Allez, va pour Martine. Jacinthe doit absolument obtenir l'adresse du restaurant.

— Tu te souviens de notre journée rangement en sous-sol ?
— Tout à fait. En ce temps-là, tu avais une maison nettement moins aqueuse.
— Ça, c'est vrai ! Tu te rappelles, le soir de ce rangement, tu étais partie sur les chapeaux de roue pour aller manger au restaurant avec ton chéri. Un resto au bord de l'eau dont tu m'avais ensuite dit le plus grand bien.
— Oui, c'est vrai. Cuisine et service irréprochables. Et puis une cave et une carte des fromages à tomber à genou.
— Et tu pourrais m'en donner les coordonnées ?
— Tu as un amoureux ?
— Non, pas vraiment. En fait, c'est pour mon ami Hervé. Tu te souviens de lui ?
— Oui, oui. Il est sympa.
— Eh bien, il veut faire sa demande en mariage à celle qui partage sa vie depuis trois ans. Et il ne veut pas se louper. Sa chérie adore les dîners au bord de l'eau et c'est une gastronome et œnologue avertie.
— Oh la ! Pas simple, en effet. Eh bien, pas de souci. Alors, voilà…

Et hop ! L'affaire était dans le sac. Jacinthe avait juste dû téléphoner à son ami afin de le mettre dans la confidence. On n'est jamais trop prudent. Il suffit que Martine le croise alors qu'elle ne l'a jamais revu depuis la seule fois où ils se sont rencontrés et tout était compromis.

— Alors comme ça, j'ai l'intention de me marier ? Non, mais tu m'as bien regardé ?

— Ne t'inquiète pas. Je lui dirai dans quelques jours que ta demande n'a pas abouti, malgré le vin et les petits plats. Comme ça, elle te laissera tranquille si elle te croise. J'insisterai sur ton immense déception. Elle a bon cœur Martine, elle te parlera de tout sauf du resto.

— Mais dis-moi, c'est quoi cette histoire d'enquête ?

— Je t'expliquerai plus tard. Quand j'aurai résolu cette énigme.

— Et si je te menaçais de te faire chanter pour t'obliger à m'accepter dans ton enquête. J'aime bien, moi, jouer les détectives.

— Oui, eh bien ce n'est pas un jeu, mon grand. Je suis même soucieuse pour ma Martine. Mais si tu peux m'aider, je te ferai signe.

— Et tu me tiendras au courant ? Elle est chouette, ta copine, j'espère qu'elle n'est pas embarquée dans une histoire dangereuse. Faut se méfier de tout le monde, aujourd'hui.

— Je te dirai. En attendant, je te remercie, mon grand.

— Pas de souci. À plus tard !

— Bises. Et bonjour à ta future femme !

— C'est malin ! Bises quand même.

**

Retour à la case enfants.

Jacinthe arrive juste au moment où Julie explique son scénario à ses complices. Ils sont tous étonnés qu'elle ait trouvé toutes ces idées en une journée à peine. Et Julie leur avoue être allée chercher son inspiration dans les vieux livres que sa sœur dédaigne. La fameuse Bibliothèque Rose de leur mère.

— En fait, j'ai eu l'idée parce qu'on est cinq.

— Et alors ?

— Ben, regardez le livre que j'ai utilisé : une des histoires du Club des Cinq ! Trop fort, non ?

— Si tu le dis…

— Ben quoi, il est pas chouette, mon scénario ?

— Si si, c'est génial ! Ça va être super !

— Bon, alors je ne veux plus vous entendre dire du mal de la Bibliothèque Rose de Maman. Même si ça vous semble trop nul. OK ?

— T'as raison, après tout. Si les autres histoires sont du même genre, ça donnerait presque envie de lire.

— Pfff… C'est malin.

— En tout cas, maintenant, on n'a plus le temps, on pourra le faire que demain.

— Ouais, ça, c'est vrai. En plus, j'ai faim.

**

Jacinthe est plutôt contente. Julie est parvenue à faire partager aux quatre autres son engouement pour les vieilles histoires de sa bibliothèque. Ils ne se sont pas plongés, comme elle, le nez dans les pages jaunies, mais c'est déjà un début.

— Mince, ajoute Marco, demain Mamie doit nous emmener au zoo. D'ailleurs, elle a proposé aussi d'emmener les filles, et elle les invite, c'est elle qui paie les entrées. J'avais oublié de vous le dire.

— C'est super chouette, répondent Julie et Charlotte. Maman ! Tu veux bien ?

— Oui, oui, bien sûr. Martine m'en avait parlé. Je l'appelle et on organise ça. Mais si votre mamie invite tout le monde, je vais faire les courses pour préparer un méga pique-nique pour tout le monde. J'ai encore de vieux souvenirs sur la façon d'organiser des super paniers-repas, ou plutôt des sachets-repas.

— De quand t'étais là-bas où on est nées Charlotte et moi ? demande Julie.

— Oui, tout à fait. Les secrets d'une amie de *là-bas*, une championne du pique-nique salivatoire.

Jacinthe se fait pensive. Ses filles savent deux choses : leur mère n'aime pas beaucoup se replonger dans cette période de son passé ET elle est loin de leur avoir tout dit de sa vie là-bas.

— Mais, dis-moi, mon grand, ta grand-mère aura assez de place dans sa voiture ?

— Oui, elle peut déplier deux sièges de plus. Ça fait sept places ! On sera tous derrière, et Mamie devant avec sa copine. Elle a pas de chance, sa copine, elle est pas encore grand-mère.

— Effectivement, lui répond Jacinthe. Elle ne sait pas ce qu'elle loupe…

Et les voilà qui sautent tous sur place comme un troupeau de kangourous agités du bocal. *Les kangourous vivent-ils en troupeaux ?* se demande Jacinthe.

Dimanche 26 juillet 2015

Le zoo est loin, deux heures de route. Il aurait fallu partir vers huit heures, donc se lever vers sept heures. Mais voilà, la construction de la cabane et les jeux dans les arbres ont eu raison de la résistance des enfants, qui n'en finissent plus de dormir. Le zoo, ce sera donc pour demain.

Martine et Jacinthe n'osent pas les secouer pour les réveiller. On peut voir là-dedans le fait que ce sont de gentilles mamans, qui aiment à regarder dormir leurs rejetons, avec les yeux emplis d'un amour à vous couper le souffle. Mais que l'on ne s'y trompe pas, il y a aussi une grosse, très grosse part d'égoïsme. Les enfants dorment et voici les deux mamans, chacune de son côté, levées depuis trois bonnes heures, qui se retrouvent seules dans la tranquillité du matin, en tête-à-tête avec leur bol de thé et leurs tartines. Et ça sans aucun piaillement intempestif, aucune bagarre infantile, aucun « dis, Maman, on pourrait », ou autre « Maman, il est où le ». Et ça, c'est absolument indescriptible. Ces moments-là atteignent sur l'échelle du plaisir un niveau incomparable. C'est tellement bon que c'en est indécent ! Et ce plaisir est encore décuplé par la culpabilité sous-jacente du « je n'ai pas à m'occuper de mes enfants et j'adore ça »… Mmm… C'est bon d'être une mère indigne ! Pas si éloigné que ça de la notion d'orgasme…

Mais tout a une fin, même les petits bonheurs. Tout le monde est sur le pont à onze heures tapantes. Les bagarres commencent, avec les cris, les bousculades, les verres renversés, les cavalcades, les questions qui se superposent, les réponses qu'on n'attend pas avant de reposer la même question… Cinq minutes suffisent à épuiser les deux mamans, à dévorer toute l'énergie qu'elles avaient réussi à emmagasiner en trois heures de calme et de drapeau blanc. Ces enfants sont des vampires, des Nosferatu maternels, des Dracula jamais rassasiés.

Il n'y aura donc pas de visite du zoo aujourd'hui.
Après un *brunch* plus que consistant, les cinq larrons vont pouvoir jouer leur scénario autant de fois qu'ils le voudront. *Mais ce sera sans moi, leur a précisé Jacinthe. Vous venez, en un quart d'heure, de dévorer toute l'énergie dont je disposais pour la journée, donc maintenant je suis en panne sèche et je vais aller m'échouer dans le hamac, là-bas, sous l'arbre. Et je vais cogiter… Avec un peu de chance, je parviendrai peut-être à m'extirper de là avant l'heure du coucher, mais il n'y a rien de moins sûr. Vous allez devoir me trouver une doublure pour votre pièce en plein air.*

Et hop ! Aucune culpabilité. Jacinthe laisse tomber ses enfants et s'installe dans son hamac avec volupté et un livre. Elle a toujours rêvé de flemmarder dans un hamac. Sous le soleil, dans la fraîcheur d'une petite brise marine (bon là, c'est raté pour le côté marin), avec un bon livre pour unique compagnie. Le bonheur n'est pas bien loin, on peut l'entendre qui folâtre dans les herbes alentour et joue à cache-cache avec les rayons du soleil. *Et par pitié, que les enfants m'oublient un peu...*

De son côté, Martine a laissé partir ses trois diables, et même si le troisième ne lui appartient pas, il n'en est pas moins un de SES diables. Ils se sont sauvés à la vitesse de l'éclair, après avoir vaguement ramassé les miettes et les ustensiles du petit déjeuner. Tout est jeté dans le lave-vaisselle, miettes incluses (sales gosses !) et ils filent vers les arbres retrouver les filles de Jacinthe. *On a un scénario à jouer et une cabane à finir ! Dans quel ordre ?* se demande Martine, juste avant de décider que ça n'a aucune espèce d'importance. Il est l'heure maintenant de sombrer dans un semi-coma, au soleil, sur le mode lézard, un livre dans la main pour se donner bonne conscience. Dieu sait si elle les aime, ses enfants, mais de loin, c'est bien aussi.

Huguette, quant à elle, observe tout cela de plus ou moins loin et trouve cette ambiance bien agréable et propice au bien-être de sa fille. Pourquoi un homme viendrait-il trouver sa place au milieu de ce tableau dont l'équilibre est encore tout neuf ? Un homme avec ses grands pieds et sa grande bouche viendrait tout mettre par terre en se voulant, comme tous les hommes, le centre de l'attention, en tâchant de se montrer indispensable. Il empêcherait les enfants de se tourner vers l'extérieur pour aller se nourrir de leurs échanges avec d'autres. Huguette préfère voir sa fille seule, même si cela peut sembler bien égoïste de la part d'une mère. Les derniers hommes qu'elle a rencontrés ont fait d'elle une terre brûlée, ravagée par des Attila de l'amour.

Ma pauvre Martine, qu'un seul essaie seulement de s'approcher et il trouvera à qui parler ! Une volée de bois vert, et hop ! À l'autre bout de la galaxie…

Huguette est démangée par l'envie d'aller pêcher des informations auprès de Jacinthe. Sous quel prétexte ? Peut-être simplement parler de ses inquiétudes au sujet de Martine. Après tout, elles sont légitimes, ses inquiétudes, Martine est sa fille.

C'est décidé, elle va voir Jacinthe. Martine vient de s'endormir au soleil, un livre glissé sous ses mains qui reposent tranquillement sur son ventre. Ce ventre… Elle a déjà bien assez souffert, tant ses grossesses ont été compliquées et empreintes de peur de perdre ses enfants. Pas question qu'elle souffre de nouveau !

Huguette aperçoit Jacinthe dans son hamac. Un petit vent la berce mollement. Juste un léger grincement, à peine perceptible, du hamac qui bouge en douceur. Jacinthe n'est guère plus éveillée que Martine, mais envers elle, Huguette sera moins magnanime, elle n'hésitera pas à la sortir de sa torpeur même si c'est là un repos bien mérité. Alors, Huguette arrive sans grand ménagement en appelant ses petits-enfants, faisant celle qui, de derrière, n'a pas vu que Jacinthe dormait. Et bien sûr, Jacinthe se réveille et aperçoit Huguette.

— Les enfants ne sont pas là, Huguette. Ils sont tous les cinq au milieu des arbres en train de se fabriquer des souvenirs.

— Oh ! Alors je vais vous laisser. Je crois que je vous ai

réveillée.

— Ce n'est pas bien grave, j'ai bien assez dormi comme ça. Voulez-vous un thé ?

— Eh bien, je ne veux pas vous déranger…

— Au contraire. Prendre le thé toute seule en ce début d'après-midi, ce n'est pas ce que je préfère.

— Je vous rends service, alors ?

Huguette essaie de se donner bonne conscience. Ça va l'aider pour la suite. Jacinthe sort maladroitement de son hamac. Elle finit à plat ventre dans l'herbe.

Mince ! C'est pas vrai, je dois avoir l'air d'une vraie nouille ! Quand on n'est ni flibustier ni roi de la flemme et que par conséquent on manque sérieusement de pratique, ces trucs-là sont impossibles à utiliser. Tout à l'heure, j'ai failli me casser la figure deux ou trois fois avant d'arriver à y prendre place, pour finir par me retrouver quasiment saucissonnée. Cet engin est machiavélique. Heureusement que les enfants n'ont pas assisté à mes déboires, c'est un coup à perdre toute sa crédibilité sur les dix années à venir. Le genre de catastrophe qu'on vous ressert à chaque occasion.

— Il paraît que ces machins-là ne sont pas pratiques du tout. Moi, je ne m'y risquerais pas, je vous trouve bien téméraire.

— Téméraire, si on veut. Demain, ce sera chaise longue.

Mais là encore, attention ! Cette fois-ci, ce sont les doigts pincés, voire quasi sectionnés, qui guettent les intrépides.

— Ou la couverture dans l'herbe, ajoute Jacinthe.

— Oh la ! Avec mon lumbago…

Pas faux, se dit Jacinthe. Lui aussi, il est traître.

— Mais vous, vous êtes jeune, vous pouvez, affirme Huguette.

— Jeune, jeune... Tout est une question de point de vue. Sans doute assez jeune pour la couverture, mais bien trop vieille pour le hamac.

— Vous avez raison. Moi je suis trop vieille pour le hamac et la couverture. Par contre, pour la chaise longue, je ne dis pas non.

— Bon, alors, vous vous installez dans une chaise longue, que voici, et moi, je vais préparer le thé.

Je n'aurais jamais dû parler de chaise longue, se dit Huguette. Maintenant, je vais me pincer les doigts et passer pour une andouille. La dernière chaise longue que j'ai fréquentée m'avait pincé la peau entre le pouce et l'index, et il a fallu une bonne minute pour que Martine parvienne à me libérer. C'est long, une minute avec la peau déchiquetée par la gueule d'une chaise longue en bois. J'en ai encore des frissons dans le dos. D'ailleurs, il me semble bien que c'est elle, là. Je suis sûre qu'elle a encore mon ADN coincé entre le cadre et l'abattant. Saleté ! Tiens, d'ailleurs, je vais prendre un transat. Et toc ! Et puis en plus, un transat c'est plus chic. Le mot en lui-même est déjà tellement plus classe, de la famille des paquebots transatlantiques. Ça me fait rêver... Le France, le Normandie, le Titanic... Ahhh ! Le Titanic, ça va pas du tout ! Le naufrage du Titanic, voilà qui pourrait porter la poisse à ma Martine. Donc, pas de transat. Allez, hop ! une chaise fera très bien l'affaire. C'est bien, ça, une chaise. C'est très bien une chaise. Et voilà...

— Ah ! Finalement, vous avez abandonné la chaise longue ? Vous avez raison. Mais attention, celle-ci en particulier semble toujours prête à mordre. Je ne sais pas pourquoi, mais je lui trouve un regard mauvais.

— Un regard ?

— Mais oui, regardez, là, les trois vis, on peut y voir comme un sourire et un regard diaboliques. Vous ne trouvez pas ?

— C'est vrai ! Ça alors ! Justement, voyez-vous, je crois que c'est elle qui a failli me priver de l'usage de ma main l'été dernier.

— Ah ! Vous voyez ! Elle a le mauvais œil, je vous dis.

— Objets inanimés, avez-vous donc une âme ?

— Eh bien, celle-là, si elle a une âme, à l'heure qu'il est, elle doit brûler en enfer.

Et toutes les deux tournent vers la pauvre chaise longue le même regard accusateur, empli de désir de vengeance.

Là-dessus, un ange passe – ils sont toujours à l'affût, ceux-là – qui remet un peu de paix dans le cœur des deux femmes. C'est Huguette qui rompt le silence.

— Je me fais du souci pour Martine. Cela dit, je me suis toujours fait du souci pour elle. Déjà petite, elle était fragile. Pas physiquement, mais au niveau du mental. Elle avait été suivie par un psychiatre, à l'époque, les psychologues, on n'en trouvait quasiment pas. Il avait eu très peur pour elle. On ne sait pas pourquoi, mais elle s'était créé tout un monde imaginaire et n'était pas loin de croire à la réalité de ce monde, plus qu'à la réalité du nôtre. Ce médecin l'avait aidée à construire des sortes de digues pour tenir à distance ce monde-là, et nous avait expliqué qu'à l'adolescence, soit les digues sauteraient et là ce serait le drame pour son équilibre psychique, soit au contraire les digues seraient consolidées et tout irait bien pour l'avenir. Et à l'adolescence, tout s'était bien passé et j'avais pu enfin respirer. Cette épée de Damoclès au-dessus de la tête, je n'en pouvais plus. Son père nous avait quittées entre temps et j'étais désormais seule à faire face. C'est pour cela que j'ai toujours eu peur pour ma fille, surtout dans ses relations avec les hommes qui peuvent remuer tant de choses et faire tant de mal. Je ne veux pas que ma fille perde pied à cause d'une histoire de cœur. Qu'elle se retrouve dépressive et malheureuse. Nous avons réussi à la sauver par le passé, alors ce n'est pas pour qu'un homme vienne aujourd'hui la faire sombrer !

— Je vous comprends.

— Vous croyez que Martine a quelqu'un dans sa vie ? Je la trouve changée, ces derniers temps.

— Eh bien, justement, je voulais vous en parler. Effectivement, elle a rencontré quelqu'un.

— J'en étais sûre ! Mais pourquoi ne m'a-t-elle rien dit ?

— Justement parce que vous vous inquiétez pour elle à ce sujet. Et puis, pour le moment, il n'y a rien d'officiel. Elle attend de vraiment savoir à qui elle a affaire, avant de le présenter à ses amis, à ses enfants, à sa famille.

Martine et Jacinthe s'étaient mises d'accord sur le fait de ne pas parler du mariage de Dominik. Cela aurait fait faire des nuits blanches à Huguette. Il valait mieux dire que c'était le fait de Martine, ainsi Huguette y verrait plutôt un signe de sagesse de la part de sa fille, ce qui ne pourrait que la rassurer.

— Vous pouvez lui en parler, mais évitez de lui poser trop de questions. Elle avance à petits pas dans cette histoire et ne se montre pas empressée.

— D'accord, j'essaierai de suivre votre conseil.

Huguette reste pensive.

— Vous vous souvenez de sa dernière aventure, demande-t-elle ?

— Oui bien sûr, lui répond Jacinthe.

— Elle y avait vraiment cru, cette fois-là. Elle s'était jetée à corps perdu dans cette relation. Et le résultat, c'est que ça lui avait fait beaucoup de mal.

— Je sais bien. Mais là, vous voyez, justement, elle prend son temps. Et elle ne tient pas ce discours de la perfection de leur relation, comme la dernière fois. Elle le voit comme un homme qui ressemble à tous les hommes, avec des tas de défauts, mais sans oublier ses qualités.

— Donc vous ne l'avez pas rencontré ?

— Eh non ! Je ne sais absolument pas à quoi il ressemble.

— Pas le genre de la dernière fois, en tout cas ?

— Je ne crois pas, non. En tout cas, à travers ce qu'elle en dit je n'ai pas cette impression. Ça vous avait choquée, sa dernière histoire ?

— Tout à fait, oui ! J'avais bien cru que ma Martine allait en perdre son équilibre.

Huguette se tait un instant, hésitante, puis reprend :

— Mais, vous aussi vous aviez vécu une drôle d'histoire, si je ne me trompe ? C'était en même temps que Martine ou à peu près, je crois. Vous étiez encore dans votre appartement.

— C'est vrai. Et mon histoire ressemblait tout de même pas mal à celle de Martine. À croire que ces gars-là s'étaient donné le mot. Deux histoires de fous !

— Vous pouvez le dire ! Deux vrais fous qui devraient se faire suivre ! Peut-être même interner. Et voilà le résultat, c'est vous deux qui avez dû voir un psy.

— Parfois, il faut rencontrer quelqu'un pour évacuer. Même

si ça ne soigne pas l'origine du mal. Car ce sont eux effectivement qui devraient se faire suivre. Mais que voulez-vous, c'est ainsi…

— Martine s'en était bien sortie. Et vite, en plus ! J'avais été fière d'elle.

— Et vous avez raison. De mon côté, je n'en suis pas là où en est Martine. Nouer une relation avec un homme, c'est pour moi du domaine de la science-fiction pour le moment.

— Chaque chose en son temps, non ?

— Exactement Huguette. Et vous, vous n'avez jamais pensé à vivre une nouvelle histoire après le décès de votre mari ?

— Oh, vous savez, il y avait les enfants. Et puis, il y a eu leurs vies de couple. Je les découvrais sous un nouveau jour. Je passais beaucoup de temps à écouter leurs confidences, à les conseiller, les encourager. Je jouais un peu les voyeurs, je vivais une vie de couple par procuration. Et puis, j'ai été grand-mère, une si heureuse grand-mère. Et quand je me suis retournée, j'ai vu que j'avais parcouru un si long chemin toute seule, sans compagnon. J'avais totalement perdu de vue la notion de vie amoureuse. Mais Martine, elle…

— Elle est encore jeune, c'est ça ?

— Eh oui…

— Ne vous inquiétez pas pour elle. Et puis, si je sens quelque chose qui ne va pas, je tâcherai d'en savoir plus et je vous tiendrai au courant. Et en plus, j'ai les coordonnées de Daniel, je pourrai toujours lui demander un coup de main en cas de problème. Mais honnêtement, je ne vois pas ce qui pourrait lui arriver.

Je n'aime pas mentir de la sorte, mais là, pour la pauvre Huguette, aucun intérêt à l'amener à se faire du souci tant que je ne suis pas arrivée au bout de mes investigations.

Huguette reste pensive. Bien des questions et des doutes tourbillonnent dans sa tête. Faire confiance à Jacinthe, pourquoi pas ? De toute façon, elle n'a pas vraiment le choix. Sa fille lui en dira encore moins que Jacinthe, donc autant attendre.

— Huguette, je vais devoir vous laisser, j'avais prévu de passer chez moi pour relever le courrier et aller remercier mon gentil voisin qui s'occupe des poules.

— Alors, je vous aide à ranger tout ça et je file moi aussi. Et puis non, tenez, allez donc prévenir vos enfants que vous vous absentez et qu'ils peuvent venir chez Martine en cas de besoin ou même tout simplement pour goûter, je vais préparer des crêpes. Pendant ce temps, je range la théière et je lave les tasses. Allez, ouste !

— À vos ordres !

Ah la la, cette Huguette… Il va falloir que je la ménage. Je sais que déjà avec son fils, toujours prêt à quitter les sentiers battus au risque de se mettre en difficulté, elle ne dort toujours que d'un œil. Alors, du côté de Martine, ce serait bien qu'elle puisse être rassurée. Avec elle, elle croyait être à l'abri des soucis, lorsqu'elle a compris que Martine n'était pas une excentrique comme son frère. Et puis les problèmes sont venus autrement.

**

Jacinthe vient d'arriver chez elle. Elle commence par ramasser le courrier dans sa boîte, sans même y jeter un œil.

De nos jours, on n'écrit plus, se dit-elle, *sauf pour l'administratif qui ne peut pas être géré par mail ou sur Internet. Plus de longues lettres pour donner des nouvelles, où l'on prenait soin de sélectionner le papier, la couleur de l'encre, l'enveloppe, et même le timbre, choisi « de collection », que l'on allait quérir au bureau de poste, en faisant la queue, que l'on positionnait avec précaution après s'être enduit la langue d'une pellicule tenace de colle amère.*

De nos jours, encore parfois une carte postale, rédigée à la va-vite, sur un coin de table de café, en prenant une boisson fraîche, même pas d'enveloppe, tout le monde peut lire ce qu'on raconte, avec un timbre qui remplit juste son office de timbre, un centimètre carré de taxe payée à l'avance, mais n'est plus choisi pour décorer, pour que la lettre se fasse belle. Et moi, je suis comme tout le monde, je n'écris plus non plus. Un comble !

Jacinthe fait le tour de la maison. Tout à l'air de sécher convenablement, pas de moisissures, pas d'odeur putride. Laissons donc les choses en l'état.

Elle a une liste de quelques bricoles à récupérer ici et là, pour elle, pour ses filles. Les objets sont vite retrouvés et stockés dans les sacs qu'elle a apportés. Il lui faut maintenant aller remercier le maître d'Attila. Les poules ont l'air d'être en parfaite santé, toutes guillerettes, avec de la paille bien fraîche, de l'eau en abondance et du grain autant qu'elles en veulent.

Jacinthe jette tout d'abord un œil à son courrier. Factures, publicités, un courrier de l'assurance, une carte postale de Saint-Tropez (vacances super, on pense à vous, bisous), un devis pour les travaux de réparation, une autre carte postale, de Corse (on pense bien à vous, on vous embrasse en vous envoyant un gros rayon de soleil), encore des pubs et une troisième carte postale (pluie, pluie, pluie, pas grave, c'est superbe, bisous). *Où sont-ils eux, déjà ? Ah oui, l'Irlande...* Et puis une enveloppe sans timbre, déposée à même la boîte. Jacinthe va pour la jeter, et puis elle réalise que son nom est écrit à la main, avec des initiales à l'arrière : N. G.. *Qui est ce « Ènegé » ?*

C'est un faire-part, ou quelque chose du même acabit : « Nicolas a le plaisir de vous inviter à vous joindre aux festivités qui se dérouleront chez lui, le samedi 22 août (ça, c'est dans quatre semaines), pour fêter son premier demi-siècle ». *Je ne connais pas de Nicolas, il a dû se tromper, ce monsieur.* Puis Jacinthe aperçoit une petite annotation manuscrite tout en bas : « **Vos filles sont les bienvenues !** » Elle regarde l'adresse : mince, monsieur Attila ! *C'est vrai que je ne connais pas son prénom. Voilà que l'on se met à faire comme nos enfants, on ne se présente même plus.*

Eh bien, sa visite au voisin va lui permettre de faire d'une pierre deux coups. Le remercier, et… le remercier. Pour les poules et pour l'invitation.

Elle fait donc le tour du pâté de maisons pour parvenir devant la maison de son voisin de jardin. À peine a-t-elle sonné qu'il ouvre sa fenêtre, prêt à l'accueillir, à ne pas confondre avec la cueillir. Quoique…

— Je viens juste de ramasser les œufs de vos poules. Elles pondent drôlement bien ! Vous pourrez en emporter une bonne douzaine. Entrez, j'arrive.

Et le voilà qui descend son envolée de marches.

— Alors ça y est, Attila est parti chez votre fils ?

— Eh oui, il est parti dévaster d'autres terres. Là-bas, il a de l'espace.

— Je voulais vous remercier pour les poules. C'est vraiment gentil de votre part, ça m'évite de me faire du souci pour elles. Vous êtes sûr que ça ne vous embête pas ?

— Pas du tout. Au contraire, j'adore passer les voir le matin avant d'aller travailler et le soir en rentrant. Ça me rappelle mon enfance, j'allais chercher les œufs avec ma grand-mère. Ils avaient aussi des canes et des oies.

— Je crois que je vais m'arrêter aux poules…

— Au fait, je voulais vous dire, j'ai percé un passage dans le grillage, entre nos deux jardins, ça m'évite de faire le grand tour. Mais je remettrai tout en ordre dès votre retour.

— Oh ! Vous avez eu raison. Et je crois que vous pourrez laisser ça comme ça. Ne vous embêtez pas. Mais je voulais aussi vous remercier pour votre invitation, je l'ai récupérée en arrivant.

— Dites-moi que vous pourrez venir !

Effectivement, comme dirait Martine, je crois que j'ai un ticket…

— Oh oui, tout à fait, bien sûr. Je n'ai rien de prévu ce jour-là, et mes filles non plus. Elles vont regretter qu'Attila ne soit pas là.

— Mais il viendra puisque mon fils sera là. Il va l'amener avec lui. Il tient à ce que le chien ne perde pas l'habitude de mon jardin pour le cas où il devrait me le laisser en garde.

— Vous n'avez qu'un seul fils ?

— Oui, oui. Il est tatoueur. D'ailleurs, à ce sujet, il semblerait qu'il y ait eu dans le quartier des rumeurs malveillantes là-dessus. Des personnes auraient vu régulièrement des jeunes gens au torse nu chez moi et en auraient conclu je ne sais quelles inepties plus ou moins grivoises, voire pédophiles.

Vous êtes au courant ? Vous en avez entendu parler ?

— Oh non, pas du tout !

Quelle vilaine menteuse je fais, par moments...

— Alors, tant mieux. J'avais peur que vous vous fassiez une piètre opinion de moi.

— Ne vous inquiétez pas, j'ai vu tout de suite que vous étiez quelqu'un de bien.

Attention, Jacinthe ! Ton nez va finir par aller chatouiller celui du monsieur.

— Mais, dites-moi, quelles nouvelles dans le quartier ? Pas grand-chose, j'imagine.

— Détrompez-vous ! Il s'est passé des trucs étonnants.

— Oh oh ! Dites-moi tout.

— Vous boirez bien quelque chose de frais ?

— Avec plaisir.

— Alors, asseyez-vous, j'arrive.

Rapide, le Nicolas. Il est de retour au bout de deux minutes, avec tout ce qu'il faut pour se désaltérer. Les glaçons tintinnabulent en flottant dans le pichet d'eau citronnée. Des grelots pour l'été.

— Eh bien, voilà. Ça a commencé un soir, alors (*qu'il tombait de sommeil, et se perdit en cherchant une route que jamais il ne trouva...,* pense Jacinthe, *mais non, ça, c'est avec ce brave Roy Thinnes dans le rôle de David Vincent...*) que la petite dame en face de chez vous, je ne sais pas son nom.

— Mamie Pneus ?

— Euh... oui, si on veut. Vous l'appelez comme ça ?

— Oui. À cause des pneus. Et puis, il y a Monsieur Râleur, mon voisin direct. Et Papi Boulon, le monsieur qui vient tailler mes rosiers. Et aussi le Colibri, l'autre voisin, le roi du pédalier.

— Eh bien ! Vous donnez des surnoms à tout le monde ?
— Oui, presque. La boulangère, c'est Dents de la mer.
— Non ?
— Vous avez vu ses dents ?
— Ça, on ne peut pas les louper.
— D'où le surnom…
— Et moi vous m'appelez comment ?
— Le voisin de derrière.
— Ah, là, pour le coup, c'est pas très original.
— Mais les filles vous ont aussi appelé le sadique, l'affreux, le psychopathe, l'assassin et j'en passe. Mais maintenant, c'est fini.
— Et si je vous propose de m'appeler Nicolas, ça ne vous gêne pas ?
— Oh non, c'est bien aussi les vrais noms. Mon neveu disait ça quand il était petit : le nom et le vrai nom, au lieu de dire le nom et le prénom. Du coup, il ne comprenait rien, s'il y a un vrai nom, alors l'autre, le nom, c'était un faux nom. Mais alors, pourquoi ne pas dire tout de suite le vrai nom ? Et laisser tomber le faux nom, celui qu'on appelle le nom. Mais avant d'avoir compris sa méprise, quand il nous demandait à propos d'une personne « oui, mais c'est quoi, son vrai nom ? » nous ne comprenions pas ce qu'il voulait. Quel dialogue de sourds ! Et ça a duré un paquet d'années !
— Eh bien, moi, mon vrai nom, c'est Nicolas. Et vous ?
— Jacinthe.
— Un nom de fleur. Et pas des moindres. La jacinthe fait

partie de ces fleurs qui annoncent le réveil de la nature au printemps. C'est important.

— Oui, mais elle est toujours présentée tout engoncée dans un pot. De là à en conclure que c'est une potiche... Bon, c'est pas tout ça, mais vous étiez parti pour me raconter les ragots du quartier. Et moi, j'adore les ragots.

— Exact ! Donc un soir, Mamie Pneus, comme vous l'appelez, était occupée à dégonfler les roues d'une voiture. Or, il se trouve que cette voiture était celle d'un ami du... comment vous dites, déjà ? Ah oui, le Colibri. Mais seulement, voilà, le Colibri et son ami allaient à ce moment-là jusqu'à la voiture en question. Ils surprirent donc la petite dame en flagrant délit. Je ne vous dis pas ! Ça a fait un de ces ramdams ! La mamie hurlait, le Colibri encore plus, et son ami se faisait discret, essayant de calmer tout le monde et proposant de changer sa voiture de place. Et là, la mamie a donné un coup de tournevis dans la roue. Elle n'a fait aucun trou, mais ça a agacé le Colibri. Il s'est mis à rouer de coups la petite dame qui s'est retrouvée à l'hôpital avec plusieurs fractures. D'ailleurs, elle y est encore.

— Eh bien, un peu violent, le garçon !

— Ce n'est pas tout. Quand la police est arrivée, il s'est emparé du tournevis et a commencé à s'en prendre à un policier. Il est parti menotté. Pour l'heure il n'est pas revenu. Entre temps, monsieur... Râleur était sorti, et il a voulu s'imposer malgré l'injonction de la police qui lui demandait de rentrer chez lui. Comme il n'obéissait pas, l'ami du Colibri s'en est mêlé, et paf ! Il a pris un coup de poing dans l'œil par monsieur Râleur. Deuxième paire de menottes. Lui, il est revenu le soir même.

— Et pour le Colibri ?

— En fait, lorsque sa femme a été interrogée au sujet de son mari, elle a craqué et a avoué qu'il était régulièrement violent envers elle et les enfants et elle a pu exhiber ses trophées, des bleus un peu partout, des traces de brûlures et même d'anciennes fractures consolidées toutes seules qui ont été repérées aux radios.

— Que du bonheur !

— Et quand c'est comme ça, les langues se délient. Il y a eu des plaintes de la part de certains de ses collègues de travail. Je pense qu'il a du souci à se faire.

— Finalement, sacré quartier ! Et Papi Boulon ?

— Il a fini de tailler tous les rosiers des jardins alentour. On ne le croise jamais sans son sécateur.

— Ça veut dire qu'il va bien.

— Je crois, oui.

**

Jacinthe est repartie avec une belle récolte : une invitation pour un anniversaire, les cancans du quartier, son courrier, des nouvelles de son papi préféré, sans oublier une douzaine d'œufs, les objets récupérés et… un ticket avec le voisin.

Il ne m'a pas quittée des yeux, il me dévorait littéralement. Martine va bien se moquer de moi. Je vais en faire quoi, moi, d'un amoureux transi ?

**

— On est invitées nous aussi ? Tu fais voir la carte ?

Julie observe le carton d'invitation que sa sœur vient de lui tendre et elle le lit dans tous les sens.

— C'est rigolo, comme nom.
— Quel nom ?
— Le nom du voisin. Nicolas Gorgonzola.
— Gorgonzola ?
— Ben oui, regarde.

Effectivement... Je suis donc l'élue du cœur de monsieur Gorgonzola. Dois-je m'en réjouir ou en pleurer ? Mystère...

— Gorgonzola ? Ah ouais, quand même...

Jacinthe vient de montrer le carton d'invitation à Martine.

— J'étais sûre que tu te moquerais.
— Je ne me moque pas. Bon, d'accord, un peu tout de même. Mais c'est surprenant, comme nom. Que je sache, ce n'est pas un nom de ville, de rivière ou de région. C'est juste un nom de fromage. C'est ça qui est étonnant.
— Eh bien, détrompe-toi ! C'est une commune qui fait partie de la ville de Milan.
— Il aurait donc des origines italiennes. Un Lombard ?
— Faut croire.
— Et cet anniversaire, tu iras ?
— Bien sûr. Pourquoi ?
— Pour rien... Il est beau gosse, ton voisin.
— Pfff...

Le téléphone de Martine sonne à ce moment-là.

— C'est Michelle, ma sœur. La maman du neveu que j'ai en pension en ce moment.

Jacinthe s'éloigne un peu.

— Allô, Michelle ! Comment vas-tu ?

La conversation se poursuit, que Jacinthe écoute plus ou

moins, tout en pensant à autre chose. *C'est où déjà, la Lombardie ? J'ai bien envie d'aller voir sur Internet et en profiter pour me renseigner un peu sur l'histoire de la région, que je n'ai pas l'air trop inculte sur le sujet. Après tout, Martine a raison, ce monsieur Gorgonzola est aussi appétissant que le fromage du même nom. On verra bien ce qui ressortira de tout ça, mais en attendant, je vais me cultiver un peu, ce ne sera jamais perdu.*

Elle se dirige vers Martine pour lui signaler en langage sémaphorique qu'elle s'absente un peu. Elle attend pour cela le moment opportun, un petit trou dans la conversation. Les voix se répondent. Jacinthe entend celle de Michelle au loin. Elle aussi a l'air d'être pétillante, comme sa mère et sa sœur.

Martine se tourne vers elle, éclatant de rire, faisant ainsi écho au rire de sa sœur que l'on entend fuser du téléphone. Jacinthe en profite pour lui montrer qu'elle repart « chez elle ».

Elle fait demi-tour tout en pensant à la famille de Martine. Tous débordants de vie. Mais quelque chose lui trotte dans la tête. Quoi ? Quelque chose en rapport avec cette conversation qui n'était pas la sienne et à laquelle elle a presque participé malgré tout. La voix de Michelle était tellement audible.

Mais c'est ça ! La voix de Michelle aujourd'hui et celle d'Huguette l'autre jour ! Elle a pu entendre ces voix qui sortaient du téléphone de Martine. Et en bien d'autres circonstances encore. C'est comme ça avec Martine, elle a un petit problème d'audition, alors le son de son téléphone est réglé sur l'intensité maximum. C'est toujours comme ça ! Sauf... sauf... Oui ! Sauf la fois où Martine parlait avec Dominik ! Ce jour-là, c'est ça qui l'avait gênée : elle n'avait entendu aucune voix sortir du téléphone de Martine. On cherche toujours quelque chose à trouver, c'est idiot. Il est tout aussi important de chercher ce qui manque.

Maintenant, elle en est sûre : ce soir-là, lors de leur séjour à l'abbaye, il n'y avait personne à l'autre bout du fil, absolument personne...

CINQUIÈME PARTIE

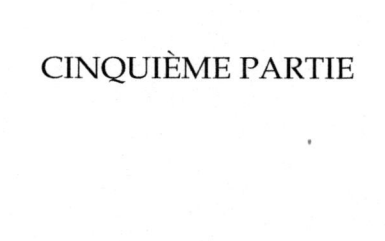

Lundi 27 juillet 2015

— Au revoir, Maman ! À ce soir !

— À ce soir, mes chéries. Profitez bien de votre journée, et soyez sages avec Mamie Huguette. Promis ?

— Promis, M'man.

— Et pas de scénario à la Club des Cinq, OK ?

— D'accord, on attendra d'être de retour ici.

— Parfait. Bisous, bisous.

Et les voilà partis.

**

— Tu fais quoi aujourd'hui ? demande Martine.

— Balade ! Balade en forêt. J'ai besoin de solitude. Et toi ?

— Devine…

— Mais oui, suis-je bête ! Tu le salueras pour moi ?

— Oui, oui, bien sûr.

— Alors, à ce soir, ma belle.

Les deux amies s'embrassent, et Jacinthe regarde Martine s'éloigner, toute frétillante de bonheur. Elle a un pincement au cœur en la voyant comme ça. *Ma belle Martine, mais dans quelle histoire t'es tu donc embarquée ?*

Jacinthe put téléphoner à Daniel la veille au soir et lui parler de ce qu'elle avait découvert.

— Tu es sûre de toi ?

— Mais oui. Tu sais bien, le son est tellement fort que pour un peu, on pourrait comprendre tout ce qui se dit.

— Je sais, je sais…

— Demain, je vais au restaurant où elle avait dîné un soir. En espérant qu'elle y soit vraiment allée. Ça, c'est pas gagné.

— C'est vrai. Bon, tu me diras ? Et si tu as besoin d'aide, n'hésite pas. J'ai encore deux semaines de liberté, mais après, boulot boulot.

— D'accord, c'est gentil. Je te dirai ça.

— Et rien à Maman, on est bien d'accord ?

— Bien évidemment ! La pauvre, je ne tiens pas à l'envoyer à l'hôpital suite à une crise cardiaque. Avec le peu que je lui ai dit, elle était déjà suffisamment inquiète.

Et maintenant, en avant vers le restaurant en question. Il est ouvert tous les jours midi et soir. Surtout en ce moment, avec tous ces touristes. Jacinthe décide d'y arriver vers onze heures, avant que débute le service de midi.

Elle va donc occuper les deux heures qui précèdent en faisant une promenade en forêt. Marcher, ça l'aide à réfléchir, faire le point, avoir de nouvelles idées. *Quand je marche, j'avance…*

Je fais quoi si ma conversation avec le personnel du restaurant confirme ce que je pense ? Par rapport à Martine, je fais quoi ? Aller la voir directement, pas question. Passer mon chemin et faire comme si de rien n'était, pourquoi avoir fait tout cela alors ? Mettre les évidences devant elle et la laisser tirer elle-même les conclusions qui s'imposent ? Je risque d'attendre longtemps qu'elle voie les choses comme moi. Et puis de toute façon, qui dit que mes conclusions sont les bonnes ? Parce que Daniel pense comme moi ? La belle affaire !

En fait, c'est bien plus simple que cela. Dès que j'aurai trouvé le fin mot de l'histoire, je laisserai tout ça entre les mains de sa famille, car la suite ne me regarde pas et ne m'appartient pas. Et puis, quelles que soient les conséquences sur sa vie, je ne pourrai malheureusement pas faire grand-chose. Nous sommes amies et rien de plus. Daniel est d'accord avec moi, toutes mes conclusions, je les lui fais passer et il s'occupe du reste.

J'aimerais vraiment en finir au plus vite…

Deux heures de marche, ça fatigue, ça étourdit, mais ça recharge le cerveau. En arrivant devant le restaurant, Jacinthe a l'esprit clair, les neurones aux aguets, les méninges affamées. Et ça se voit. Elle vient se poser fermement devant la personne qui se trouve à l'accueil.

— Bonjour ! (c'est presque un ordre)

— Bonjour, Madame, vous désirez réserver ?

— Non, pas vraiment.

— Alors, je suis désolé, mais si c'est pour déjeuner, le restaurant est fermé pour le moment. Le service commence dans une heure.

— C'est-à-dire qu'en fait, j'aurais besoin d'un renseignement. Mais je voulais éviter de vous déranger en plein coup de feu.

— Eh bien, j'ai peu de temps, mais je pense pouvoir vous accorder quelques minutes.

Le garçon s'est détendu. Il est doit être reconnaissant de mon *attention. J'espère qu'il va accepter de collaborer. Tâchons d'être concise et claire. Et persuasive.*

— Eh bien, voilà. Il y a de cela plus d'un mois, une amie est venue souper chez vous. J'ai la date exacte, bien sûr. Et j'aurais voulu poser quelques questions à la personne qui s'est occupée de sa table.

— Quel genre de questions ?

— Eh bien, comment dire, c'est un peu délicat.

— Pas une histoire d'adultère, j'espère ? Parce que ça, c'est insupportable, et je vous préviens…

— Oh non ! Pas du tout ! Rien à voir. C'est juste qu'elle me dit être venue accompagnée d'un monsieur et…

— Et… ?

Allez, je lâche tout d'un coup et on verra. S'il me fiche dehors, j'aviserai.

— Eh bien, elle me dit qu'elle est venue avec ce monsieur, et moi je crois qu'elle était seule et se fait tout un cinéma. Voilà ! Et pour tout vous dire, je m'inquiète un peu pour elle.

Silence. Il la regarde et ne dit rien. Pas la moindre expression sur le visage.

Et flûte ! Il va me mettre à la porte et je serai complètement grillée. Quelle nouille je fais, parfois ! Jacinthe, tu m'agaces, tu m'agaces, tu m'agaces !

— Un soir, dites-vous ?

— Oui, tout à fait. Un samedi soir du mois de juillet. Voilà la date.

Et elle lui passe un petit papier avec la date exacte.

— Vous voyez, c'était le vingt juillet, mais le problème, c'est que je ne sais pas sous quel nom c'était réservé. Le sien ou celui de ce monsieur.

— Dans ce cas, vous allez devoir revenir plus tard. Ce soir. Je vais vérifier, mais je crois pouvoir d'ores et déjà vous dire que le serveur qui peut vous renseigner ne travaille que le soir durant tout l'été. Et... attendez, je vais vérifier s'il travaillait ce jour-là.

Et le voilà qui se plonge dans un gros classeur. *Allez, allez allez, mon Dieu, faites qu'il me donne l'info.*

Mais il referme le classeur en gardant les doigts dedans.

— Vous êtes sûre que ce n'est pas une sale histoire ? Rien à voir non plus avec la police ?

— Mais non, je vous jure ! C'est juste que je me fais du souci pour mon amie.

— Je vois, vous avez peur qu'elle soit... enfin, qu'elle traverse une période difficile, c'est ça ?

— Voilà !

Peu importe l'idée qu'il se fait, tant qu'il me donne ce que je veux !

Il rouvre le classeur, tourne quelques pages.

— Oui, c'est bien cela. Revenez vers 18 h, et demandez Arthur. Il pourra vous renseigner.

— Oh ! Merci, merci, merci ! C'est vraiment gentil de votre part.

— Je lui dirai que vous devez passer et pourquoi. Ça vous évitera de tout ré expliquer.

— Formidable ! Merci infiniment.

Jacinthe prend congé, fait quelques pas, puis se retourne.

— Mais, dites-moi, comment savez-vous à quel serveur je dois parler ? Il n'est pas tout seul à assurer le service du soir, tout de même ?

— C'est vrai. Mais ce que vous m'avez dit m'a fait penser à quelque chose qu'il nous a raconté le lendemain. Il semblait avoir été... comment dire... touché par ce qui s'était passé ce soir-là. Mais il vous expliquera ça mieux que moi.
— Merci.
Ça ne me plaît pas du tout, tout ça... Et sept heures à attendre, en plus !

Jacinthe se retrouve assise derrière le volant de sa voiture, pensive et dubitative. Que va-t-elle faire, maintenant ? Elle a besoin de se poser, de se calmer, de remettre ses idées à plat. Qui pourrait l'aider pour ça ?
Je sais ! Marianne ! Je vais aller voir Marianne, elle est toujours de bon conseil. Et elle sait me tempérer, quand je veux trop en faire ou trop vite.
Marianne est un ex-bébé du Baby-boom né juste après la guerre. Un bébé de la victoire. D'où ses trois prénoms : Marianne, Francette (pour France) et Gloria (pour la victoire). Déjà qu'en temps normal, les gens semblent disjoncter dès qu'ils doivent trouver un prénom pour leur enfant à naître, alors, dans des circonstances exceptionnelles comme la fin d'une guerre, ça devient assez terrible. Des prénoms pareils, ça marque.
Jacinthe s'est toujours étonnée de ce qui peut se passer dans la tête des futurs parents lorsqu'ils doivent décider d'un prénom pour leur enfant. Ça s'explique comment ? Les hormones de la grossesse ? Pour la maman, d'accord. Mais pour le papa, il devrait arriver à tempérer sa couveuse de femme. Mais non, il faut croire qu'il se laisse emporter par les

flots hormonaux de sa moitié. À finir par en être parfois encore plus inventif qu'elle...

Jacinthe a pu en faire le constat au sein d'une famille qui réside pas très loin de chez elle. Quatre enfants, tous du même père et de la même mère, cette précision est importante. Pour les trois premiers, déferlement de prénoms vaguement anglo-américains : Andrew, Kimberley et Sue-Ellen (*sic !*) Et pour le petit dernier, allez comprendre pourquoi : Jean-Pierre ! Serait-il en fait le fils du facteur ? Et du coup, il doit le payer, en ne faisant pas vraiment partie du clan. Ou bien les parents ont-ils eu tout à coup une révélation, du genre « Nous sommes Français » ? Mystère...

Pour Marianne, on peut comprendre l'état d'excitation des parents, c'était une période particulière. Mais tout de même, c'est elle qui porte tout cela aujourd'hui encore, plus de quatre-vingts ans après. Résultat, Jacinthe ne sait pas si c'est directement lié, mais elle a des soupçons, car Marianne a tout de même suivi vingt ans de thérapie. Difficile de devoir être l'éternelle « vainqueure »...

Jacinthe se gare devant chez Marianne sans avoir pu l'avoir au téléphone auparavant pour l'avertir de son arrivée. Sera-t-elle disponible ? Elle reçoit parfois des personnes pour les aider. Marianne a un truc dans les mains, une sorte de fluide. Elle arrête le feu sur les brûlures, elle soulage les problèmes de peau, les douleurs dans les articulations. C'est ainsi que Jacinthe l'avait connue. Elle avait eu durant toute sa grossesse des éruptions d'énormes plaques d'eczéma, qui avaient disparu spontanément au moment de la naissance. Et puis, quelques années plus tard, les plaques étaient revenues. Son dermatologue voulait éviter l'usage de fortes doses de corticoïdes et avait donc envoyé sa patiente chez Marianne avec qui il travaillait depuis plusieurs années. Il lui faisait confiance. Un médecin pas trop obtus...

Et c'est ainsi que Jacinthe et Marianne avaient copiné, puis que les filles de Jacinthe étaient venues se faire soigner leur propre eczéma, beaucoup plus léger. « Tu as développé tout cet eczéma pendant ta grossesse pour les protéger, elles, et qu'elles en aient le moins possible. C'est ça, les bonnes mères, elles peuvent protéger leurs enfants, se sacrifier pour eux, même à leur insu. C'est leur inconscient qui les guide. » Marianne a toujours des explications peu banales pour tout.

Jacinthe sonne. Elle attend. Marianne n'a pas toujours l'audition fiable. Au-delà de trois minutes, elle sonnera de nouveau. Elle peut être sûre de ne pas la déranger, la grenouille est en bas de son échelle. Une grenouille de terre cuite, posée dans son jardin. En bas de l'échelle, la voie est libre. En haut, Marianne est avec un client. Qu'on ne verra pas sortir, d'ailleurs, car elle a une autre porte à l'arrière. Ça évite les rencontres gênantes.

Trois minutes.

Jacinthe sonne une seconde fois.

Et voilà Marianne qui surgit comme un diable de sa boîte.

— Excuse-moi ma belle, j'étais au téléphone avec le plombier.

— Tu as un problème de tuyauterie ?

— Non. Il s'est brûlé en faisant une soudure. Il va arriver d'ici une petite heure. On a tout le temps de papoter !

Et elle devance Jacinthe jusqu'à la maison. Au passage hop !

Elle perche la grenouille...

— Alors, qu'est-ce qui t'amène ?
— J'ai besoin d'un conseil. D'ailleurs, j'ai honte, je ne viens que rarement pour prendre de tes nouvelles. C'est toujours quand j'ai besoin de toi.
— Tu me téléphones ! C'est déjà très gentil. Tout le monde n'en fait pas autant. Mais dis-moi ce qui te tracasse et on verra si je peux t'aider.

Jacinthe raconte tout ce qu'elle peut sur l'histoire de son amie et donne ses conclusions.

— Eh bien écoute, une chose déjà me saute aux yeux.

Chouette, Marianne va m'aider à dénouer tout ça en un clin d'œil !

— C'est que ton amie peut se vanter d'avoir en toi une sacrée alliée.

Ça, c'est gentil, Marianne, mais c'est pas vraiment ce qui va m'aider...

— Sinistrer ta maison pour elle et passer tes vacances à enquêter pour son compte. Qui ferait ça, de nos jours ?
— Ben... je sais pas.
— Pas grand monde, je peux te le dire.
— Moi, je voyais ça autrement. Tout à l'inverse. J'ai peur qu'elle découvre ce que je fais et qu'elle se vexe à mort, qu'elle voie ça comme une trahison de ma part.
— Toujours aussi positive avec toi-même à ce que je vois.
— C'est comme ça.
— Quelqu'un d'autre est impliqué dans tes recherches ?
— Son frère. Il a les mêmes doutes que moi. Sa mère sait juste que Martine a un chéri, mais seulement depuis hier. Pour le

reste, motus et bouche cousue. Elle s'inquiète déjà tellement.

— Je pense que le mieux que tu as à faire est de poursuivre tes recherches, mais sans perdre de temps. Plus tu traîneras, plus ton amie aura d'occasions de se rendre compte de ce que tu fais. Et d'ailleurs, tu m'as dit qu'en plus du restaurant, tu as encore deux autres lieux à visiter. C'est bien ça ?

— Oui, oui.

— Alors, partage ça avec son frère. Un endroit chacun.

— C'est une bonne idée, effectivement.

— Tu sais où sont ces deux lieux ?

— Pour l'hôtel de ses vacances, oui. Mais pas pour son lieu de stage.

— Procure-toi ça au plus vite et vois ce qui est le plus pratique pour toi. Tu as du temps jusqu'à 18 h, essaie de voir ton amie et d'obtenir les infos qui te manquent.

— Tu as raison, pas de temps à perdre et ne pas lui laisser l'opportunité de cogiter sur ce que je fais ni de faire des liens. Cela dit, elle est complètement obnubilée par son histoire avec ce Dominik, elle ne voit rien d'autre.

— Tu as son prénom ? C'est un bon début.

— Oui, et aussi quasiment son adresse. Dominik avec un « k ». Et sa femme, c'est Viviane.

— Dominik et Viviane, tu dis ? C'est drôle, ça me dit quelque chose.

— Tu les connais ?

— Non, je ne crois pas. C'est juste que... j'ai l'impression que c'est quelque chose que j'ai entendu. Mais il y a un moment déjà. Nom d'un chien, à quel sujet ? Flûte, j'ai beau chercher, ça m'échappe. C'est pas grave. Ça reviendra tout seul ! Je regarderai quand même dans les fiches de mes clients. Mais je ne crois pas que ce soit ça. Je te dirai si je retrouve.

— Ah oui, ça serait bien. Ces deux prénoms, c'est pas banal quand même.

Coup de sonnette.

— Ah ça, c'est mon plombier ! Il est en avance. Il doit avoir drôlement mal !

Les deux femmes prennent congé et Jacinthe part faire quelques courses.

Je vais cuisiner un bon petit plat et inviter Martine à manger avec moi, si elle n'est pas avec son chéri pour ce midi. On parle toujours plus facilement autour d'une table. Et puis, ça fait moins convocation.

**

— Ça fait du bien d'être sans enfants pour manger, non ?

— C'est vrai. Au fait, j'ai eu ma mère au téléphone. Tout se passe bien au zoo. Les enfants sont très mignons et il y a plein de nouveautés à voir.

— Donc on peut savourer sans arrière-pensée le silence qui nous entoure.

Avant de poursuivre, Jacinthe laisse passer un ange qui semblait vouloir s'imposer. Il faut toujours laisser passer les anges qui en font la demande silencieuse.

— Et pour toi, du côté travail, tu as des touches ?

— Quelques-unes, mais on est encore début août. Après le 15, la France se réveille, ça devrait bouger davantage.

— Ton stage t'a aidée pour tes recherches ?

— Oui, c'était intéressant, on a travaillé sur la façon de se vendre, en quelque sorte.

— Et c'était organisé par qui ?
— Le Conseil Général.
— Dans leurs locaux ?
— Oh non, pas du tout ! C'était aux Naïades. Tu sais ? Le nouveau complexe aquatique qui a ouvert l'an dernier. On a dormi sur place.
— Pourtant c'est tout à côté !
— Oui, mais c'était pour être immergés 24 h sur 24. En circuit fermé, plongés dans le sujet de jour comme de nuit.
— Pourquoi pas, effectivement.
— Quatre jours complets à plancher sans arrêt. J'espère que ça va porter ses fruits lors de mes entretiens. C'était tout de même assez fatigant.
— Oui, mais ça t'a permis de rencontrer ton chéri. Tu auras au moins gagné ça.
— C'est vrai...

Et le regard de Martine se plonge dans le vide, au loin, très loin.

À quoi penses-tu, ma belle ?

Jacinthe a les informations qui lui manquaient, dates et lieu du stage de Martine.

Son amie est partie retrouver Dominik pour le reste de la journée. Jacinthe va se reposer un peu. Ses nuits sont agitées en ce moment. Logique...

Chaise longue ? Non. Trop risqué, surtout pour les doigts. Hamac ? Non plus. Il pourrait la retenir prisonnière, le traître. Couverture dans l'herbe ? Allez, va pour la couverture. Mais alors, sous un arbre. Le soleil tape un peu trop, ne risquons pas l'insolation. Réveil à ?...16 h 30. C'est bien ça, 16 h 30. Et après, boire un café, marcher un peu et hop ! Direction le restaurant.

Jacinthe règle son réveil et s'allonge, puis sombre rapidement dans un sommeil de plomb.

J'aurais dû m'en douter ! Les orages d'été sont les plus violents… et les plus sournois !

Elle finit de s'essuyer les cheveux. Elle a été réveillée en sursaut par des trombes d'eau qui lui tombaient dessus. Les branches du saule pleureur n'ont pas suffi à la protéger de la pluie soudaine et diluvienne qui s'est abattue sur elle. Sacré réveil ! Elle s'est précipitée sous une douche bien chaude pour laver le traumatisme du réveil.

17 h, j'ai le temps d'avaler un café bien chaud avant de partir. Je suis transie !

**

— Bonjour. Je voudrais parler à Arthur, s'il vous plaît. Votre collègue de ce midi m'a demandé de revenir vers 18 h.

— Ah oui, je suis au courant. Je vais le chercher.

Sympa, ce resto ! Le jour où je voudrai me faire inviter, je sais où aller.

— Bonsoir, Madame. Je peux vous aider ?

— Bonsoir ! Mais dites-moi, on se connaît, non ?

— Oui, je crois vous avoir croisée chez monsieur Gorgonzola. Je suis un ami de son fils. Ce sont vos filles qui s'occupaient d'Attila, c'est ça ?

— Exactement !

Donc, lui doit être un des tatoués du fils Gorgonzola. Un Lucas, comme disent les filles. Et pour le coup, je crois qu'elles ont raison. Bon, cette coïncidence va m'aider, le garçon est en confiance. Allons-y !

— Votre collègue vous a expliqué pourquoi je suis là ?

— Oui, oui, tout à fait.

Jacinthe lui montre une photo de Martine.

— C'est au sujet de cette personne.

— Oui, c'est cela. Je me souviens très bien d'elle.

— Et donc, ce soir-là, elle était accompagnée ?

— Eh bien, en fait non, pas du tout. Et c'est bien cela qui était intrigant. Elle avait réservé pour deux personnes et demandé une table isolée, un peu cachée du reste de la salle. Nous avions même déplié un peu plus un paravent qui se trouve près de cette table, à sa demande, de façon à l'occulter par rapport au reste de la salle. Mais moi, j'avais une vue parfaite de ce qui s'y passait. Obligé, pour mon service.

— Et ?

— Bien qu'étant finalement seule, elle a commandé deux menus. Que j'ai servis comme s'il y avait deux personnes.

— Et ça ne vous a pas étonné ?

— Bien sûr que si ! J'en ai parlé à un collègue un peu plus ancien dans le métier. Il m'a juste dit de faire comme s'il y avait bien deux personnes. Servir les assiettes, débarrasser, remplir les verres, etc. Mais moi, je ne l'ai quasiment pas quittée des yeux de tout le repas. Elle semblait s'adresser à quelqu'un en face d'elle, lui prenait la main, lui faisait goûter son plat. Comme un couple amoureux, en gros. C'était…

— Étrange ?

— Ah ça !

— Et ensuite ?

— Elle est partie. Et c'est tout. Quand elle a disparu de la réception, j'ai poussé un sacré soupir ! Mon collègue est venu vers moi et m'a expliqué que ça arrivait parfois. Des gens qui font une sorte de pèlerinage, après un décès, un divorce pas désiré. Enfin, ce genre de chose quoi…

— Vous me confirmez donc qu'elle était seule ?

— Ah pour ça, oui ! Seule de seule. Mais il y a quand même un truc…

— Oui ?

— Eh bien, vous voyez, elle regardait dans le vide. Forcément. Et pourtant, elle avait le regard qui semblait malgré tout posé sur quelque chose qui aurait été à l'exacte distance d'un convive en face d'elle.

— C'est-à-dire ?

— J'ai fait un peu de mime, à une époque. Et le truc le plus dur à travailler, c'est le regard. Par exemple, faire semblant de lire un journal, avec les yeux qui ne regardent donc rien et se trouvent face à un vide où l'objet le plus proche est à plusieurs mètres, et on doit pourtant continuer à accommoder comme si on regardait un journal à quelques dizaines de centimètres. Ça, c'est super dur. Eh bien, c'est exactement ce qu'elle a fait pendant toute la durée du repas. À croire qu'il y avait vraiment quelque chose à voir, là, en face d'elle. Et ça, c'était franchement flippant, je vous assure ! Juste un regard, et on se retrouve à flipper…

En arrivant à son chez elle temporaire, Jacinthe extirpe de ses cartons de livres plusieurs écrits sur des sujets ésotériques.

Livres, magazines, articles trouvés sur le net, témoignages… L'histoire de Martine ressemble à s'y méprendre à des témoignages de maisons hantées, de personnes hantées ou possédées. Quel est donc ce compagnon qui a jeté son dévolu sur Martine ? Qui est cette entité ? C'est cela qu'il faut trouver : qui était ce Dominik avant de devenir une âme perdue, qui hante désormais son amie ?

**

— Maman ! C'était trop fort, le zoo ! Et puis, ça m'a donné plein d'idées pour des autres scénarios.
— Scenarii.
— Hein ?
— Non, rien. Et tout le monde a aimé, alors ?
— Ouais ! Et la copine de mamie Huguette, elle est super sympa. Elle nous a tous offert une énorme glace avec plein de trucs dedans, dans une coupe vachement jolie. Moi, j'ai pris une pêche Melba et Charlotte, un Banana Slip.
— Split.
— Quoi ?
— Banana Split. Pas slip. Ce qui serait nettement moins appétissant.
— Ah ouais, je me disais, aussi… Et ça veut dire quoi, Split ?
— Aucune idée.

Et la voilà repartie, sautillant sur un pied puis sur l'autre, sur un pied puis sur l'autre… Une journée de zoo, et elle est encore plus en forme que le matin au saut du lit !

Jacinthe téléphonera à Daniel dès que ses filles seront couchées. Il va falloir faire le point sur ce qu'elle a recueilli, et surtout s'organiser pour la suite. Elle devrait pouvoir assez facilement trouver du temps pour aller sur le lieu de stage de Martine, c'est tout à côté de chez elle. Une seule visite suffira. En revanche, pour l'hôtel, ça n'ira pas. Il faudrait qu'elle puisse s'absenter sur deux ou trois jours. Alors là, pas à tergiverser, c'est Daniel qui va s'y coller.

— Maman, Maman ! I'peuvent manger avec nous, ce soir, tous les trois ?
— Martine est d'accord ?
— Ouiiiiiiiii !
— Alors, OK. Mais c'est vous qui mettez la table. Et au trot !

Réunion au sommet dans la chambre de Julie.
— Alors, tu voulais me dire quoi ?
— Ben, c'est chelou. Y'a Maman, je crois qu'elle était au téléphone avec le frère de Martine, ils parlaient d'un hôtel et à tous les coups ils vont s'y retrouver, parce que Maman lui expliquait comment y aller.
— Sans blague ?
— Ben ouais.
— Mais alors, t'as espionné Maman ?
— Ben, oui et non, répond Julie. Elle parlait fort, alors j'ai tendu l'oreille. Et quand j'ai compris, j'ai écouté pour de bon.
— Ça te regarde pas, quand même.
— Je te rappelle que c'est le frère de Martine et qu'il est marié.
— Celui qui élève des piafs ?
— Pas des piafs ! Des perroquets ! Mais oui, c'est celui-là.

— Bon, tu veux qu'on fasse quoi ? demande Charlotte. On peut quand même pas demander conseil à Martine ? Et pas à mamie Huguette non plus.

— T'as raison. Ça craint.

— Et si on espionnait vraiment Maman ?

— Bof…

— Bon. C'est quand qu'ils doivent se retrouver à ton avis ?

— Ils ont parlé des deux semaines qui arrivent. Je crois que c'est parce qu'après, lui, il sera plus en vacances.

— Ça a l'air d'être loin cet hôtel ?

— Maman parlait de cinq heures de route en partant d'ici.

— Comment on va faire pour en savoir plus ? Attends… Je crois que j'ai une idée !

— Quoi ?

— On va relever les kilomètres sur la voiture de Maman. Et chaque soir, surtout ceux où on l'a pas vue de toute la journée, on ira voir le compteur.

— Et ?

— Ben si y'a un jour où elle a parcouru assez pour faire l'aller-retour, on verra à qui on en parle.

— OK. Bon, on fait combien de kilomètres en cinq heures ?

— Maman dit toujours un kilomètre égale une minute. Cinq heures, ça fait 300 minutes, donc en gros 600 kilomètres pour aller et revenir.

— Et si y'a pas de journée à 600 kilomètres ?

— Ben ça voudra dire qu'on se sera trompées.

— Ou qu'ils ont remis à plus tard.

— Ou qu'ils ont remis à plus tard…

— Chuuut ! V'là Mmaman qui vient nous dire bonne nuit…

**

— Oui, je t'explique comment on y va. Pour moi, d'ici, il faut compter cinq heures de voyage. Pour toi, ce sera plus long. Tu pourras pas faire l'aller-retour en une journée, il va falloir que tu dormes là-bas.

—

— Et pour ta femme ?

—

— OK.

—

— Avant la fin des deux semaines qui viennent ? Ben oui, je comprends, les vacances, c'est pas extensible.

—

— D'accord. On s'appelle demain pour organiser tout ça ?

—

— Bien, bien. Je t'embrasse. À demain.

Jacinthe raccroche et s'apprête à se mettre au lit. Une latte de parquet qui craque, juste derrière sa porte de chambre, puis craquement qui se suspend. Pas furtifs le long du couloir, jusqu'à la chambre de… Julie ?

Flûte, elle m'espionnait. Pourvu qu'elle ne se soit pas rendu compte de mes recherches, elle serait bien capable d'en parler avec sa sœur et les enfants de Martine. Oh, et puis je m'inquiète pour rien, on a à peine échangé dix phrases avec Daniel, elles n'auront rien compris. Bon allez, maintenant bisous de bonne nuit aux filles et au lit…

Mardi 4 août 2015

Une semaine a passé, au cours de laquelle Jacinthe s'est demandé à plusieurs reprises ce que ses filles pouvaient bien traficoter dans sa voiture. Elles ont toujours un prétexte pour demander les clés et aller y chercher quelque chose. Retrouver un objet oublié, consulter une carte routière, éteindre un plafonnier resté allumé… Que peuvent-elles bien chercher dans cette voiture ? Elle finira bien par comprendre.

Demain, elle doit aller faire un tour du côté du lieu de stage de Martine. Elle ira aux renseignements le matin, mais elle devra sans doute revenir plus tard dans la journée. Ses filles seront absentes dès le matin, en visite chez une copine jusqu'au soir.

**

Huguette observe sa fille. Elle n'est pas folle, elle voit bien les jours où celle-ci a passé du temps avec son chéri. À son retour, elle est toute joyeuse, le nez dans les nuages, un sourire bêta plus que béat posé sur les lèvres. Et en plus, dans ces moments-là, elle est quasi sourde, toutes les questions qu'on lui pose doivent être répétées au moins deux fois. Et encore, elle vous regarde alors avec une expression qui frise la consanguinité. Ce que les filles ont un air bête lorsqu'elles sont amoureuses ! Voilà bien une situation qui, dans un premier temps, ne les transcende pas du tout, elles sont réduites à l'état de princesse idiote du plus pur style « sois belle et tais-toi ». Ce n'est qu'au fil des mois, alors que le « je suis amoureuse » est devenu un « je l'aime tellement », qu'on pourra lire sur leurs traits une sorte de plénitude rassurante. Mais en attendant, il faut accepter de voir sa fille, si fine et si brillante en temps normal, se rabaisser avec un plaisir insupportable au rang de groupie amoureuse.

Bon. Cela étant dit, Huguette doit bien admettre que sa fille chérie dégouline de bonheur. À un point tel que l'on tenterait presque d'en ramasser un peu pour le revendre à ceux qui en manquent. Autant de bonheur pour une seule personne, alors qu'avec tout ça on pourrait en nourrir plusieurs ! Comme on dit aux enfants qui ne finissent pas leur assiette : quand je pense qu'il y a des gens qui meurent de faim dans le monde...

**

Daniel prépare son départ. Il a proposé à sa femme d'aller passer trois jours dans ce petit hôtel où a séjourné sa sœur. Sa femme est ravie, ils ne sont pas partis sans enfants depuis des années.

— Tu crois qu'on est déjà partis tous les deux en amoureux, depuis que les enfants sont nés ? Je ne m'en rappelle pas.

— Moi non plus, je dois avouer, lui répondit Daniel.

— Et pourquoi cette idée, tout à coup ?

— Les enfants sont grands, ils peuvent survivre trois jours sans nous, maintenant. J'ai réalisé ça il y a quelque temps.

— Y a vraiment que ça, comme raison ?

— Ben oui. Pourquoi y aurait-il autre chose ?

Mentir à sa femme pour aider sa sœur, est-ce que c'est aussi grave que les autres raisons de mentir ? Existe-t-il des degrés de gravité dans le mensonge ? Y a-t-il même des mensonges bénéfiques ? Des beaux mensonges ? Des mensonges de bon aloi ?

**

— Demain, on sera absentes toute la journée. Si Maman doit rejoindre Daniel, ça se fera à ce moment-là.

— On verra bien les kilomètres.

— Tiens, d'ailleurs, je crois qu'elle se doute d'un truc. À force de toujours lui demander ses clés, elle commence à nous regarder bizarrement. T'as remarqué ?

— Oui, je sais bien. Mais on peut pas faire autrement.

— Ça, c'est sûr.

— Demain soir, on verra. Et ce sera peut-être la dernière fois qu'on aura besoin. Les jours d'après, on doit être tout le temps avec elle. Elle a prévu des balades un peu partout. Mais bon, il peut toujours y avoir contre-ordre.

— Ouais... J'espère qu'on se trompe...

— Ben oui...

**

Mon fils se moque de moi, et il a sans doute raison. Cette fleur qui habite derrière chez moi me plaît décidément beaucoup et mon fils rigole gentiment de son vieux père qui est en train de tomber amoureux comme un gosse de seize ans...

Elle est passée hier pour voir si tout allait bien chez elle. Et elle en a profité pour me rendre visite. Les travaux ont déjà commencé chez elle, un peu plus tôt que prévu, et avec un peu de chance elle pourra ré emménager d'ici un mois, peut-être moins. Elle m'a bien confirmé qu'elle sera là pour ma fête d'anniversaire et a demandé à voir mon intérieur, pour se faire une idée de ce qu'elle pourrait m'offrir. Il y avait là mon fils et deux de ses amis. Elle semblait connaître l'un des deux, Arthur. Il m'a juste dit qu'il m'expliquerait plus tard comment ils se sont rencontrés.

Je vais sagement attendre le 22, pour tâcher de mieux la connaître. Et en attendant, mon fils continue à me faire bisquer. Faites des enfants…

**

Martine vient d'arriver pour boire une tisane du soir.

— On prend de l'âge, ma grande, je te le dis. Pour le moment, on en est au pisse-mémé du soir. Bientôt, ce sera la chemise de nuit en pilou si on ne fait pas gaffe.

— Jure-moi que si un jour tu me vois baver d'envie devant une vitrine qui exhibe des robes en jersey aux couleurs papier peint des années 70, tu accepteras de revoir ta position sur la notion d'euthanasie.

— OK. Pareil pour toi ?

— Pas de souci. Mais y'a quand même des étapes entre les deux, non ?

— C'est pas faux, mais on n'est jamais trop prudente…

— Alors, ta journée ?

— J'ai discuté un bon bout de temps avec le voisin qui s'occupe de mes poules. Il est vraiment sympa.

— Ah oui, le handicapé patronymique.

— Moque-toi ! Il est charmant.

— Ben oui, je vois ça. T'as les yeux qui crépitent quand tu parles de lui.

— Ça se peut.

— Tu m'en diras plus ?

— S'il y a un jour plus à dire. Et toi ?
— Quoi moi ?
— Ton chéri.
— Oh ! Pas de souci. Et lui au moins, pas de handicap patronymique.
— Ah bon ?
— Oui, il a un nom bien français. Pas banal, mais pas non plus bizarre.
— Et c'est quoi, son nom bien français ?
— Je te dirai plus tard. Juste un indice, ça se termine par un Y. Voilà.

C'est pas parfait comme info, mais c'est un début. Et puis moi, j'adore ça, quand on m'apporte les réponses à des questions que je n'ai pas encore posées...

— C'est quand l'anniversaire de monsieur Mascarpone ?
— Dans un peu plus de deux semaines. Pour le cadeau, j'ai déjà ma petite idée. À voir.
— Et chez toi, ça ressemble à quoi ?
— Ça sèche bien. Ah ! Je t'ai pas dit, mais les travaux de rénovation ont déjà commencé. Hier. Je vais pouvoir libérer ton chez toi aux alentours de la rentrée des classes, normalement.
— C'est pas pour ça que je t'ai posé la question !
— Je sais bien. Mais ce sera tout de même bien pour tout le monde de retrouver ses marques.
— Oui, tu as raison. Ma mère repart de chez moi dans deux semaines. Elle va faire un tour chez mon frère avant la rentrée des classes. Lui et sa femme auront déjà repris le travail, mais elle profitera de ses petits-enfants. Elle voulait y aller la

semaine qui vient, mais Daniel emmène sa femme en vacances pour trois jours. Ça ne leur était pas arrivé depuis une éternité ! Peut-être même jamais, d'ailleurs. Je ne me rappelle pas les avoir vus partir en amoureux.

— Super ! Comme quoi tout arrive.

— Et tu sais où ils vont ?

— Ben... non.

Misère ! Elle va se douter de quelque chose.

— Dans l'hôtel où j'ai passé quelques jours avec Dominik. C'est marrant, non ?

— Effectivement, comme tout hasard qui se respecte, c'est étonnant.

— C'est Maman qui m'en a parlé. Mais c'est pas un hasard. J'en avais dit tellement de bien à ma belle-sœur. C'est quand vous étiez dans le grenier avec Daniel. Pendant ce temps-là, on a papoté. Ça doit être elle qui lui en a parlé.

— Eh bien, c'est parfait.

Un ange, le même ou pas que les autres fois, donne quelques battements d'ailes et va jouer un peu plus loin, dans la pièce d'à côté. En passant, il frôle les cheveux de Charlotte, cachée derrière le canapé et qui ne perd pas une syllabe de la conversation des deux amies.

— Dis moi, je crois que je vais aller me coucher, moi. On se dit bonne nuit ?

— Bonne nuit, ma grande. À demain !

— Dors bien.

Charlotte profite du moment où Jacinthe reconduit son amie à la porte, et verrouille les issues, pour monter discrètement à l'étage.

Où la lune perd la tête

— Julie !
— Quoi ?
— En fait, on s'était complètement trompées, figure toi ! Pour l'hôtel, Daniel il y va avec sa femme.
— Ben alors, pourquoi Maman et lui ils en parlaient ?
— Je sais pas. Peut-être qu'elle lui expliquait juste comment y aller.
— Ah ouais, tu crois ?
— Ben, je vois pas pourquoi, sinon.

L'ange est arrivé à l'étage, lui aussi. Il s'insinue entre les deux sœurs, et hop ! Le voilà qui part au loin...

— Et puis tu sais quoi ?
— Ben non.
— Eh ben, Maman, elle en pince pour le voisin.
— Le voisin de Martine ? Mais il a au moins cent ans !
— Mais non, andouille ! NOTRE voisin !
— Le colibri ?
— Mais tu le fais exprès, ou quoi ? Le maître d'Attila.
— Monsieur Parmesan ?
— Gorgonzola ! Nicolas Gorgonzola.
— Ah bon ? T'es sûre ?
— On dirait bien, oui.
— Ah bon...

Mercredi 5 et jeudi 6 août 2015

Cette enquête commence à peser dans la vie de Jacinthe. Et puis, son opinion est déjà faite : Martine fréquente un fantôme. Elle a lu et relu tout ce qu'elle possède sur le sujet, elle est allée naviguer dans les rayons de la bibliothèque qui sont concernés par le sujet, et elle en a parlé avec Marianne. Tout cela ne fait qu'asseoir sa certitude. Mais voilà : comment faire pour la séparer de ce fantôme ? Ou au moins lui faire prendre conscience du leurre que cela représente ?

Et si elle lui proposait une partie de Ouija ? Non. Mauvaise idée. En revanche, elle, elle pourrait en faire une. Avec qui ? Où trouver quelqu'un qui pratique régulièrement ce type d'activité ? Elle avait participé à de telles séances dans son adolescence, période où l'on essaie tout ce qui sort plus ou moins des sentiers battus. Ça lui avait bien plu.

Marianne !

Marianne connaît forcément quelqu'un qui peut l'aider.

J'ai un quart d'heure de route jusqu'au lieu de stage de Martine. Autant en profiter pour appeler Marianne.

Une sonnerie, deux, trois, quatre. Jacinthe raccroche, la grenouille doit être en haut de son échelle. On verra plus tard. Jacinthe poursuit sa route en silence.

Arrivée à bon port, elle trouve porte close. Pas non plus de concierge ni de sonnette pour se faire ouvrir les lieux. Pourtant, elle entrevoit que des salles sont occupées. De nouveaux stagiaires, eux aussi en recherche d'emploi ? À l'entrée, plaque du Conseil Général, parmi d'autres. Ça semble cohérent. Encore de la chance qu'en ce début août, il y ait de l'activité.

Pour l'heure, une seule solution, attendre l'heure du déjeuner, où tout le monde sort se restaurer.

Jacinthe reprend place dans sa voiture. Avec un bon bouquin, on ne voit pas le temps passer. La chaleur est forte, le soleil qui l'observe derrière le pare-brise commence à la bercer...

C'est le téléphone qui la réveille. *Marianne...*

— Tu as essayé de me joindre ?

— Oui, Marianne. Je te remercie de me rappeler. Dis-moi, pourrais-tu me mettre en contact avec quelqu'un qui propose des séances de Ouija ?

— Ouh la ! Toujours ton histoire avec ton amie ?

— Exactement. D'ailleurs, pour les prénoms, tu as retrouvé ?

— Non, pas encore. Mais ça viendra. Par contre, pour les séances je peux te mettre en relation avec une personne qui est très bonne dans ce domaine. Tu as de quoi noter ? C'est une amie, tu l'appelles de ma part. Elle fait des séances programmées où on peut s'inscrire parmi d'autres. Ou alors à la demande, des séances privées. Mais ça sera pas le même tarif. Tu te recommandes bien de moi, surtout. Elle a beaucoup de demandes et un agenda très peu extensible. Mais elle garde toujours des créneaux libres pour les urgences.

— OK. Je l'appelle dès aujourd'hui. C'est vraiment gentil de ta part. Je te remercie comment ?

— Va jusqu'au bout de ta recherche, c'est tout ce que je te demande. Et sans dommages pour toi, s'il te plaît !

Jacinthe raccroche et replonge dans son sommeil de lézard comateux.

Des voix toutes proches la réveillent à nouveau. Des personnes qui sortent du bâtiment. Pas de temps à perdre, elle surgit de sa voiture comme un beau diable, les cheveux en désordre. L'animateur du stage n'est pas difficile à repérer, plusieurs personnes sont agglutinées autour de lui, le harcelant de questions. Jacinthe se dit qu'elle ne sera qu'une harceleuse de plus.

Elle parvient à isoler l'animateur de ses groupies pour lui poser une ou deux questions, mais très vite il l'arrête et refuse de lui répondre, répétant sans cesse la même chose : pour une demande de renseignements, adressez-vous au Conseil Général. Un coriace !

Jacinthe abandonne et rejoint sa voiture, ostensiblement agacée. Au moment où elle s'apprête à repartir, une femme vient vers elle et lui fait signe de baisser sa vitre.

— J'ai entendu les questions que vous posiez à notre animateur. Ce n'est pas un rigolo, celui-là. Je peux peut-être vous renseigner. C'est le deuxième stage que je fais.

Oh ! Si seulement elle pouvait avoir assisté à celui de Martine…

— J'en ai fait un il y a un an (*flûte !*), mais depuis, les choses n'ont pas vraiment changé. Vous vouliez savoir quoi ?

— Principalement où se tient le pot d'adieu, le soir du dernier jour.

— Oh, ça, c'est pas compliqué. Juste à côté d'ici, au club house du golf. Leur bar organise tout. C'est là qu'on sera jeudi soir.

— Et c'est toujours comme ça ?

— Je crois, oui.

— Eh bien, je vous remercie beaucoup. Bonne fin de stage !

— Merci !

Et la voilà repartie.

Cette fois-ci, elle a plus de chance qu'au restaurant, elle tombe directement sur le bon barman. Avec les dates et la photo de Martine, il est tout de suite replongé dans l'ambiance de la soirée qui intéresse Jacinthe.

— Je ne risque pas de l'oublier. C'était vraiment particulier.

— C'est-à-dire ?

— Écoutez, dans mon métier j'en vois, des gens bizarres, ou qui me prennent pour leur psy, ou qui ont trop bu, ou les trois en même temps. Mais là, j'étais sacrément mal à l'aise. Elle ne me sollicitait pas du tout, c'est juste qu'elle parlait toute seule, mais comme si elle s'adressait à quelqu'un à côté d'elle. Elle a passé une commande pour elle et pour celui qui était censé l'accompagner. Et elle se montrait agacée à chaque fois qu'elle me regardait.

— Vous la dévisagiez ?

— Oh non ! Mais elle semblait m'en vouloir de quelque chose.

— Comme si elle vous reprochait de ne pas tenir compte de

la commande de l'autre personne ?

— Je crois bien que c'est ça, oui. Je n'ai pas insisté, j'ai servi ce qu'elle me demandait et récupéré les verres vides et ceux qui restaient pleins. Vous savez, dans ces cas-là, on se fait discret. Des gens venaient la voir, mais elle faisait comme si elle ne les voyait pas. Accaparée par son compagnon invisible…

Au moment où Jacinthe quitte les lieux, le barman la rappelle :

— À mon avis, il va falloir l'aider, votre amie ! Je pense qu'elle ne va pas bien.

— Je pense aussi, oui. Merci quand même pour le conseil.

Jacinthe repart, pas vraiment rassurée, juste confortée dans ses conclusions.

Ce Ouija va vraiment m'être utile. Je me pose quelque part au calme et j'appelle cette dame.

Rendez-vous pris pour le lendemain matin. Ça, c'est du rapide ! Tout de même, Jacinthe n'en mène pas large. Elle sera seule avec la spirite (elle s'est présentée ainsi) et doit préparer une liste de questions à poser. Mais attention, pas de questions dont elle n'a pas envie d'entendre les réponses, du type *quand vais-je mourir*, ou *mon frère sera-t-il encore vivant à Noël prochain…* Pas ce genre de question, dont la réponse peut faire disjoncter celui qui l'entendra.

Jacinthe rentre directement, pour se brancher sur sa boîte mail où elle a reçu une sorte de conduite à tenir lors de la séance du lendemain : la séance débute généralement par un « Esprit, es-tu là ? » Les participants doivent rester polis tout au long de la communication, et après avoir posé leurs doigts sur la « goutte », ne doivent pas les retirer avant que l'on clôture la séance. Il ne faudra pas s'étonner du fait que des prières peuvent être utilisées avant et après la séance. Avant de terminer, les participants demandent aux esprits de bien vouloir partir, et la goutte doit être placée sur le symbole « Au revoir ». La séance se déroulera sur un guéridon et la spirite est appelée Maître de Séance.

**

— Mais alors, vous êtes médium ?
— Non, pas vraiment. J'ai simplement appris à appeler les esprits, à contrôler que tout se passe bien et à demander aux esprits de partir lorsque nous en avons terminé. Il est nécessaire d'avoir une grande force mentale afin de ne pas se laisser éventuellement manipuler par l'esprit qui est venu parmi nous, mais aussi de ne pas le laisser impressionner outre mesure certains des participants.

Et c'était tout ce que Jacinthe avait pu obtenir d'elle au téléphone.

Nous verrons demain ce que cela m'apportera.

**

Daniel et son épouse Lucille ont déposé leurs bagages dans leur chambre et sont partis faire une promenade dans le parc de l'hôtel. Un parc immense, parfaitement entretenu, qui se termine en plongeant dans la rivière. Des bancs tout au long de la rive, sous la frondaison des arbres. Ce lieu est magique et délicieusement frais.

— Maintenant, j'irais bien faire une petite sieste, dit Lucille. Tu m'accompagnes ?

— Si ça ne t'embête pas, je te rejoins après. Je vais profiter encore un peu du bruit de l'eau.

Échange de baisers. Daniel reste seul. Il avait décidé d'aller se renseigner sur le séjour de sa sœur. Mais là, maintenant, il n'en a pas du tout envie. Pas envie de découvrir qu'elle évolue peut-être dans un monde parallèle. Car si c'est bien le cas, on fait quoi, après ? Mais bon, quand il faut, il faut. Direction l'accueil de l'hôtel.

— Je peux vous poser une question ?
— Bien sûr. Si je peux vous répondre, je le ferai.
— Alors, voilà. Ma sœur est venue ici, il y a cinq ou six semaines, pour y passer quelques jours. Je me fais un peu de souci pour sa santé et je voulais savoir comment vous l'avez sentie pendant son séjour. Si vous étiez là, bien sûr.
— Je fais toute la saison d'été. Sept jours sur sept. Donc oui, je l'ai forcément vue.

Daniel glisse la photo de Martine sur le comptoir de l'accueil.

— Ah, mais oui, je me souviens très bien. Une dame charmante. Elle m'a demandé de nombreux renseignements sur des excursions à faire dans les environs. Elle n'a jamais mangé sur place, jusqu'aux petits déjeuners pris dans la chambre. Je l'ai donc surtout croisée ici ou dehors. Mais à part les renseignements qu'elle me demandait, nous avons eu bien peu d'échanges.

— Et… avec son ami, ça avait l'air d'aller ?
— Son ami ?

— Oui, la personne qui partageait sa chambre.

— Mais... il n'y avait personne qui partageait sa chambre.

— Vous êtes sûr ? Enfin, je veux dire, vous avez pu confondre avec quelqu'un d'autre. Du temps a passé depuis.

— Ah, mais non, je peux vous assurer qu'elle était seule. Cela dit, je peux appeler la gouvernante si vous le désirez. Elle est encore mieux placée que moi pour connaître les occupants des différentes chambres.

— Je crois que ce ne sera pas nécessaire. Je vous remercie.

Bon, je vais aller prendre l'air. Je ne sais pas pour Jacinthe, mais moi, j'ai un peu de mal à entendre des réponses pareilles. Je vais l'appeler pour lui donner mes résultats et après je la laisse poursuivre sa petite enquête. Ça me fait tout drôle, je ne veux pas en entendre davantage. Et si Maman m'appelle, je continue à me taire. Gérer en plus le mal-être de Maman, ce sera un peu trop pour le moment. Et puis crotte ! Je suis aussi venu ici avec Lucille pour qu'on se fasse du bien.

**

— Maman est rentrée ! On va voir son compteur ?

— Mais enfin, Julie ! T'es vraiment à côté de la plaque, des fois.

— Ah oui, c'est vrai ! On n'a plus besoin. Hi, hi ! J'avais oublié.

Charlotte et Julie s'écartent pour laisser passer leur ange préféré.

— Je vais voir quand même...

— Mais pourquoi ?

— Ça me rassurera. Voilà !

— Pfff...

Charlotte entre dans la maison, et l'ange repasse dans l'autre sens, croisant Julie qui revient de la voiture.

— La portière était pas fermée, tant mieux.

— Alors ?

— Je croyais que ça t'intéressait pas.

— J'ai jamais dit ça ! J'ai juste dit que c'était pas nécessaire, c'est tout.

— Bon... Soixante-douze kilomètres.

— Ah, ben voilà !

Et tout le monde rentre dans la maison, Julie, Charlotte et l'ange (on peut encore avoir besoin de lui).

Jacinthe raccroche d'une courte conversation avec Daniel.
Il n'avait pas l'air en forme. Il parlait même de partir de l'hôtel plus tôt que prévu. Je crois que j'ai réussi à l'en dissuader. La pauvre Lucille aurait été drôlement déçue.

**

Jacinthe arrive chez la... spirite avec qui elle a rendez-vous.

Celle-ci, Ginette l'accueille dans son salon. Jacinthe attendait un nom plus médiumnique... peut-être pas madame Irma, mais un truc plus ton sur ton, Olga, Irina... Cela dit, c'est vrai qu'elle n'a pas l'accent slave, donc Ginette, pourquoi pas ? Le salon est on ne peut plus classique, pas de boule de cristal, pas de tentures de velours poussiéreuses, pas de livres sur les forces occultes. Jacinthe repère bien un pendule posé dans une soucoupe, deux ou trois jeux de tarot, un support où se consume de l'encens, et des livres sur la cartomancie. Mais c'est à peu près tout.

— Pas trop déçue ?

Ginette a suivi le regard curieux de Jacinthe.

— Vous vous demandez où sont la boule de cristal et le grimoire de formules magiques ?

— Presque, lui répond Jacinthe en souriant.

— Je n'en ai pas. Désolée ! Par contre, je peux vous offrir un thé. Ça vous va ?

— Très bien. Je vous remercie.

Ginette fait juste un aller-retour et dépose le thé fumant sur une petite table.

— Le guéridon est réservé aux séances.

Jacinthe déguste sa tasse de thé pendant que son hôtesse prépare le plateau.

— Vous pouvez vous installer, je vais tirer les rideaux. Ce n'est pas vraiment nécessaire, mais c'est moi qui me sens mieux ainsi. Je n'aime guère la forte lumière.

Jacinthe s'assied et attend.

— Alors, quelles questions voulez-vous poser ?

— En fait, surtout une. Cela concerne une amie. Je voulais savoir si elle était actuellement accompagnée par un fantôme. Je crois qu'elle est en contact avec un esprit, mais qu'elle le voit comme un être à part entière, encore du monde des vivants.

— Le prénom de cette amie ?

— Martine.

— Bien, alors, installons-nous et nous allons pouvoir commencer.

Au premier « Esprit es-tu là ? », la goutte se déplace vers le Oui. Jacinthe n'en mène pas large, même si elle ne veut pas le montrer. Ginette continue les questions. L'esprit dit pouvoir les renseigner sur Martine. Jeu des questions-réponses qui se poursuit. Ginette finit par faire à Jacinthe une sorte de résumé.

— L'esprit nous dit qu'effectivement, votre amie est en contact avec une âme, une personne dont le prénom commence par un D. Il précise que c'est un homme, car le prénom peut convenir aux deux sexes (Jacinthe a du mal à déglutir). L'esprit voit aussi un K. Cette âme semble être pacifique, mais infiniment triste. Vous avez une question, Jacinthe ? L'esprit d'aujourd'hui est très serviable et pas farceur, il ne nous jouera pas de mauvais tour, du type réponse en énigme. Vous pouvez lui faire confiance.

— Eh bien, pourquoi cet homme est-il venu vers Martine ? Qu'attend-il d'elle ?

Ginette pose une série de questions, se montre attentive aux réponses.

— C'est étrange, mais l'esprit semble ne pas pouvoir répondre. Pour lui, cette âme n'attend rien de votre amie. Je vais essayer de poser la question autrement. Esprit, cet homme est-il venu vers Martine de son plein gré ?

La goutte se déplace : non.

— A-t-il été appelé ?

Oui.

— Savez-vous par qui ?

Déplacements de la goutte. M… A… R… T…

Jacinthe pousse un cri et retire ses doigts.

— Jacinthe ! Remettez vos doigts immédiatement !

Jacinthe s'exécute.

— Nous devons prendre congé de l'esprit comme il se doit. Ne surtout pas le vexer ou lui faire du mal.

Ginette prend posément congé de l'esprit, remet la goutte sur « au revoir » et se lève pour ouvrir les rideaux.

— Ça veut dire quoi ? demande Jacinthe.

— Aucune idée ! C'est à vous de le découvrir, maintenant. Mais vous avez été suffisamment secouée par cette séance. Mon rôle est aussi de vous protéger. Vous allez vous reposer quelques jours, et si vous ne trouvez pas la réponse à vos questions, vous me recontactez et nous verrons pour faire une nouvelle séance.

Jacinthe prend congé de sa madame Irma et rentre chez elle. Elle est tellement accaparée par ce qu'elle vient de vivre qu'elle suit ses automatismes et se retrouve devant sa maison.

Elle s'en rend compte au moment où elle arrête le moteur.

Alors qu'elle est prête à redémarrer, Nicolas surgit de son jardin.

— Il me semblait bien avoir reconnu le bruit de votre moteur. Vous allez bien ?

— Oui, oui, très bien, et vous ?

— Vous n'avez pas l'air dans votre assiette.

— Oh ! Ce n'est rien. Juste une nouvelle qui m'a un peu ébranlée.

— Rien de grave ?

— Non, non. Enfin, je ne crois pas.

— Un café ?

— Avec grand plaisir !

Jacinthe reste une bonne heure à papoter avec Nicolas et repart en se disant que décidément, elle apprécie de plus en plus les fromages italiens…

SIXIÈME PARTIE

Jeudi 13 août 2015

Une semaine a passé, au cours de laquelle Jacinthe est restée quasiment pétrifiée par ce qu'elle a appris chez Ginette. *Je dois me reprendre et mener mes recherches jusqu'au bout. Pour Martine, mais aussi pour son frère. Le pauvre Daniel est tout retourné. Du coup, sa femme n'est pas mieux. Et Huguette sent bien qu'un truc ne tourne pas rond, elle est toute chose. Et Martine, au milieu de tout cela, qui semble ne se rendre compte de rien ! C'est surréaliste ! Et moi qui suis la seule à pouvoir aller plus loin. Il y a encore quelques infos que je n'ai pas exploitées. La quasi-adresse et le quasi-nom de ce Dominik… Il ne me reste plus qu'à faire le nécessaire pour que ces quasi deviennent des tout à fait.*

Vendredi 14 août 2015

Ce matin, Jacinthe se sent plus en forme, moins torturée.

Direction l'annuaire. Près de l'écluse, il n'y a que très peu de maisons. Une dizaine tout au plus. La plupart sont les unes à côté des autres le long du canal, et deux autres, côte à côte, en face de celles-ci.

Deux noms correspondent à la recherche de Jacinthe, deux patronymes bien français avec un Y final : V. Degrigny et D. Laforey. C'est quoi ces gens qui ne mettent pas leurs prénoms ? On voit ça de plus en plus, dans les pages jaunes ou blanches.

Donc, deux maisons côte à côte. Et Google Maps qui ne veut pas mettre son petit bonhomme magique à cet endroit-là ! Bon... Va falloir aller jouer le bonhomme magique soi-même...

Sur place, Jacinthe détaille les boîtes aux lettres. Elle repère tout d'abord une carte découpée et collée sur l'une d'elles, un ou une D. Laforey. La voilà bien avancée !

Elle poursuit, et un peu plus loin... Dominik et Viviane Degrigny. Bingo !

Formidable ! Opiniâtreté, quand tu nous tiens ! Dominik

Degrigny, à nous deux !

Voyons... Pas très entretenue, la maison ! Et pas non plus de voiture dans l'allée. Hum...

— Elle est à vendre. Si elle vous intéresse...
— ?
— Oh, excusez-moi, j'ai dû vous faire peur.
— Vous m'avez surprise, dirons-nous.
— La maison est à vendre depuis peu. Elle est inoccupée depuis trois ans maintenant.

Trois ans ! Mais c'est quoi, cette histoire ? Ce n'est pas possible. Martine m'a dit que... Jacinthe a toutefois une idée.

— Les propriétaires ont déménagé ?
— Oh non ! Des décès. Deux. Je ne sais pas si c'est très vendeur, mais...
— C'est à dire que... je ne suis pas acheteuse ! Simplement, les maisons aux airs un peu abandonnés, ça m'attire. Je me demande toujours ce qui a bien pu se passer pour qu'on les délaisse ainsi. J'essaie d'imaginer des histoires. Les maisons nous parlent, vous savez, et même, souvent, elles nous racontent.
— Eh bien, celle-là, c'est pas une belle histoire qu'elle a à vous raconter. Cette Viviane, elle tournait pas rond depuis déjà un bon moment. Je l'ai connue quand elle était gamine. Elle ne se mélangeait à personne à l'école. Ni ailleurs. Une riche héritière. Mais dans une famille boiteuse. Son père et sa mère étaient vaguement cousins. Et chez eux, c'était pas la première fois qu'ils se mariaient entre parents éloignés. Drôles de gens. Ils voulaient pas que leur argent aille à des étrangers à la famille. On a été étonnés quand elle a épousé Dominik.

Pas de la famille, celui-là. Et puis finalement, on a appris que si. C'était un fils illégitime du père de Viviane. On avait cru à du sang neuf. Mais pour le coup, c'était encore pire que les autres mariages. Pensez donc, frère et sœur ! Si c'est pas malheureux. C'est leur père qui les avait présentés, sans rien leur dire, bien sûr. Ils se sont plu, se sont mariés. Et bien plus tard, ils ont appris la vérité, mais c'était trop tard...

Jacinthe ne parlait plus, n'osant interrompre la confession de la petite dame.

— C'est qu'elle l'aimait, son Dominik. Elle disait toujours qu'elle l'aimait à en devenir folle. Mais si vous voulez mon avis, elle avait pas besoin de ça pour être folle. Elle l'était déjà. Lui, il était bizarre. Il parlait jamais. Je sais pas comment ça se passait entre eux. On les voyait souvent se promener dans leur parc, se tenant par le bras. Silencieux. Je crois qu'ils étaient amoureux. Parfois, lui, s'agenouillait devant elle, et elle prenait sa tête dans ses mains et la pressait contre elle.

— Pas de disputes ?

— Je ne crois pas. Une sorte d'amour triste, si vous voyez ce que je veux dire. Dans un film, on aurait appelé ça des amants maudits. Et puis un jour, elle a complètement perdu la tête. Et elle a pas été la seule sur ce coup-là ! En pleine nuit, alors que son mari dormait à poings fermés, elle s'est levée, est allée chercher une hache. Et paf ! Décapité, le Dominik. En plein sommeil. Elle n'a jamais dit pourquoi. Mais quand même, c'était par une nuit de pleine lune. On dira ce qu'on voudra, mais moi, la lune, je crois qu'elle a vraiment une influence sur nous. Surtout quand elle est pleine. Depuis, la pauvre Viviane, elle était en hôpital psychiatrique. Totalement mutique. Ils n'avaient pas d'enfants, c'est déjà ça. Décidément, la consanguinité c'est pas bon.

— Eh bien ! Quelle histoire !

— Oui. Mais c'est pas fini. Le mois dernier, elle a réussi à subtiliser un scalpel, là-bas. Personne n'a rien vu. Elle bougeait jamais, même pas un doigt. On la posait dans un coin et deux heures après on revenait, elle était toujours pareille. Quelle tristesse ! Alors, personne n'a pensé que c'était elle qui avait pris le scalpel. Elle s'est tranché les veines. Et voilà, histoire terminée. Trop de tristesse dans tout ça. La vie, c'est pas fait pour ça.

— Vous avez raison. La vie, c'est pas fait pour ça.

— Le notaire a mis la maison en vente. Ça ira à l'état. La famille est totalement éteinte.

— Avec un vécu pareil, peu de monde va s'y intéresser !

— C'est vrai. Quoique… Il y a bien cette dame qui vient ici presque tous les jours. Elle regarde la maison un bon moment et puis elle repart.

— Une amie du couple ?

— Oh non. D'ailleurs, ils n'avaient presque pas d'amis. On peut même dire pas d'amis du tout. Juste des connaissances. Non, cette dame je ne sais pas qui c'est. Elle vient depuis plusieurs semaines, peut-être même quelques mois, j'ai pas compté. Et dès que je m'approche un peu, elle file. Elle remonte dans sa voiture et zou !

— Vous êtes sûre que c'est toujours la même personne ?

— Ah ça, oui ! Elle a une voiture reconnaissable. Jaune citron, qu'elle est. On peut pas se tromper.

— Attendez ! Est-ce que ce serait cette femme ?

Jacinthe lui tend une photo affichée sur son téléphone.

— Ah oui, on dirait bien. Je la vois toujours d'un peu loin. Mais oui, ça en a tout l'air.

— Je vous remercie ! Merci beaucoup !

Et Jacinthe rejoint sa voiture. Martine ! Martine vient ici presque chaque jour observer la maison d'un homme mort depuis trois ans, assassiné par sa femme et dont elle dit qu'il est son amoureux.

C'est bien ce que je pensais, elle a accepté un fantôme dans sa vie, l'âme d'un homme mort, mais qui ne sait pas qu'il est mort et flotte entre deux réalités, celle de la vie et celle de la mort. Comment l'aider, elle, si ce n'est en l'aidant, lui ?

Marianne vient de téléphoner à Jacinthe.

— Ça y est, pour les prénoms, je sais, j'ai retrouvé ! C'était un fait divers dans le journal. Une femme qui avait coupé la tête de son mari à coup de hache.

— Je te remercie, Marianne. C'est tout à fait ça. Je viens d'avoir l'info par une voisine du couple. Mon amie Martine passe du temps devant leur maison, presque chaque jour. Son chéri, c'est lui, l'homme à la tête coupée. Il aimait beaucoup sa femme apparemment. À en perdre la tête…

— Méfie-toi quand même, c'est une histoire vraiment moche. Il ne faudrait pas que ton amie devienne violente. Elle aussi a déjà bien perdu la tête. Fais attention !

— Ne t'inquiète pas, je prends soin de moi, Marianne. Je te tiens au courant de la suite des événements.

Ginette, le retour. Jacinthe a pu obtenir qu'elle la reçoive en urgence, et elle lui explique. Les deux femmes s'installent. Même cérémonial.

— Nous avons de la chance. C'est le même esprit que la dernière fois qui nous rend visite. Il a l'air de tenir à éclaircir cette histoire. Vous avez une question ? N'oubliez pas, le plus rapide, ce sont les questions qui appellent un oui ou un non.

— Bien. Alors, Martine a-t-elle appelé l'esprit de Dominik ?

La goutte ne bouge pas. Jacinthe regarde Ginette les sourcils en accent circonflexe.

— Poursuivez.

— Martine est-elle consciente qu'elle a fait venir un fantôme à elle ?

Non.

— Martine est-elle persuadée que Dominik est vivant ?

Oui.

— Martine a pu me décrire Dominik. L'a-t-elle vu dans le journal ?

Non.

— A-t-elle vu sa photo quelque part ?

Oui.

— Où ça ? Ah non, mince, c'est vrai, un oui ou un non… L'a-t-elle connu avant son décès ?

Non.

— Ginette, je suis coincée. Je ne sais plus quoi demander.

— Je vais essayer. Esprit, pouvez-vous nous dire où elle va pour le rencontrer ?

La goutte se déplace. Chiffres, lettres, chiffres, lettres… Une adresse, dans la commune où résidait Dominik.

La séance s'arrête là. Jacinthe repart avec une adresse, qu'elle rentre dans son GPS. Et en plus de l'adresse, il y a aussi deux chiffres et une lettre. Un numéro de bâtiment ? Un étage ? Une porte ? À voir sur place.

Jacinthe roule, silencieuse. Les pensées se bousculent dans sa tête. *Ça va m'emmener où, tout ça ? Il est grand temps que ça se termine...*

Et voilà, c'est ici... Mince !
Mais, qu'est-ce que ça veut dire ?

ÉPILOGUE

Samedi 22 août 2015

L'anniversaire de Nicolas se déroule bien. Ses amis sont venus nombreux, Julie et Charlotte ont retrouvé leur amour de chien, et Jacinthe a offert à Nicolas un magnifique livre de 1001 recettes d'omelettes.

Elle a dû emménager chez elle avant la fin des travaux, il y a une semaine de cela, un peu en catastrophe. Et pour le moment, c'est plutôt camping, chez elle. Elle doit quasiment cohabiter avec les ouvriers des entreprises qui font les travaux. Son étudiant réintégrera ses quartiers dans quelques jours, un peu avant la reprise des cours. Elle, il lui reste encore un sacré paquet d'affaires à récupérer chez Martine. Ça attendra quelques jours, le temps que Daniel et Huguette lui fassent signe.

Les chats ont bien vite retrouvé leurs marques et comme il a plu la veille, Jean-Jean est déjà parti déterrer quelques vers de terre.

La maison de Jacinthe est encore en chantier, c'est le moins que l'on puisse dire, mais elle a préféré revenir s'installer chez elle au plus vite. C'était difficile pour elle de se trouver face à Huguette. Elle se sent tout de même un peu responsable de ce que la famille de Martine vit en ce moment. Après tout, c'est elle qui a été à l'origine de la mise à jour de ce qui se passait dans la vie de Martine. Si elle n'avait pas creusé pour savoir, pour comprendre. Daniel lui a bien dit à plusieurs reprises que si elle n'avait rien fait, c'est lui qui s'y serait attelé, et qu'au bout du compte, le résultat aurait été le même. Elle sait qu'il a raison. Malgré cela, elle ne peut s'empêcher de s'en vouloir.

**

Jacinthe repense à un autre 22 août, treize années en arrière exactement. *Pourquoi Nicolas fête-t-il son anniversaire aujourd'hui ? Pourquoi ce samedi-là et pas un autre ?* Elle qui s'était promis de ne plus vivre certaines dates, comme les 22 août par exemple. Passer directement du 21 au 23 et dormir vingt-quatre heures entre les deux. Idéal ! Mais voilà, la vie n'en fait qu'à sa tête. Elle ne joue pas à saute-mouton avec les dates, elle est psychorigide, elle ne déroge pas à sa ligne de conduite. C'est ainsi, et ce sera à nous d'assumer ce qu'elle nous apporte...

**

Nicolas vient s'asseoir près de Jacinthe.
— Encore un peu de salade de riz ?
— Avec plaisir.
— Alors, remise de votre aventure ?
— Pas vraiment, c'est encore trop frais. C'est tellement dur de voir une amie dans cet état-là. Heureusement pour ses enfants, leur grand-mère est auprès d'eux. Elle va s'en occuper autant qu'elle peut. Et puis du coup, leur famille paternelle s'est réveillée et commence à les prendre aussi en charge. Ça durera ce que ça durera, mais ça aura au moins eu ça de bon...
— Donc, pas de fantôme ?

— Eh non, pas de fantôme. La pauvre Martine était tombée amoureuse d'une photo au cimetière. C'est là que je l'ai retrouvée, sur la tombe de Dominik. L'adresse que m'avait donnée l'esprit chez Ginette, c'était l'adresse du cimetière et les coordonnées de l'allée. On n'est pas obligé de croire à ce genre de choses, mais là, c'était précis. Au moment où je suis arrivée, elle discutait benoîtement avec son amoureux, tout en étant assise sur sa tombe… Quand je pense qu'il a fallu qu'elle tombe amoureuse d'un homme qui avait vécu une fin horrible !

— Pas de hasard. Ça devait être ainsi. Que disent les psychiatres ?

— Pour les causes, c'est assez simple. Tout d'abord, il lui était resté de son enfance une sorte de fragilité liée à un monde imaginaire qu'elle s'était créé. Ce problème, bien que « résolu », avait laissé des traces, comme une porte entrebaillée, prête à laisser entrer et s'installer des ingrédients nocifs. Elle était plus encline que d'autres à chavirer, basculer du mauvais côté. Et puis, il y a quelques mois, elle avait eu une histoire avec un homme qui s'était avéré être complètement schizophrène, un délire mystique de haut niveau. Cette histoire faisait suite à un veuvage, quelques amourettes décevantes, un long mariage qui lui avait fait du mal et un divorce plus que compliqué. La rencontre avec ce schizophrène l'avait tellement terrifiée, elle avait eu tellement peur de sa folie, qu'elle avait fini par disjoncter, chercher refuge exactement où il ne fallait pas. Pour elle, c'était bien plus simple de tomber amoureuse d'un homme qui ne pouvait pas lui faire de mal, puisqu'il n'existait pas. Qu'est-ce qui existe moins qu'un mort ? Elle est tombée amoureuse d'une photo sur une tombe, s'est renseignée sur la vie et la mort de cet homme et a tout créé ensuite, pour ne rester accrochée qu'à ce qu'elle avait fantasmé et dont elle avait fait sa réalité. Elle avait juste jeté un détail aux oubliettes, celui de la mort du monsieur... Et voilà.

— Elle vous a sacrément dupée ! Pas volontairement, mais ça vous a bien occupée.

— Elle avait même fait les trucages des photos, sans s'en souvenir, bien sûr : juste des surimpressions, donc un seul fichier à l'arrivée. Rien de plus simple ! Je me suis fait avoir comme une bleue ! Et puis, dans tout ça, j'avais oublié un de mes concepts préférés.

— Lequel ?

— Le rasoir d'Ockham : de deux hypothèses, la plus simple est toujours celle qu'il faut privilégier. Si je l'avais suivi, j'en aurais tout de suite conclu qu'il n'y avait jamais eu de fantôme.

— C'est juste. Mais, dites-moi, et pour son avenir ?

— Là, les psychiatres sont moins sûrs d'eux. Ça sera forcément long, et rien ne garantit qu'elle redevienne un jour celle qu'elle était auparavant. Pour ses enfants, ça va être dur. Et son frère est anéanti.

— Mais Jacinthe, vous savez que vous ne devez pas vous sentir coupable et encore moins responsable. Si vous n'aviez pas découvert la vérité, allez savoir comment ça aurait tourné pour Martine.

— Oui, je sais. Les psychiatres m'ont dit que c'était une bonne chose que tout ait été découvert assez tôt. Martine aurait pu devenir dangereuse pour son entourage. Ça fait froid dans le dos...

Jacinthe regarde au loin. Elle détaille son jardin et celui de Nicolas. Les chaises longues ont la bouche grande ouverte, prêtes à mordre, les chats sont perchés, dans les *starting-blocks*, prêts à faire bisquer Attila, le fils de Nicolas montre à tout le monde les tatouages sur les bras de ses amis, les filles font le service auprès des invités, le barbecue sent bon les saucisses bien cuites et non pas carbonisées, les poules pondent plus que de raison, et les fraises... beurk ! Le chien est au-dessus, qui observe les poules...
Chaque chose est à sa place. Pour la première fois depuis si longtemps, Jacinthe se sent vraiment bien.

Elle se tourne vers Nicolas en lui souriant et désigne du menton le plateau de fromages.
— Eh bien moi, je prendrais volontiers un peu de gorgonzola...

Table des matières

PREMIÈRE PARTIE 11

DEUXIÈME PARTIE 37
    Dimanche 31 mai 2015 39
    Samedi 6 juin 2015 49
    Lundi 8 juin 2015 61
    Samedi 13 juin 2015 65
    Samedi 20 juin 2015 79
    Vendredi 26 juin 2015 99
    Mercredi 1er juillet 2015 133
    Dimanche 5 juillet 2015 147
    Du lundi 6 au mercredi 8 juillet 2015 163

TROISIÈME PARTIE 189
    Du dimanche 19 au jeudi 23 juillet 2015 191
    Jeudi 23 juillet 2015 (cinquième jour) 231
    Vendredi 24 juillet 2015 243

QUATRIÈME PARTIE 249
    Suite du vendredi 24 juillet 2015 251
    Samedi 25 juillet 2015 265
    Dimanche 26 juillet 2015 278

CINQUIÈME PARTIE 301
    Lundi 27 juillet 2015 303
    Mardi 4 août 2015 323
    Mercredi 5 et jeudi 6 août 2015 331

SIXIÈME PARTIE 345
    Jeudi 13 août 2015 347
    Vendredi 14 août 2015 349

ÉPILOGUE 357
    Samedi 22 août 2015 359

Printed in Great Britain
by Amazon